LE REPOS DU GUERRIER

Née à Paris, Christiane Rochefort a employé presque tout son temps à peindre, dessiner, sculpter, faire de la musique, des études désordonnées entre la médecine (psychiatrie) et la Sorbonne (ethnologie, psychologie), à écrire pour sa propre joie, et pendant le temps qui restait à essayer de gagner sa vie pour survivre.

Elle a travaillé avec des gens pénibles, bureaux, journalisme, Festival de Cannes (renvoyée pour sa liberté de pensée), et par contre à la Cinémathèque pour Henri Langlois.

Christiane Rochefort a publié : Le Repos du guerrier *(1958), livre qui — on ne sait pas pourquoi, dit-elle — a provoqué un scandale ;* Les Petits Enfants du siècle *(1961) sur l'urbanisme moderne ;* Les Stances à Sophie ; Une Rose pour Morrison *(1966), exercice de style sur des événements à venir ; en 1969,* Printemps au parking *; en 1972, une utopie :* Archaos ou le jardin étincelant. *Elle est aussi l'auteur de traductions : de l'anglais avec Rachel Mizrahi :* En Flagrant Délire *de John Lennon ; de l'hébreu :* Le Cheval fini *et* Holocauste 2 *de Amos Kenan.*

Un héritage à recueillir en province, un hôtel choisi pour sa proximité, une clef ouvrant deux chambres différentes et un instant de distraction font que Geneviève Le Theil entre chez un inconnu à temps pour le sauver du suicide.

Quoi de plus naturel que d'aller ensuite à l'hôpital demander de ses nouvelles ? La politesse, la simple curiosité le justifient, mais Geneviève ne tarde pas à deviner le vrai mobile qui la guide : on peut ne pas croire au coup de foudre et en subir quand même les conséquences. Ou, disons mieux, les organiser — tout pourvu que Jean-Renaud Sarti ne disparaisse pas de sa vie.

Tout, c'est-à-dire l'installation chez Geneviève à Paris et l'absorption de pas mal de couleuvres tandis que Renaud, lui, ingère de l'alcool. Oui, Renaud est alcoolique, la jeune femme finit par le comprendre quand elle-même tombe — retombe — malade. Beuveries et tabagie sont dures aux poumons fragiles. Geneviève escamotée par les siens, comment réagira Renaud, le baladin lunaire, le grand parleur, l'avaleur de verres ? Comme le rêvait Geneviève, ce qui ne veut pas dire que l'existence sera désormais un lit de roses pour celle à qui la fatalité impose cet amour fou dont l'histoire contée avec une intelligence acide et une verve sans fard a rendu son auteur célèbre.

ŒUVRES DE CHRISTIANE ROCHEFORT

CHRISTIANE ROCHEFORT

Le repos
du guerrier

GRASSET

PREMIÈRE PARTIE

I

EH BIEN voilà. C'est fait. J'ai ce que j'ai voulu. Le terrain est déblayé. Nu. Complètement nu. Et m'appartient. Une victoire si totale, et si chèrement acquise, me laisse incertaine soudain. M'effraie : les ponts sont coupés derrière moi, il faut avancer. J'ai fait le vide sous mes pas, où marcherai-je ? Au seuil du bonheur, si mérité soit-il, si cher qu'on l'ait payé, le cœur hésite; j'ai peur de mes regrets, et de mes complaisances. Vais-je me changer en statue de sel ? Ce n'est pas bon de se retourner sur des ruines : on ne sait plus où on va.

Mais non : l'angoisse est liée à mon état, et j'en serai ensemble délivrée. Ce malaise de l'âme est normal, on me l'a dit. Ce sont les glandes. Il faut brûler ce passé une bonne fois, comme de vieilles lettres, et qu'on n'y pense plus; il faut que je quitte Renaud, puisque aussi bien lui-même s'est quitté. Et continuer. Dans le même sens. Et vivre. Avec ce que j'ai. Que j'ai voulu.

....

Une affaire de succession m'amenait dans cette ville, où rien n'indiquait que ma vie s'allait jouer. Personne ne m'attendait sur le quai pour m'en avertir, me conseiller de rebrousser chemin. Il était onze heures cinquante. Il pleuvait. Le train repartit sans heurt derrière mon dos, glissa sur les rails mouillés, n'ayant déposé en ce lieu que moi, et des bicyclettes. Je frissonnai. J'aurais dû prendre un imperméable. A Paris, il faisait beau. On croit toujours qu'il fait le même temps partout. En automne pourtant on devrait se méfier.

Sur le mur brillait une affiche bleue de la S.N.C.F. représentant un village méridional perché sur un éperon rocheux. Saint-Paul-de-Vence. Son climat. Ses orangers. Je me promis d'y aller au plus vite si ma nouvelle condition me le permettait.

Je relevai l'horaire du retour. Je n'allais pas traîner. Je réglerais tout en vingt-quatre heures et reprendrais demain le dix-huit heures vingt-sept, très pratique, qui m'amenait à Paris à vingt et une heures deux. J'écrirais à Pierre de venir me chercher à la gare. Tout était tracé. J'aime que tout soit tracé.

Il était midi. Je débouchai sans surprise sur une vilaine place battue de vent. En face, de part et d'autre d'une avenue où des platanes

achevaient de se dépouiller, se dressaient deux
hôtels d'égale médiocrité, entre lesquels un instant je balançai; hésitation fugace, dont l'importance alors m'échappa — j'optai pour « La
Paix », à droite, contre « La Gare », qui le valait bien mais me coûtait en plus la traversée
d'une rue; et, je l'ai dit, il pleuvait, et je
n'avais pas d'imperméable. Au reste ce fut sans
y penser, ou presque. Bref, j'entrai à l'hôtel de
la Paix.

« Une chambre pour une personne ou deux
personnes ? » dit le gros homme tapi derrière
sa banque.

Ne voyait-il pas que j'étais seule ? Je le lui
confirmai.

« Avec un grand lit ou un petit lit ?

— Cela m'est complètement égal, monsieur.

— Je vais vous donner le 7. »

Il me tendit une fiche. Geneviève Le Theil.
Etudiante. Motif du voyage, affaires. Affaires.
Les yeux mi-clos, l'homme examina le docu-
ment avec une attention qu'il ne méritait pas,
et me jeta un regard inutilement suspicieux.
Déformation professionnelle. Ou myopie. Je
montai, escortée d'un valet à l'hygiène douteuse. Le lavabo se vidait mal et l'eau chaude
ne l'était pas. Je m'en accommodai. Je changeai
de chemisier et descendis; le logeur, levant le
nez de son journal, me suivit des yeux comme
si ma conduite l'étonnait. Elle était pourtant
bien banale; il était près d'une heure et j'al-

lais déjeuner, avant de me rendre chez le notaire.

J'en sortis à cinq heures. J'étais propriétaire
de deux immeubles en ville, d'une demeure à
la périphérie, et à la tête de rentes, valeurs et
liquide dont le total, telle l'addition des wagons
de choux et des chevaux en long, m'était im-
précis, mais semblait me promettre une existence confortable. Fonçant dans les rues, le
sourcil froncé, je laissais libre cours aux rêveries que, jusque-là, par crainte d'une déception,
je m'étais raisonnablement interdites : avec les
vieilles personnes on a parfois des surprises; de
mauvais placements, les dévaluations... Tante
Lucie apparemment avait évité ces écueils.
J'eus une pensée reconnaissante pour cette parente que je n'avais vue depuis ma première
communion et qui, recueillie par une mort
tranquille dans un âge logique, m'avait, faute
d'autre descendance, faite sa légataire. Qu'elle
soit, là-haut, rassurée : j'avais, quant à ses biens
qui venaient de m'échoir, les intentions les plus
pures. Ils seraient consacrés à l'enfance malheureuse, comme j'en avais dès longtemps formé le
projet avec une amie; j'aimais les enfants d'autant plus que ma santé ne me permettrait
peut-être jamais d'en avoir; quant à Claude
Amyot, sa nature la portait spontanément vers
le bien dans un pur élan que j'admirais parfois,
et parfois enviais; elle ne pensait qu'aux autres;
il m'arrivait de penser à moi, à mon bonheur, à

ma propre vie. Néanmoins, ces voies différentes nous portaient avec une égale ferveur vers le même but, en vue duquel nous avions organisé nos études; pour le reste, et en particulier pour la solution des problèmes matériels, nous espérions un peu dans la providence : sans doute avait-elle été touchée. Je devais à Claude, laissée dans l'incertitude sur le quai d'une gare parisienne, les rassurantes nouvelles; je me mis en quête de la poste, d'où j'expédiai un télégramme faussement laconique : « Tout va bien. Peux faire projets. » C'est en remettant ce télégramme que je réalisai vraiment ma situation, à tel point que, me souvenant qu'il pleuvait, je m'offris, dans un magasin de la ville, un imperméable que je ne mettrais jamais hors de ses murs, tant la coupe en était douteuse et la matière rustique. Ainsi parée je me hâtai vers l'hôtel où je n'avais aucune raison de retourner sinon que je n'avais rien à faire d'autre et ressentais confusément l'impression de « n'avoir déjà perdu que trop de temps ». Impression sans aucun fondement, que j'attribuai alors, car je raisonne, au désir de faire le point. Je n'aime pas ne pas savoir où j'en suis. Je marchais vite, et franchis de nombreux ponts de fer brillants de pluie. Il n'était pas tout à fait six heures quand je passai le seuil de mon hôtel, et l'homme me dédia, en me tendant la clef, ce regard à la fois indiscret et étonné que finalement j'attribuai à la myopie. Je montai vite. La serrure fonctionnait mal. J'insistai. Une clef tomba à l'intérieur, la porte s'ouvrit.

Je la refermai vivement. Je m'étais trompée. Le numéro me le confirma : le 6. J'avais le 7, à côté.

Je restais là sans bouger. L'image, incroyablement nette, restait fixée dans mon esprit : sur un grand lit, un homme dormait tout habillé, la bouche ouverte. Tout en lui, ses dimensions, son visage, était anormal. Des ronflements irréguliers sortaient de sa gorge. L'ensemble avait, dans le reste de jour, un aspect sinistre. Ce n'était pourtant rien qu'un homme qui dormait, j'aurais dû passer depuis longtemps, rentrer chez moi — je ne passais pas. Mon cœur battait, comme s'il en savait plus que moi. Ce n'était qu'un homme endormi; ivre mort peut-être. Le mot sonna d'une manière inquiétante. Je n'y tins plus. Impulsivement, j'ouvris de nouveau, et le premier objet que je vis fut en effet, sur la table de nuit, le tube, près du verre. Deux tubes même. Aucune inscription. J'entendis enfin comme il fallait les ronflements : des râles. Une grande main pendait hors du lit. Je la touchai : froide. J'osai secouer : pas de réaction. Il était horrible. Je dégringolai en courant l'escalier.

« Monsieur, je crois qu'il est arrivé un accident à un de vos clients ! »

Le logeur leva du journal local un nez tranquille.

« Tiens, dit-il sans surprise. Et lequel ?

— Le 6.

— Tiens, dit-il encore, et toujours sans bouger. Et, si je peux me permettre, comment le savez-vous ?

— Je me suis trompée de chambre. Ecoutez, monsieur, vous n'avez qu'à monter, ce n'est pas mon affaire. »

Il remua sa masse de quelques centimètres. « Un accident ?

— Je crois qu'il s'est empoisonné.

— Sa porte n'était pas fermée ?

— Ma clef a ouvert. Ecoutez...

— C'est curieux, dit-il en posant son journal et se levant enfin.

— Vous verrez bien, je l'ai laissée sur la porte. Je crains que ce ne soit urgent... »

Il passa devant moi et commença de gravir lourdement l'escalier. Sa notion de l'urgence était différente de la mienne.

« Le 6 ? répéta-t-il avec, naturellement, un arrêt, et en me présentant sa tête obtuse et vaguement malveillante.

— Le 6, oui ! Le 6, deux fois trois ! »

J'avais laissé la porte ouverte. Je m'aperçus que j'avais suivi l'hôtelier. Il entra et secoua son client.

« Monsieur ! Eh ! monsieur ! Monsieur, réveillez-vous !

— Cela m'étonnerait qu'il se réveille, dis-je en désignant les tubes.

— Ah ! c'est malin, dit-il, si c'est ça ! C'est malin, vous pouvez le dire ! me jeta-t-il, à moi, comme si j'eusse de ma main brossé le tableau. Il va falloir appeler la police. Monsieur ! »

Monsieur ne s'en soucia pas. Il respirait maintenant sans bruit. En partant l'hôtelier fit jouer ma clef.

« Ça ne marche pas si bien que ça !

— Mais ça marche. Heureusement d'ailleurs ! Heureusement pour vous, appuyai-je avec une lourdeur qui me paraissait nécessaire.

— Et où est l'autre clef ?

— Ecoutez... » Mais à quoi bon le pousser, je n'étais pas un hercule. « Je l'ai entendue tomber, bougonnai-je, elle n'a pas dû se sauver. »

Il ouvrit encore, ramassa en effet la clef numéro 6, referma. L'homme, lui, était peut-être à une seconde près.

« Il l'avait laissée dedans, mais il ne l'avait pas mise en travers, constata mon logeur en descendant enfin l'escalier.

— Heureusement ! Car, s'il l'avait mise en travers — je criais presque — je n'aurais pas pu ouvrir, j'aurais vu que je me trompais, je serais rentrée chez moi, et demain matin vous auriez trouvé un cadavre. Ce qui, d'ailleurs, finira par arriver ! »

Il parut saisir l'allusion et décrocha le téléphone. Je haïssais la province dans sa totalité. A Paris, nous sommes tout de même plus vifs. Enfin il avait le commissariat et m'annonça, comme si j'étais de la famille, qu'ils arrivaient tout de suite. J'avais fait tout mon devoir. Mon rôle était terminé.

« Je n'ai plus qu'à monter, dis-je, en tendant la main pour avoir ma clef, qu'il avait reprise.

— Ce n'est pas la peine, ils arrivent.

— Je n'ai pas besoin de les voir.

— Mais eux voudront certainement, dit-il d'un ton menaçant, c'est vous qui l'avez trouvé. »

C'est vrai. Je m'assis. L'homme, là-haut, s'enfonçait. De mortelles minutes, littéralement, s'écoulaient. Je commençai d'entendre la pendule du bureau, jusque-là muette. Le patron s'était remis au journal local.

Enfin le fourgon stoppa, des portières claquèrent, les brancardiers entrèrent, suivis d'un homme qui devait être un inspecteur. A sa vue l'hôtelier se déploya; j'eus la surprise de constater qu'il pouvait se hâter; il lui fallait pour cela la police; il précéda son monde, soucieux à présent d'expédier le colis qui pouvait devenir encombrant d'une seconde à l'autre. Tant qu'il s'agissait de la mort des autres pourquoi se presser ? Mais son confort, c'était sérieux.

Les brancardiers redescendirent très vite. On avait jeté une couverture sur l'homme. Peut-être était-il mort ?

La voiture démarra aussitôt. Le patron descendait avec l'inspecteur. Il était détendu. Il souriait, selon la tendance de ses pareils à être aimables avec la police.

« Voyons la fiche. Jean Renaud, étudiant. Il n'a pourtant pas l'air jeune à ce point-là. Vous l'avez vue, sa carte d'identité ?

— Il a copié le numéro devant moi.

— Il l'a probablement détruite et jetée dans les vécés, et le numéro est bidon. Aucun papier là-dedans non plus, dit-il en désignant une serviette de cuir qu'il avait descendue. S'il y passe, ça va être commode. Regardez-y mieux la prochaine.

— Oui, dit l'hôtelier confus, en me jetant un regard prometteur de vérifications. Mais il s'en tirera sans doute, il y avait moins de trois heures qu'il était là-haut quand on l'a trouvé — Madame, donc, dit-il en amenant sur moi, d'un geste du bras, l'attention de la police.

— Ah ! » dit l'inspecteur en se tournant d'un bloc vers cette pièce maîtresse de l'affaire. « Vous connaissez cette personne ? — euh, madame ou mademoiselle ?

— Mademoiselle. Non bien sûr, je ne connais pas ce monsieur.

— Vous êtes arrivée aujourd'hui ?

— Par le train de onze heures cinquante, précisa l'hôtelier.

— De Paris également ?

— Oui. »

Egalement. L'inspecteur regarda l'hôtelier. Je sentis flotter l'hypothèse du crime parfait. Cela manquait.

« Et vous n'aviez jamais vu cet homme auparavant ?

— Non. Je vous l'ai dit. »

J'avais lu des histoires qui commencent ainsi
et dont le héros finit sous le couperet. Je jugeai
prudent une mise au point complète avant que la
mécanique se mette en marche avec moi dedans.

« Je suis ici pour affaires. Je dois régler la
succession d'une de mes tantes, Mme Lescure,
et je suis venue voir à cet effet maître Varangé,
son notaire. »

Une amabilité soudaine déferla sur les traits
de mon hôtelier : il paraissait brusquement
soulagé; j'existais.

« Je suis revenue de chez maître Varangé à
six heures environ, et je me suis trompée de
chambre.

— La porte était ouverte ?

— Ma clef a ouvert.

— C'est exact, dit l'hôtelier, volant à mon secours; je ne comprends pas pourquoi, mais la
clef du 7 ouvre le 6. Je l'ai vérifié. Je ne le
savais pas moi-même.

— Une chance, dit l'inspecteur, qui devait
être plus vif que mon bonhomme.

— Oui, pour le coup, c'est une chance, dit
celui-ci, dont la cervelle paraissait enfin se
mouvoir dans la bonne direction.

— Mademoiselle est donc arrivée par le
train de onze heures cinquante, a retenu sa
chambre...

— Oui, dit l'hôtelier, puis elle est sortie très peu de temps après et n'est rentrée qu'à six heures. L'homme, lui, est arrivé vers deux heures et demie, par le quatorze heures dix-huit, probablement.

— Mademoiselle était donc déjà sortie ?

— Depuis plus d'une heure. »

Quelle bonne idée j'avais eue de déjeuner en ville ! Songer que j'aurais pu préférer, par exemple, prendre un peu de repos; je serais fraîche. Le comportement de l'hôtelier commençait à être clair : cette succession rapprochée d'étudiants parisiens solitaires, ces clefs qui ouvrent toutes les portes...

« Il m'a demandé une chambre pour une nuit et me l'a réglée avec le service, d'avance. J'ai demandé s'il en voulait une à grand lit ou à petit lit, comme je fais toujours, quand j'ai le choix bien sûr, pourquoi ne pas faire plaisir au client ? Il a souri d'un air entendu et a dit : « Un grand lit, c'est le moins. » Naturellement cette réflexion faisait plutôt penser à une histoire de femme, mettez-vous à ma place. »

Bien sûr. Béni soit ce repas, du reste exécrable. Mon appétit m'avait sauvée.

« Une drôle de femme, dit l'inspecteur, pour laquelle il voulait un grand lit. »

L'hôtelier rit.

« Ensuite il a dit qu'on ne le dérange pas avant le lendemain. J'ai pensé toujours la même chose, mettez-vous à ma place. En fait, c'était bien prémédité.

— Il n'y a qu'une chose qu'il n'avait pas prémédité, dit l'inspecteur, badin, c'est que le 7 ouvre le 6... et que — il se tourna vers moi avec un bon sourire — et que les jeunes filles sont parfois distraites. Il sera frais quand il se réveillera à l'hôpital sans papiers et sans argent. Lui qui croyait en avoir fini... »

J'ai fait du joli. Jusque-là j'avais vécu dans la certitude d'accomplir une bonne action. Je compris subitement que le point de vue de « Jean Renaud » pouvait être différent.

« Ça alors, tant pis pour lui, dit l'hôtelier. Personne ne l'a forcé. »

L'inspecteur dit que c'était réglé, d'autant plus qu'il n'y aurait sans doute pas mort d'homme, s'excusa des questions à moi posées, et me tendit la main. J'étais tout à fait hors de cause. Quelle chance d'avoir un alibi, une honorable tante défunte, et un notaire.

L'hôtelier maintenant me souriait; comme à la police.

« Voilà, dit-il. On a fait notre devoir. N'empêche, venir chez moi pour ça. Il ne pouvait pas le faire chez lui ?

— Peut-être que ce n'était pas commode, dis-je.

— C'est pas une raison pour venir chez moi. Mettez-vous à ma place. En arrivant, il me dit : « Qu'on ne me dérange pas avant demain. » Il

avait donc bien son idée : me laisser son cadavre sur les bras. Eh bien, moi, j'estime que c'est
dégoûtant. Qu'on se suicide si on veut, mais
qu'on n'aille pas faire ça chez des gens qu'on ne
connaît pas, en somme. »

Bien qu'il me déplût de me trouver d'accord
avec un personnage aussi vulgaire, je devais
m'avouer choquée par ce qui était, en effet, un
mépris des autres et un manque de respect de
soi-même. Laisser derrière soi son corps, on ne
sait dans quel état, l'abandonner au premier
venu, comme on le jetterait aux poubelles...
Une négation si totale de la vie, pire que le
suicide lui-même, me trouvait incrédule et au
bord de la réprobation. Il n'y avait pas là seulement un désespoir mais encore un scandale. Et
puis enfin, s'en aller suicider en province ! S'il
tenait tant à finir sur un calembour, à Paris
aussi il y a un hôtel de la Paix !

« Faites le 6 tout de suite, dit l'hôtelier au
valet. Bien à fond. Et vous laisserez la fenêtre
ouverte. »

De l'air sur tout ça.

« Franchement, me dit l'hôtelier, confiden-
tiel, j'ai cru que vous le connaissiez. Mettez-
vous à ma place, dans notre métier, surtout
dans ces hôtels autour des gares, qui n'ont l'air
de rien, on en voit plus qu'on ne croirait, et
des gens qui ont l'air bien. On apprend à se
méfier de la meilleure apparence, à force. Vous
arrivez. Deux heures plus tard, ce type entre,

tout seul aussi, avec un petit bagage aussi, alors
je me dis, tiens, c'est pour ma petite cliente... »

J'eus un sursaut offensé de me voir associée à
cette loque agonisante. Il est vrai qu'il n'était
pas agonisant quand il était arrivé. Il avait
plaisanté à propos d'un grand lit. Tout de
même.

« Faut comprendre, dit l'hôtelier, remar-
quant mon irritation. Quand on ne connaît pas.
Dans notre métier, on a l'habitude de bâtir des
romans, et c'est souvent qu'on tombe juste. Enfin, heureusement pour vous ce n'était pas ça.
Ainsi vous êtes la nièce de Mme Lescure ? »

Voilà. Changeons de sujet. Il ne l'avait pas
connue elle, mais par contre Charles, mon oncle en somme, qui venait faire sa partie en face,
là, vous voyez. Il désignait le café de la Gare,
où j'aurais pu, aussi bien, descendre, pensai-je
avec quelque regret. Ils possédaient des immeubles en ville, n'est-ce pas ? Et puis cette maison;
elle avait un très beau parc, que longeait malheureusement, à présent, la déviation des poids
lourds. C'est par là aussi qu'on allait faire le
motel, vous savez, ces casernes sur le bord des
routes, la nouvelle mode...

J'avais des immeubles, une maison, un très
beau parc. Je les avais un instant oubliés. Je repris pied.

« Je vais dîner », dis-je joyeusement.

Je n'allais pas dîner n'importe où, se récria
mon bonhomme, la table était ce que la ville

avait de mieux. Des spécialités. Il me recom-
manda le Chapon Vert, m'en indiqua le chemin, composa presque mon menu.

« Après toutes ces émotions, dit-il, il faut un
bon repas. »

Ces émotions. Quelles émotions ? Ah ! oui, le
mort. Je m'en souvins avec gêne. Cette longue
main froide, que j'avais touchée. Je montai
faire un peu de toilette.

Je fis peu d'honneur à mon dîner gastrono-
mique. Seule, encerclée de plats somptueux,
j'étais mal à l'aise; je rentrai vite.

« Attention, me dit le logeur en tendant la
clef. Le 7 !

— Ce n'est pas mauvais quand je me
trompe. »

Il en convint, me souhaita la meilleure des
nuits, et je verrais comme sa maison était paisible. Elle l'était. Je m'assis devant la table et
tentai de faire cette fameuse mise au point. Le
silence m'oppressait. Ma pensée fuyait. Pas un
bruit, sauf les trains enrhumés qui laissaient
après eux un silence encore épaissi. J'étais
seule, au milieu de la nuit. Non. Pas seule. A
l'autre bout de la ville, un homme se débattait,
qu'on arrachait de force à la paix qu'il s'était
donnée. Sur son lit d'hôpital, que devenait
« Jean Renaud » ?

*

Je m'éveillai tôt comme d'habitude. J'avais

eu mon cauchemar : je cherche quelqu'un; j'arrive dans un lieu public, j'y suis accueillie par des rires d'hommes, et je m'aperçois que je suis vêtue d'une chemise trop courte, et pas très nette. Ce rêve hanta mon enfance sous diverses formes, fit une brève réapparition après la mort de mon père, puis disparut. J'espérais qu'il avait perdu ma trace. Mais non. Le voici. Je pensai que cet homme d'hier était mort, finalement.

Je commandai un bain, pris mon thé au citron, sans biscottes, et m'aperçus que j'avais ma crise de foie. En fait, j'avais tout bonnement trop mangé la veille au soir, nul besoin d'en appeler au prophétisme. D'ailleurs, j'allais savoir dans un instant.

Je n'osai téléphoner de l'hôtel, devant le bavard bâtisseur de romans qui m'interrogeait sur ma propre santé et me faisait valoir comme on dormait bien chez lui. Oui, pensai-je, mais quelquefois on est dérangé dans son sommeil.

J'irais à la poste. Du même coup je verrais mes immeubles, j'avais le temps, il était à peine dix heures.

Mes immeubles étaient laids et solides, pleins d'un mouvement de commères; c'était jour de marché. Toutes ces personnes à cabas venaient de changer de main sans le savoir. J'étais propriétaire de commères. J'essayai de m'amuser avec cette idée; je manquais de conviction. Oui ou non, ce Jean Renaud était-il mort ?

On ne donnait pas de renseignements par téléphone. Il fallait se déranger. J'avais précisément deux heures à tuer. Je me fis indiquer
l'hôpital. Je me perdis un peu. Les faubourgs
étaient étendus, d'une monotonie incomparable
et parcourus par de nombreux cyclistes. L'hôpital était bien tenu. Au bureau on ne savait pas
qui était M. Jean Renaud. Mais hier soir il n'y
avait eu qu'une seule entrée; au pavillon B. J'y
allai.

« Un « Jean Renaud », qui a tenté de se suicider hier, est-ce qu'il...

— Chut ! coupa l'infirmière. Eh bien, il est
sauvé. Vivant, et même bien vivant. Vous êtes
une parente ?

— Non, c'est moi qui... qui l'ai trouvé, et je
voulais savoir, voir si...

— Ah ! C'est vous ? Il sera ravi, dit-elle en se
levant. Venez.

— Mais je, je n'ai pas... »

Je n'avais pas la moindre intention de lui
rendre visite. Apparemment sûre du contraire,
l'infirmière, sourde à mes dénégations, sans me
laisser placer un mot, me précédait tout au
long d'un interminable couloir, m'entraînait,
m'entraînait malgré moi, dans un flot de paroles, et je suivais, hébétée, étourdie, je suivais
comme un mouton, et comme lui sans savoir où.

« Il vous attendait. Il veut voir « celle à qui
« il doit la vie après sa mère », comme il dit.
Ce qu'il peut être drôle ! Il vous est très recon-

naissant. Maintenant. Parce qu'au début c'était une autre musique. Savez-vous quel réveil il nous a fait, après des heures passées à travailler sur lui ? Il a ouvert un œil et a dit merde. Voilà la récompense. Qu'est-ce qu'on lui a passé ! Mais depuis, il s'est repris, il a retrouvé sa tête, il a juré que c'était bien fini ce genre de sottises. D'ailleurs, il croyait seulement dormir. Enfin, il le dit maintenant. Pauvre garçon ! Ce qu'il y a des femmes garces tout de même ! Un homme si gai, l'amener à ça ! Il est vrai que c'est une femme aussi qui l'en a tiré, comme il dit : les femmes font tout dans ma vie, le meilleur et le pire. Il est crevant. Depuis qu'il ne souffre plus c'est le cirque. Entrez. La voici, monsieur Sarti, vous aviez raison, elle est venue. »

Je n'avais pas su m'échapper à temps.

Il était dans un box, adossé aux oreillers. Trop grand pour le lit. A ma vue, il produisit un sourire épanoui bien qu'ambigu.

« Voilà l'ange, dit-il. Comment allez-vous après toutes ces émotions ? »

Lui aussi.

« Moi, ça va, ce serait plutôt vous...

— Moi, que voulez-vous, je suis en bonne santé », soupira-t-il.

Il fit dans l'air un grand geste résigné. Je me souvins d'avoir remarqué déjà comme ses mains étaient belles. Le visage, lui, était toujours laid, mais quelle métamorphose y apportaient les yeux ! Petits, peu aimables, mais d'une intelligence si aiguë qu'on oubliait la laideur et qu'elle devenait expression.

« Je suis content que vous soyez jolie. Ç'aurait pu être cet homme adipeux en bas, plein de pensées obscènes, ou le triste valet, ou pis encore un placier en machines à laver. Je l'aurais eue mauvaise. Sauvé pour sauvé j'aime mieux que ce soit vous. Vous ressemblez à une madone byzantine. Vous ferez mieux dans ma vie.

— Vous savez, dis-je, pour soutenir le ton, je ne l'ai pas fait exprès; c'était une erreur. Je me suis trompée de porte, et la clef a ouvert. Malencontreux concours de circonstances.

— Logique, dit-il. Le jardinier d'Ispahan à l'envers : quoi, dit la mort, il me cherche à la campagne ? Mais ce soir, c'est en ville que j'opère. Si j'étais resté à Paris je serais passé sous un autobus. C'est tout moi. Je monte une tragédie, le vaudeville s'y introduit par effraction. Avec de fausses clefs. Les histoires de portes sont généralement réservées aux cocus. Mais moi le ridicule est mon royaume, le dérisoire mon fatum, le pantalon qui tombe dans la cathédrale au moment du couronnement de l'Empereur, mon kharma. Dieu me l'a donnée, il n'a pas voulu me la reprendre, et pourtant je la lui offrais au rabais, une véritable affaire, c'était pour rien; à enlever. Mais que son saint nom soit néanmoins béni. Il ne perdra rien pour attendre, je finirai bien par mourir un jour, allons, il faudra qu'il cède. Le temps travaille pour moi. »

Etait-ce l'effet ordinaire du poison ? Lui avait-on donné une drogue ? J'étais hébétée. Il rit.

« Allons, ne pleurez plus (je ne pleurais nullement). Tout ça n'a aucune importance. Vous n'avez été qu'un instrument aveugle. Votre responsabilité est seulement... objective. »

Commencée sur un ton doucereux, la phrase finit comme un couperet. Il ne m'était pas reconnaissant le moins du monde.

Il me regardait avec un sérieux narquois, la tête un peu penchée à la façon des chèvres. J'éprouvai le désir de tomber dans la conversation courante.

« Vous... vous n'avez besoin de rien ? »

Belle question à poser à un mort. Il s'en saisit à pleines dents.

« Absolument de rien, merci. Vous n'avez déjà que trop fait.

— Combien de temps vous garde-t-on ?

— Peu. J'ai été pris à temps, paraît-il. On me garde par charité : j'ai du sommeil en retard; on ne m'a pas laissé dormir autant que je voulais. »

La conversation courante avec lui !

« Mais vous me trouverez encore là demain...

— Demain ? C'est ce que je sais pas si demain... »

Il me fixait, la tête penchée. Le départ, ce soir, me parut soudain un peu précipité : à peine aurais-je le temps de voir la maison, ensuite le notaire, régler l'hôtel, sauter dans le train... et puis j'avais oublié d'écrire à Pierre...

« Demain ? répétai-je sottement. Eh bien, je pense, en effet, probablement je serai encore là, oui. Si je suis là, je viendrai prendre de vos nouvelles. »

Je me levai. J'étais mal à l'aise. D'ailleurs il faisait trop chaud dans cet hôpital. J'aurais dû ôter mon imperméable. Ce vêtement était un vrai scaphandre, j'y transpirais abondamment.

Il me tendit la main, avec son sourire intelligent.

« A demain, dit-il.

— A demain. »

En sortant je me demandais encore pourquoi. La chaleur avait dû m'abrutir. Il paraissait avoir envie que je vienne. Il devait se sentir affreusement seul. Cela se voyait malgré ses grands airs. En fait, j'avais un peu pitié. Après tout je pouvais perdre un jour pour un homme qui vient de se tuer.

II

Je me retrouvai, soulagée, à l'air libre. Je marchai. Des coups de fusil éclataient dans la plaine. On chassait. Je longeai un canal. C'est bien triste un canal. Mais enfin je voyais des arbres; autant profiter de la campagne puisque j'y étais. Quel étrange garçon ! Je mangeai en chemin, très mal, dans une gargote dont l'air champêtre m'avait fait illusion.

À cinq heures mes affaires étaient réglées; j'avais le détail de ma fortune, du rapport de mes titres et biens immobiliers. Je commencerais par m'offrir quelques fantaisies avec le capital; j'étais tentée par une petite voiture; je me voyais déjà en train d'essayer un joli manteau de fourrure, pas un vison, mais quelque chose de chic. Bonne idée que cet héritage au seuil de l'hiver. Et puis j'irais dans le midi. Et puis... et puis je vivrais bien; j'épouserais Pierre. Je serais heureuse...

Je ne savais que faire de « ma » maison, une vieille demeure sans style, mais entourée d'un

parc superbe. Le notaire me conseillait de vendre, car il y avait des frais. La pièce principale,
où tante Lucie avait vécu parmi les bibelots,
avait une très belle cheminée. Je raffole des
grandes cheminées de campagne. Mais étais-je
assez riche pour garder une maison pour une
cheminée ? J'hésitais. Peut-être pourrions-nous
installer là le home d'enfants ? J'avais donc
différé ma réponse au lendemain, puisque,
aussi bien, je restais.

Je restais. Il semblait que cette décision ridicule se fût prise sans moi, et par morceaux. Un
des morceaux était une parole étourdie, pro-
noncée sous l'action de la chaleur, et dont je
me voyais à présent prisonnière. La bonne éducation a ses revers. Et qu'avais-je à faire de ses
nouvelles ? Elles étaient excellentes, ses nouvelles !

Allons, pas tellement. Il se retrouverait sans
un sou, et sans plus de raisons de vivre
qu'avant. Pauvre garçon ! Et si étrange, n'est-ce
pas ? La compassion me revint au cœur. Une
femme ? L'infirmière l'affirmait; j'en étais
moins sûre. Il n'avait pas l'air d'un homme qui
émerge d'un chagrin d'amour; on n'est pas si
gai; ce devait être pire.

Que ferait-il ? Il ne pourrait même pas reprendre le train, il devrait rester là dans cette
ville déprimante, pleine de ponts, et capable à
elle seule de pousser au suicide... Non : je pouvais du moins lui éviter cela. Je lui donnerais

la possibilité de sortir d'ici, puisque après tout
c'était ma faute s'il avait encore à prendre des
trains : je lui paierais son billet; et même de
quoi tenir en attendant; en attendant ce qu'il
voudrait. Et ne serait-ce pas, par surcroît, une
excellente inauguration de l'héritage ? Une
bonne action. Je tenais l'idée. Après quoi j'en
serais quitte avec ce Jean Renaud qui était
venu se suicider dans mes jambes et dont la
pensée, depuis hier, quoi que j'en pense, me
dérangeait. Au fond, j'avais des remords; il fallait en payer la rançon.

C'est ainsi que le jour suivant, le cœur allégé
par la certitude d'un dénouement prochain, je
franchis la porte du pavillon B.

Je trouvai ma victime assise sur un banc, et
devisant avec son infirmière.

« La voilà, dit celle-ci. Voilà votre ange gardien. »

Renfrognée, je fis un bonjour sec.

« Bonjour, mon boy-scout byzantin, répliqua
Jean Renaud. Byzantin et malgré lui », pré-
cisa-t-il devant mon air bougon.

Il est long comme un maïs monté, comme
une rose trémière. Elégamment vêtu et dans le
goût du jour. La misère ne doit pas être en
cause non plus, ou de bien fraîche date.

« Alors je vous le confie, dit l'infirmière.
Prenez soin de lui, il n'est pas encore solide sur
ses pattes. Et il est au régime. Vous avez votre
ordonnance, monsieur Sarti ?

— J'ai mon ordonnance, dit M. Sarti. Vous pensez ! Je n'ai pas envie d'être malade.

— Alors, au revoir. Et soyez sage.

— Adieu, madame Favre, il est probable que nous ne nous verrons plus.

— J'espère bien.

— Car une autre fois, murmura-t-il avec tendresse, j'irai ailleurs. Ici on soigne trop bien.

— Taisez-vous ! dit-elle, soudain sévère. Ou je refais votre fiche, et vous allez voir si on soigne bien ici !

— Pardon, dit-il. Je ne le ferai plus.

— Je vous le conseille. Si vous recommencez, vous savez ce qui vous attend.

— Rassurez-vous, c'est bien trop difficile. Je suis découragé. Il me faudra du temps avant de trouver la force de me remettre à l'ouvrage.

— Quel fou ! dit-elle, hochant tristement la tête. Dire que nous l'avons certifié sain d'esprit. Allez, au revoir. Au revoir, mademoiselle, veillez bien sur lui, ajouta-t-elle en élevant la voix, au passage d'un interne. Et attention à son régime. »

En voilà bien des conseils et qu'ai-je à voir dans son régime ? Cette femme est bonne de me mettre son malade sur les bras comme si j'étais de la famille. Que croit-elle ? Sans démentir, M. Sarti prit sa serviette et nous sortîmes. « Nous » sortîmes. J'étais simplement venue le cueillir. Le prendre en main. Il marchait près de moi, le nez au vent, avec un grand air d'innocence. Je sentis une gêne imprécise.

« Vous n'êtes pas fatigué ? » dis-je, pour rompre un silence qui me pesait.

Je m'étonnais qu'il n'eût point posé sa grande main sur mon épaule en m'appelant son petit bâton de vieillesse byzantin. Mon épaule était du reste au niveau requis, elle lui venait au coude.

« Nullement, dit-il, ça va tout à fait bien. Je suis d'excellente humeur. »

Je renonçais au projet de lui donner l'argent sur-le-champ. Il ne s'y prêtait pas. Lui tendre des billets comme ça à la porte de l'hôpital eût été du dernier grossier.

« S'il faut vivre, dit-il, autant dehors. Avez-vous une cigarette ?

— Je ne fume pas.

— Ah ! »

Il fouilla dans ses poches, sortit un papier, l'examina, sourit, le remit en place.

« En somme, ça s'est bien passé, conclut-il.

— Il est vrai, ç'aurait pu se passer plus mal.

— Certes, dit-il. Encore beaucoup plus mal. Tout le monde a été très bien. »

Il avait constamment l'air de se moquer.

« Même vous, dit-il.

— Moi ? »

Il rit.

« On voit que vous n'avez pas l'habitude du suicide. »

L'habitude du suicide, on croit rêver.

« Certainement pas, dis-je, un peu froissée. Je n'ai jamais essayé de la prendre.

— Ce n'est pas tout d'en réchapper, il faut encore en sortir. La mort, ce n'est pas le pire. Le pire, c'est la suite. »

Il shoota un caillou. La suite de la mort. Etait-ce un fou ?

« Vous n'avez pas de cigarettes ?

— Toujours pas.

— C'est vrai, excusez-moi. »

Il se tut, préoccupé par le besoin de fumer. Je lui en achèterai au premier tabac. Je pouvais aussi faire cela.

« Comment avez-vous récupéré votre serviette ?

— La police s'est fait un plaisir de me la rapporter, sous le prétexte de savoir qui j'étais et si on ne m'avait pas assassiné malgré tout. J'espère que vous n'avez pas été un instant suspectée, on ne découvre pas des cadavres impunément.

— Soyez content, j'ai eu le premier degré. Mais j'avais un alibi, et des références.

— J'ai levé les derniers doutes. Je me suis déclaré seul meurtrier; et encore, par imprudence : légitime défense contre l'insomnie. N'avouez jamais, c'est la règle, retenez-la pour le cas où. Bien que vous n'ayez pas de dispositions, on ne sait jamais. Et de préférence, plaidez le crime passionnel : c'est le seul mobile admis et pardonné. Le chagrin d'amour éveille la sympathie générale. C'est ce que j'ai fait. »

Il se tourna brusquement vers moi.

« Ce n'était pas vrai, dit-il, comme si cette information dût m'intéresser.

— Alors, c'était quoi ? avançai-je, espérant une réponse de nature à faciliter mon geste charitable, toujours en suspens.

— La vie, dit-il. Mais c'est mal vu de mourir pour la vie. C'est immédiatement la section des agités. Tandis que la peine de cœur, ça marche à tous les coups. Par contre, on m'a vivement reproché d'avoir balancé mon identité dans les gogueneaux. Je croyais pouvoir m'en passer. Folle erreur. La société m'a récupéré dans son sein, avec mes nom et qualités. Je suis donc en mesure de me présenter : Renaud Sarti, sans profession définie. Nos relations vont pouvoir devenir normales. »

Dieu l'entende ! Nous marchions vers la ville, lentement, car, en fait, il semblait extrêmement fatigué. J'aurais dû venir avec un taxi !

« Est-elle lourde, cette serviette ? me dicta une renaissante pitié.

— Ma brosse à dents. — L'attachement des hommes pour leur brosse à dents, soit dit en passant, a de quoi faire rêver, sur, en particulier, la puissance coercitive de la société jusques au cœur du bipède. La Brosse-A-Dents, personnification du Sur-Moi, avec son odeur de désinfectant chasseur de miasme et sorcières diverses, aujourd'hui réduites à des dimensions si misérables qu'il faut, pour les voir, un microscope. Tel est le recul de la superstition, et sa pérennité, bref, ma brosse à dents, et Don Quichotte, mon livre de chevet. Moi aussi, voyez-vous, je fais dans la chevalerie.

— Ah ! Ecoutez, je vous ai dit que c'était une erreur ! Et je crois que je finirai par dire une malédiction !

— Voilà qui est parlé enfin. Mais c'est ce qui est intéressant. Si vous l'aviez fait exprès, je vous aurais craché au visage, au lieu de vous accueillir gentiment comme j'ai fait. Avouez que j'ai été chic ? »

Cette façon de tourner les choses.

« Objectif, quoi ! Qu'est-ce qu'on y peut, une fille qui se trompe de chambre ? Et pourtant ! Que m'avez-vous fait là ! J'avais mis toutes les chances de mon côté, toutes. J'étais tranquille. Sans vous, envolée la petite âme ! Là-haut !... »

Il s'arrêta au milieu de la route, et fit des mouvements d'ailes avec ses grandes belles mains. Et moi, je me mis à rire ! Lui, non.

« Voilà. La petite âme, elle est là, dit-il en désignant avec précision le milieu de sa poitrine. Faites-vous une raison, elle est à vous, elle vous appartient, ne me concerne plus. Faites-en ce que vous voulez, c'est votre chose. »

J'eus une grimace involontaire et je l'entendis rire.

« Encombrant, hein ? Vous voyez. Désormais,

vous ferez attention à ne pas passer sous une échelle en sortant de chez vous le matin. »

Cette fois, je frémis : en sortant de chez moi, avant-hier, j'étais passée sous une échelle. J'avais hésité, puis je m'étais dit : c'est idiot d'être superstitieux.

« Mon Dieu..., dis-je.

— Quoi votre dieu ?

— J'ai passé sous une échelle le matin, ce matin-là.

— Le tableau est complet. Et maintenant, vous voilà avec une âme sur le dos. Mais vous pouvez toujours la foutre en l'air, dit-il. Elle ne vous demande rien, elle ne demande rien du tout à personne du tout. Elle s'en fout. Vous m'avez aidé très gentiment à sortir de là-dedans. Merci. Mais maintenant, c'est quartier libre. »

Je ne doutais pas qu'il parlât sérieusement. Après tout, il avait fait ses preuves, il pouvait se permettre de jouer. Tout ce que disait cet homme avait un air de vérité parfaite. J'y étais entraînée et j'en éprouvais une émotion singulière.

« Mais auparavant, dit-il, j'ai une dernière volonté. Et cette dernière volonté sera un verre de rhum, ou assimilé, car je suis un condamné banal jusqu'à l'écœurement. Justement j'aperçois un bistrot là-bas qui vient, couvert de sang, car il est peint en rouge, si mes yeux voient. Je me traînerai jusque-là encore. »

En effet la sueur perlait à son front : il devait être plus épuisé qu'il ne laissait voir. Il
avait une expression têtue, inquiète.

« Il faudra que vous m'invitiez, dit-il brutalement, la main sur la porte. Je n'ai rien.

— Bien sûr, dis-je en souriant. N'est-ce pas
mon devoir ? »

C'était bien imprudent. Cet homme avait décidément la propriété de me rendre étourdie.
Bon, mais enfin, puisque de toute façon j'allais
lui donner de l'argent, je pouvais lui payer un
verre et un paquet de gauloises.

Pour la charité le moment ne paraissait pas
encore opportun. Ecroulé sur une chaise, il demandait un cognac.

« Mais, dis-je, le régime...

— Après, dit-il. Je suis encore un homme libre. »

Il avala son cognac par petites gorgées atten-
tives, et respira. Puis alluma une cigarette, la
savoura, demanda un autre cognac. Il avait besoin d'un coup de fouet. Je payai, un peu gênée.

« Je suis à vous », dit-il.

Que le ciel tombe, j'ai ramassé le diable.
Pourquoi une formule de politesse, dans sa
bouche, fait-elle figure de réalité littérale ? Il a
dit : Je suis à vous, j'ai entendu qu'il est à moi.
Le diable. Et s'il est à moi, que vais-je en
faire ? « Mais vous pouvez toujours laisser
choir », disent ses yeux plissés.

Nous marchions. Il était plus alerte. La tête dressée, il humait l'air. Il semblait heureux de vivre.

« J'aime l'automne, dit-il. L'odeur. Je m'emmerde à la campagne, mais ça sent bon. A la ville aussi d'ailleurs je m'emmerde, mais ça ne sent pas bon. »

Je me gardai de demander où il ne « s'emmerdait » pas.

Midi sonnait quand nous passâmes devant l'église. Il fallait que je déjeune; après tout je pouvais l'inviter; j'étais fatiguée de manger seule. Il ne fallait pas pousser la mesquinerie trop loin, et, puisque de toute façon, j'allais lui donner...

« Avez-vous faim ?

— Non, dit-il.

— Vous pouvez tout de même déjeuner. Je vous invite au Chapon Vert, spécialités du pays.

— Je suis au régime.

— Mais pas à la diète. Il faut que vous avaliez quelque chose, sinon vous ne tiendrez pas le coup.

— Bon », dit-il.

Il ne mendiait pas. Il consentait à recevoir, à la rigueur.

Le patron me reconnut, constata que j'avais amené un client, se mit en frais. Le maître d'hôtel se montra satisfait de ma commande. Quant à celle de Renaud...

« Un yaourt, dit-il.

— Pour commencer, monsieur ?

— Oui. Et des nouilles.

— Mais nous n'avons pas ça, monsieur ! »

J'intervins :

« Monsieur est au régime.

— Ah bon ! dit le maître d'hôtel rassuré.
Mais quel dommage, au régime, ici ! Nous
avons bien du riz avec la poularde...

— Donnez le riz sans la poularde, dis-je. Et
une aile de poulet froid.

— Et un yaourt, dit Renaud.

— Un autre yaourt ?

— Oui.

— Et comme boisson, Evian, Vichy ?

— Blanc sec, dit Renaud.

— Oh ! dis-je.

— Ça va, dit-il.

— Je voudrais bien voir cette ordonnance,
dis-je.

— Ah ! dit Renaud. Cela vous intéresse ? »

Les yeux, mi-clos, me fixent. Intéresse veut
dire intéresse. Pour comprendre cet homme il
suffit en somme d'un dictionnaire. Il me demande si son ordonnance m'intéresse. J'ai le
sentiment d'avoir parlé gratuitement toute ma
vie, et d'entendre, pour la première fois, parler
pour de bon. Si son ordonnance m'intéresse.

L'œil rusé me rappelait que de « la petite
âme » encore présente j'étais responsable; que
de cette charge pourtant il m'avait fièrement
déliée : « vous pouvez toujours la foutre en

l'air, elle ne vous demande rien »; que j'étais
libre. Libre de m'intéresser, ou pas. Son pot de
yaourt en main, la cuiller en l'air, il attendait
ma réponse, ma libre réponse.

Hélas ! Je n'étais plus libre. Mon cœur battait, ma gorge était nouée. Incapable de soutenir son regard je ne pouvais détacher le mien
des longues mains qui tenaient, avec une désinvolture attentive, les objets prosaïques : je
n'avais jamais rien vu de si vivant, même les
bêtes. Le sang me vint au visage. Ces mains, je
voulais qu'elles me touchent. Je suis folle. Mon
corps subit une intense métamorphose, je vais
me réveiller chenille ou baleine blanche, je
vais crier, pleurer ou japper, ou braire. Je
l'aime. J'aime cet homme. Et depuis le début.

Il est là en face, il sourit, la cuiller suspendue comme la baguette d'un chef d'orchestre
pendant la pause, attendant le déferlement des
cuivres; il voit tout; il connaît la partition. La
cuiller imperceptiblement se soulève — et
moi :

« Faites-la voir, cette ordonnance. »

Je ressens une délivrance d'accouchée. C'est
fait. J'ai avoué. Il sait. D'ailleurs il a toujours
su. Il a joué depuis le commencement. Mon
ventre me fait mal. Une bête chaude y habite
depuis une minute et déjà prend toute la place,
ce monstre se dilate, et c'est moi. Le moi qui,
toute ma vie, a nié le coup de foudre, le coup
de foudre vient de le tuer. Au nouveau moi, né

à l'instant sous ses yeux, Renaud, inexpressif, remet l'ordonnance et ses mains touchent les miennes, est-ce à dessein ? La bête gémit. Le papier tremble entre mes doigts; d'indéchiffrables signes y dansent, je n'y comprends rien, je ne sais évidemment plus lire.

Je lui rends le grimoire et, près de reprendre mon bec-figue au point où je l'ai laissé, je constate que l'appétit m'a quittée. J'avais une faim de loup l'instant d'avant. L'autre avait faim. En celle que je suis, la faim s'est distribuée autrement. Renaud mange paisiblement son yaourt, me laissant à mes métamorphoses.

Le front étroit, le nez grand, la bouche épaisse et rude, le menton galochard — le visage plus qu'asymétrique est un assemblage de défauts dont le puzzle constitue une laideur à vous dégoûter de la beauté. Et quand les paupières se lèvent, sur ce paysage chaotique, les yeux petits jettent le soleil de l'intelligence, de la vie. Ce visage est un piège : on observe sans méfiance ses bizarreries, puis les yeux s'ouvrent; on est pris.

J'ai repoussé ma gélinotte. Il le constate d'un coup d'œil et ne commente pas. Magnanime, il me donne le temps de m'établir dans ma nouvelle peau, et d'ordonner mon nouveau monde.

Tout me devient clair en effet : pourquoi j'ai passé sous une échelle, pourquoi j'ai choisi l'hôtel de la Paix, pourquoi je me suis hâtée d'y revenir à six heures, pourquoi je me suis

trompée de porte et pourquoi la clef a ouvert;
parce que j'aimais Renaud Sarti. Une fois po-
sée la ligne de force de l'amour, on voit que le
monde est gouverné par la magie et non par la
raison, et on a beau aller à Ispahan. Ils vous
rattrapent par le col et vous remettent sur la
bonne route. Tout convergeait vers Renaud,
c'était net, j'étais baleine blanche et complètement folle, près d'éclater dans ma peau. Il me
restait en fait de lucidité celle d'observer la dé-
bâcle. Comment allais-je venir à bout de ma
poularde ? Son fumet, violant mes narines, me
levait le cœur; mon cœur n'était plus pour les
poulardes. J'enviais l'aile insipide et froide qui
reposait dans l'assiette de Renaud. Il la dévora,
durant que j'émiettais, pour donner le change,
ma volaille veloutée aux horizons de mon assiette. Je repoussai les fromages avec dégoût, et
renonçai au flan à la gelée. Je déçus le maître
d'hôtel, mais il dut comprendre, la vue de Renaud suffisait à tout éclaircir, l'hôtelier par
exemple, ne s'y était pas trompé, « c'est pour ma
petite cliente ». Eh oui ! C'était pour elle. Que
je dusse aimer cet homme se voyait comme
le nez au milieu de la figure, de toute éternité.

Ce déjeuner n'avait pas été bavard. On ne
peut tout faire à la fois. Je n'aurais pas de
peine à me souvenir, plus tard, de notre conversation : « Je voudrais bien voir cette ordonnance. — Ah ! Cela vous intéresse ? — Faites-la
voir, cette ordonnance. »

« Vous prendrez des cafés ? dit le maître
d'hôtel désenchanté.

— Oui. Vous aussi Renaud ? Deux cafés bien
forts.

— Liqueurs ?

— Un cognac, dit Renaud.

— Deux, dis-je.

— Ainsi donc, dit Renaud, vous ne l'avez
pas lue, cette ordonnance ? »

Oui. « Ainsi donc » j'aimais cet homme aujourd'hui dont hier j'ignorais l'existence, et tel
était bien, comme l'avait toujours nié mon superbe rationalisme, ce fameux miracle, l'amour,
le coup de foudre; et il m'arrivait à moi, contre
toute attente, dans la ville la plus laide de
France, au milieu d'une histoire de succession,
rue Georges-Clemenceau, entre la poire et le
fromage. Jean Renaud, Jean Renaud — je cons-
tatais donc, en plus, que depuis le début ce
nom m'habitait, au point que j'avais déjà du
mal à le changer en celui de Renaud Sarti. Renaud Sarti : mais je m'y ferai. Ce ne sera pas
long. Ces mains, ce visage, cette bouche forte,
ce grand corps — et rien ne m'est plus étranger pourtant qu'un autre corps — me sont devenus plus proches que le mien; ma chair
même, mon prolongement physique; ou plutôt,
c'est moi qui suis leur prolongement, je dé-
pends de leur moindre mouvement.

Il prend mon bras — Seigneur, soyez béni !

— la bête se retourne dans mon ventre. C'est
lui, pas un autre, lui, qui est tout simplement
là près de moi, et il consent à me toucher, il
fait le premier geste. Le monde entier s'or-
donne autour de ce nouveau venu, il est déjà le
maître et me dicte des conduites que je n'eusse
jamais osées. Je débite d'une voix blanche :

« Je dois voir une maison dont je viens d'hé-
riter. Pouvez-vous m'accompagner, ou êtes-vous
trop fatigué ? »

Je ne dois voir aucune maison. Mais il est
nécessaire, nécessaire, d'être seule avec lui, entre des murs, à l'abri de tout, à l'écart de tout,
seule avec lui un instant, rien que pour pouvoir le regarder, comme on veut une eau calme
pour s'y mirer, il me semble qu'ici, dehors,
bien que les rues soient presque vides, tout
m'empêche de le voir, je ne l'ai pas, il est loin.

« Comme vous voudrez, dit-il. Je suis à vous. »

Il sait ce qu'il dit décidément : ou bien ai-je
rêvé que son bras imperceptiblement a pressé
le mien ? J'ai le vertige, il le sent sans doute et
me tient une seconde plus ferme. Mes nerfs se
nouent d'impatience. Je ne tiens que par lui.

« D'ailleurs on va prendre un taxi. C'est assez loin. »

Oh ! Que c'est loin ! Le temps s'est démesuré.
Dix mètres, je ne les ferais pas à pied. Je
n'aperçois la minute suivante que dans un loin-
tain inaccessible, je n'y serai jamais. « Quand
on est amoureux on prend toujours des taxis »

— cette phrase de Marie-Agnès me revient;
c'est bien là, me disais-je, d'une tête d'oiseau.
C'était du Bergson.

Je l'emporte. Il faut encore en passant prendre mes affaires à l'hôtel de la Paix — béni
soit-il ! — régler, décoller du patron. Je prétexte un train que je ne prendrai pas, que j'espère ne pas prendre. J'ai laissé Renaud dans le
taxi : si ce Sherlock Holmes nous voit ensemble
il appellera la police. Je cours, tremblant que
mon butin se soit envolé. Non. Il prend mon
bras et le serre, cette fois, pour de bon. Plus de
doute. Je m'abandonne.

La grille de mon jardin grince; adorable musique. La pelouse est pleine de feuilles, et les
arceaux de roses fanées. Tout est gorgé d'eau et
d'odeurs, et Renaud aime l'automne. J'ouvre
ma porte, la referme sur nous. Renaud pose sa
serviette et me prend avec simplicité dans ses
bras, où ma place est préparée depuis toujours.
Il sourit.

Penché sur moi, il sourit encore : à ce qu'il
sait, et que j'ignore. Ses yeux me dénudent plus
que ses mains, débusquent la vérité : je ne connais pas le plaisir. Je revois mes quelques pauvres aventures, où je me croyais heureuse, où
personne n'en dissipait l'illusion; Pierre : la
douce quiétude bi-hebdomadaire, que j'appe-
lais tendresse. Ma mesquinerie; leur délicatesse.
Renaud n'en a aucune.

« Tu ne jouis pas ? »

Je rougis abominablement, honteuse de la tare révélée; je détourne la tête. Il glisse au pied du lit, à mes pieds. Je résiste, j'ai honte. Je ne veux pas. Fermement, il me force. Les larmes de défaite jaillissent de mes yeux, et je m'entends gémir. Je cède. A peine m'a-t-il quittée, je commence à souffrir. Je l'attire vers moi. J'ai besoin de lui. Je suis perdue. Il fera ce qu'il veut.

Mais voudra-t-il ? « Je suis à vous. » Ah ! Mais il n'a pas dit jusqu'à quand ! Peut-être demain, à l'instant, va-t-il m'échapper. Comment se contenterait-il de moi ? Je le perdrai. Je le serre contre moi épouvantée. Il se laisse faire. Il est gentil. Il veut bien. Pour le moment, il veut bien.

Nous avions manqué le dix-huit heures vingt-sept. Tout naturellement nous revînmes « à la maison » après le dîner. J'avais dévoré. Je fis un feu. Renaud découvrit dans un placard — il fouillait partout — une bouteille d'alcool de prune, qu'il posa avec deux verres sur la table de nuit napperonnée de filet. Je trouvai dans l'armoire de grands draps rudes et fis le lit. Le lit, le feu : les occupations essentielles de l'amour. Pour Renaud. Pour Renaud, je pourrais faire le lit et le feu ma vie durant et ne désirer rien d'autre. Je t'aime : je le regardais sans rien dire. Il leva son verre : « A la tienne », dit-il, amusé.

Nous entrâmes nus dans le lit où tante Lucie était morte. Horreur ! Si le notaire me voyait ! Mais tant pis, tant pis : j'étais devenue capable du pire pourvu que ce fût avec Renaud. Je songeai tout à coup que je n'étais même pas allée sur la tombe; ce n'était pas bien. Mais Renaud me prit dans ses bras. J'oubliai le reste.

Je n'allai pas sur la tombe — comment emmener Renaud dans un cimetière ? Il en venait presque. Quant à le quitter, il en était moins encore question : j'avais toujours le sentiment que ce rêve allait se volatiliser dès que je cesserais de l'avoir sous les yeux une seconde.

Je téléphonai au notaire que tout compte fait je ne vendrais pas la maison; je pouvais me payer le luxe de conserver mes souvenirs d'amour. Je n'allais pas vendre mon cœur tout de même ! Il me fallait garder les murs entre lesquels l'amour s'était épanoui : qui sait si je n'aurais pas quelque jour à venir l'y pleurer ?

Sans cesse, Renaud à mes côtés, je pensais à Renaud perdu. Cette nuit avait achevé de m'attacher à lui, aux égarements où il m'avait entraînée et auxquels je n'avais que trop consenti, et à l'espérance d'une révélation plus profonde encore que ses yeux attentifs me promettaient. Me promettaient — s'il m'en accordait le temps... Jumelle du désir, l'angoisse avait pris avec lui ses quartiers chez moi.

Renaud attrapa au vol une feuille rouge tombée d'un sycomore et la prit entre les dents. Je

me retournai une dernière fois sur le jardin
mouillé; la grille grinça en se fermant — douce
musique, je ne t'oublierai pas. Renaud, le nez
au vent, sans un regard en arrière — ah ! ce
n'est pas lui qui serait changé en statue de sel !
— sifflotait à travers le pédoncule de sa feuille
un vieil air de Charles Trenet. Nous marchions
vers la gare, dans un air humide et doux,
chargé d'odeurs. Devant le guichet, je sortis
mon portefeuille automatiquement, puis me fi-
geai. Je me retournai vers Renaud.

« Renaud...
— Oui ? »
Le ton naturel, comme si aucun guichet ne
se trouvait là, devant lui.
« Où... où allez-vous, Renaud ?
— Au vent mauvais, dit-il, qui m'emporte.
— Mais...
— Deçà, delà pareil à la feuille morte. »
La feuille prise entre les dents il la lâcha du
bout des doigts, elle tourbillonna en tombant
sur le sol, où il la contempla en souriant.
J'avais caressé l'espoir qu'il la gardait en souve-
nir. Folle.

Mon cœur chavira. Il ne m'aimait pas :
qu'avais-je escompté ? Folle. J'avais tout oublié
hors cette nuit. Mais lui, deçà, delà, comme
cela se trouve. Se trouvait moi; suivait lui
comme un chien errant au talon du premier
passant, que dis-je chien errant, le chien a besoin de pitance et de caresses et Renaud n'a be-

soin de rien. Quoi de changé ? pour moi, tout;
pour lui, rien, depuis la chambre 6 et les tubes
de gardénal. Rien sauf qu'il a encore à traîner
sa carcasse. Et comment une carcasse eût-elle
aimé ? J'avalai mon envie de pleurer. Renaud,
Renaud, pauvre Renaud ! Fier et dépossédé :
ramasse, ne ramasse pas, on me joue aux osse-
lets, moi, que veux-tu, je suis mort. Je ne
m'aime pas. Je suis un caillou. « Ne me concerne plus, la petite âme... »

Je regardais la feuille rouge laissée par terre
sur le ciment. Je me baissai et la ramassai,
humblement.

« Deux aller Paris », dis-je d'une voix aussi
ferme que possible. Sans regarder Renaud,
j'ajoutai : « Si vous permettez.

— La terre est ronde, dit-il, et tout est permis. »

Je sentis sa main autour de moi. Il m'attira
contre lui. Il me consolait. Au fond, il n'était
pas méchant, et plaignait mon pauvre amour si
mal tombé, mon amour à fonds perdu.

« Votre monnaie, madame ! »

Je ris dans mes larmes et Renaud resserra
son bras.

« Voulez-vous plutôt un billet pour Bor-
deaux ? dis-je, badinant pour cacher son émotion.

— Trop tard, dit-il, c'est fait, et puis Bor-
deaux c'est moche. Paris ce n'est pas beau mais
je suis habitué. Et puis ce sera un charmant
voyage tous les deux. »

Un charmant voyage : il m'embrasse tout le temps. Les trois autres occupants du compartiment en sont gênés, moi plus encore. L'homme que j'aime m'embrasse, que pourrais-je désirer de mieux ? Peut-être ne le fait-il que pour embêter les gens. Mais quoi ? L'homme que j'aime m'embrasse, que pourrais-je désirer de mieux ?

Paris. Nous voilà sur le trottoir : un petit moment de panique. Il pourrait aussi bien me tendre la main et me dire : au revoir, mademoiselle, merci du charmant voyage, je retourne à mes affaires... Avec lui, je m'attends à tout, à tout moment. Cet homme, c'est l'incertitude. La terre est ronde et il n'y a pas de routes dessus, on peut dévier n'importe où, n'importe quand, il n'y a que des déviations. C'est la liberté des morts.

Apparemment, il n'a pas d' « affaires » où retourner. Planté à côté de moi comme un tournesol, il attend que j'ouvre le feu; non sans quelque désinvolture; ce jeu l'amuse, de m'obliger à me compromettre, à montrer mes désirs et mes sentiments. Tout ce qu'il a gardé de la vie c'est la capacité de s'en amuser. « Où allez-vous ? », « Qu'allez-vous faire ? » — et pourquoi pas : « Qu'est-ce qu'on fait ? » : toutes questions hors de propos. Il ne va nulle part, il va nulle part. Alors j'arrête tranquillement un taxi et, tranquillement, il y monte avec moi.

« 44, avenue de Saxe. »

Il ne réagit pas. On dirait qu'il me suit, si ma vue est bonne ? Oh ! il ouvre la bouche ! Mon Dieu, que va-t-il en sortir ?

« Si tu veux bien on s'arrêtera à un tabac. Je n'ai plus de cigarettes. »

J'ai eu peur.

Eh bien, mais tout cela est parfaitement naturel, coule de source. Je l'ai rencontré en voyage, et voilà. Je le ramène chez moi. Il n'y a là aucun problème, c'est l'évidence même, qui songerait à s'étonner ? Ah ! c'est bien facile d'emporter un fantôme !

Je mets pied à terre avec mon butin de route, qui me suit toujours sans le moindre commentaire et, tout à coup, je pense à Mme Pia : voilà qui va faire un joli effet. Avais-je oublié jusqu'à ma réputation et l'estime de ma concierge ? J'incarne depuis deux ans ici l'honnêteté juvénile, l'antidote de Saint-Germain-des-Prés, la consolation des générations déclinantes. Mlle Le Theil ne ferait pas ceci, ne ferait pas cela. Et la voici, elle amène un homme, avec bagages, et quel homme ! J'ai parfois des visites. Mais on voit tout de suite que Renaud n'est pas une visite; il est, par nature, compromettant; ou bien, c'est mon amour qui éclate.

Mme Pia ne demande pas si j'ai fait bon voyage, et se replie dans la délivrance du courrier. Renaud me suit. Mme Pia regarde « ça ».

Alors Mlle Le Theil comme les autres ? Eh bien, oui, comme les autres ! J'aime un homme. C'est normal. Et puis, ça ne les regarde pas. Et puis zut !

Quoi qu'il en soit, en passant devant la loge j'ai descendu d'un cran dans l'échelle sociale.

Renaud n'a pas noté ma chute. Pas davantage ne se soucie-t-il de mon jardin. Je suis accoutumée, si l'on entre chez moi, d'entendre des exclamations, et de voir mon visiteur planté devant ma fenêtre, émerveillé de découvrir une cour herbue. Or je n'entends rien. Renaud, le dos tourné au jour, regarde les livres qui font le mur opposé. Aurait-il tout de même une passion ?

« Il n'y a pas de policiers ? » demande-t-il.

Avec lui il ne faut jamais espérer trop vite.

« Il doit y avoir quelques Simenon en bas.

— Simenon n'est pas du policier, c'est de la psychologie », profère-t-il avec dédain.

Je n'oserai jamais lui dire que je suis étudiante en psychologie. Au reste, que je ne m'inquiète pas, il ne posera aucune question indiscrète ; il ne s'intéresse à rien de ce que je fais.

« Il n'y a pas non plus de lit ? »

Il tombe de déception en déception. J'amorce un mouvement vers l'autre pièce, mais naturellement voilà le téléphone, et naturellement, c'est ma mère. Elle était inquiète ; quatre jours ! Au lieu d'un jour et demi ! Au fait, oui, quatre jours...

J'aurais pu écrire, en quatre jours. Dire si
tout allait bien. Mais oui, tout va bien. Est-ce
que je veux venir dîner. Je, c'est-à-dire, je suis
un peu fatiguée. — Mais tu dis que tu vas
bien ! — Je vais bien, mais je suis un peu fatiguée. En ce cas, elle va venir, elle apportera ce
qu'il faut, ce sera charmant. En effet, ce serait
charmant ! Je la décourage vivement : c'est
que, j'ai promis à Pierre, justement, de dîner
avec lui. — Mais tu dis que tu es fatiguée, tu
ne sais pas ce que tu dis, alors ?

C'est vrai que je ne le sais pas. Avec Renaud,
là, autour, je ne sais rien du tout. Jamais mon
temps, l'heure suivante, ma vie entière, n'ont
été aussi incertains...

« Ecoute, quand tu auras retrouvé tes esprits,
tu m'appelleras, puisque apparemment tu n'as
pas envie de me voir aujourd'hui. Tâche de ne
pas attendre une semaine tout de même, j'aimerais bien savoir ! Si tu me le permets ! »

Voilà, elle fait un complexe d'exclusion. Elle
aimerait bien savoir. Et comment ! C'est passionnant, un héritage ! Je sens que la situation
ne vas pas aller en se simplifiant, avec Renaud
ici...

Renaud ici ? Qu'est-ce que j'en sais ? Il n'est
peut-être venu que pour le thé.

Apparemment il a découvert le lit tout seul.
Il est dessus. Il a également découvert le
whisky, et deux verres. Il fouille partout. Il me
tend un verre, le téléphone sonne, les gens sa-

vent toujours quand vous venez de rentrer. Ce
pauvre Pierre a dû avoir l'intuition qu'il dînait
avec moi, il va venir me prendre tout de suite.
— C'est que, non, justement, euh, ma mère
vient de me sauter dessus, elle veut passer, elle
insiste. Ah bon, alors demain ? Demain, attends, je ne sais pas comment se présente ma
journée... — C'est le moins qu'on puisse dire.
— Tu comprends, j'arrive...

Et Renaud qui entend tout ce micmac ! Je
m'affole sérieusement. Je bredouille. Pierre me
connaît. Je ne m'affole pas pour rien. Ce doit
être une grosse histoire, cet héritage. Je pré-
tends que j'ai des dispositions à prendre. Mot
magique : des dispositions; il s'incline. Des dispositions, ce n'est pas rien. Mais surtout que je
n'aie pas de scrupule à faire appel à lui si j'ai
besoin d'aide; il rappellera.

C'est ça. Il a enfin raccroché. Mais il rappellera. Nous n'avons pas fini. Nous ne faisons que
commencer. En dix minutes, sans bouger un
doigt, Renaud a fait de ma vie un réseau de
mensonges et de complications.

Du lit, son œil rusé m'observe. Il m'a entendue mentir par tous les bouts, m'embourber à
cause de lui, et proclamer en bafouillant qu'il
m'importe plus que le reste. Il accepte ces hon-
neurs du pied comme tout normaux : il ne les
a pas demandés.

Il me tend les mains, m'attrape, me déshabille sans hâte. Il a tout le temps.

III

Il est là. Il est resté. S'y trouve-t-il bien ? Ou n'a-t-il pas d'autre lieu ? Il ne m'a pas fait la grâce de me le dire et je n'ai pas la hardiesse de le demander. J'en suis réduite aux faits : il est là. Il vit sur mon lit. Je dois, pour faire ce lit, saisir les occasions. Autour de lui, font cercle les cendriers. Comme tous les non-fumeurs, je n'ai que de petits cendriers; il les remplit; je les vide; la cadence est rapide. J'ouvre la fenêtre autant que je peux, je supporte mal l'air confiné. Il ne dit rien, mais je sens qu'il n'aime pas ça.

« Tu n'as pas remarqué ma jolie cour ?

— Moi, tu sais, le cadre ! De toute façon, on est enfermé !

— En somme, tu serais aussi bien en prison !

— Je n'aurais jamais un lit pareil. Trouver un lit comme celui-là c'est un vrai miracle pour moi. Ils sont toujours trop petits.

— Mon père l'avait fait faire sur mesure : il était très grand, lui aussi. » Je me détourne :

Ils sont toujours...; je n'aime pas ce pluriel. Au fond, c'est pour le lit qu'il reste !

« Et puis, il n'y a pas de filles en prison », ajoute-t-il, en guise de compliment.

Grand bien me fasse la comparaison !

Il ne sort que pour dîner, quand je n'ai pas le temps de faire les courses. Pas le temps ! Je ne fais rien. Je traîne avec lui sur le lit. Quand nous sommes dehors, nous achetons des policiers. Enfin, j'achète. Il en fait une consommation effroyable. En vérité, ce n'est pas très cher, quelques livres à cent cinquante francs; j'ai encore de la chance que ce ne soient pas des albums d'art ! J'ai quelquefois des pensées mesquines, dont je me défends.

Muni de sa nourriture intellectuelle, il se rue sur le lit. Le voilà garé. Sa vie se borne à des actions simples : dormir, manger, boire, fumer, faire l'amour. Son assiduité envers moi, bien qu'occupant de grandes parties du jour et de la nuit, se limite à mon corps. Ce qu'il sait de moi, c'est ce que j'ai réussi à placer dans la conversation, par occasion; dès que je parle de moi, que je veux exprimer une idée, j'ai l'impression de remuer du vent. Je n'ai qu'une existence matérielle. Il n'écoute pas ce que je dis, il le regarde; c'est une impression très curieuse, comme si j'existais à côté de moi. Tapi sur sa litière, il m'observe, et, sans tenir compte de l'heure et de la circonstance, quand je passe à portée il m'attrape, même si je pousse l'aspi-

rateur ou si j'ai dans les mains les quatre cendriers. C'est comme ça que j'ai cassé le cin-
quième.

En silence, il m'attire sur le grand lit qui est
son domaine, le lieu où il dispose de ses forces
vives, comme Antée la terre. Lui, si faible debout, qui ne peut se tenir droit et qu'on dirait
se traînant d'une station à l'autre, revit dès
qu'étendu. Ce lit ! Monde complet, fermé, sé-
paré de tout, il a sa vie, son paysage de cendriers et de livres noirs; son soleil propre : la
petite lampe que Renaud garde allumée même
le jour, comme s'il ne savait pas qu'il existe le
jour; sa faune : le grand animal qui y demeure
tapi, et le petit qui tourne autour et s'y fait
piéger, victime continûment dévorée et consen-
tante.

Avec une vigueur qui confine au système, à
la tactique militaire, comme une machine de
guerre, il abat, une à une, mes défenses solidement disposées. Distingue-t-il une crainte dans
mes yeux, une amorce de fuite, une crispation,
c'est par là qu'il va, là qu'il fait porter l'attaque, et bataille jusqu'à ma reddition; la reddition, il la faut totale. Rien qui l'éperonne
mieux qu'un « non » tremblant : un « non »,
ce n'est rien d'autre que ce qu'il faut changer
en oui. Mon Dieu ! Est-il possible qu'il y ait
tant de nons dans le corps d'une femme ?
Comme j'en avais une image bornée ! « Jeune
fille à principes, viens ici. » Un principe doit

être investi. Pudeur pour lui signifie : quelque
chose là-dessous. Si je résiste trop, il renonce
avec une indifférence méprisante plus douloureuse que ses plus douloureuses entreprises, et
se plonge dans Peter Cheyney. Perdue, congé-
diée pour impotence, honteuse, il faudra bien
que je fasse le premier pas et offre tendrement
ce que je refusais. Peu à peu, démantelée,
j'avance dans le pays inconnu de mon corps, et
mesure à ma stupeur comme je vivais loin de
moi-même. Quoi, pouvais-je à ce point m'igno-
rer ? Tout ce qui reposait là, et que Renaud,
de force presque, débusque, je l'eusse laissé dormir toute la vie ? Cette réflexion me confond,
je ne sais la conclure, elle mène au bord d'un
gouffre, je pense à Claude, à Pierre, à la plu-
part des gens que je connais et qui sont comme
moi, ou plutôt comme je fus : est-ce possible
que tout le monde, ces gens guindés qui n'ai-
ment pas parler de « ces choses », qui s'en dé-
tournent, qui veillent à s'en préserver, qui y
parviennent du reste aisément — comme j'y
parvenais, sans lutte, par un système d'œillères,
une façon d'oubli — est-ce possible que les gens
passent à côté d'eux-mêmes, vivent sereinement
dans cette léthargie des sens d'où difficilement,
sous la férule d'un amoureux chantage, je sors
comme d'un long sommeil ? Cela donne une
étrange mesure de l'usage que nous faisons de
nous.

Encore suis-je loin d'être achevée; l'essentiel

me fuit. Les soins mêmes de Renaud me gênent, je m'analyse trop, je me perds à chercher, mes efforts infructueux sous ses yeux toujours ouverts me font honte, et j'ai peur de le dégoûter par mon inaptitude au plaisir, moi qui jadis — jadis : hier — étais dégoûtée par le plaisir. Mais Renaud semble disposer d'une patience infinie; ce monstre d'égoïsme, qui ne se soucie pas de m'aimer, est le plus généreux des amants, dans l'amour jamais il ne songe à lui-même, et son propre plaisir, il le prend par surcroît quand ceux qu'il a pu me dispenser sont épuisés. S'il n'aime pas, il ne s'aime guère davantage, il faut lui rendre justice. Et cette école où il me fait passer n'est pas pour sa délectation, mais pour ma gouverne : ce ne sont pas des leçons d'érotisme qu'il me donne, mais une leçon unique : si tu aimes, sois au moins capable des actes de l'amour, ou bien tais-toi. Une sorte d'honneur alors me convie à m'abandonner toujours davantage.

Honneur : honneur que j'eusse hier appelé précisément déshonneur. Tout bascule, où sont mes valeurs ? L'amour les a chavirées, en a fait un chaos; je ne sais plus si je déchois ou si je me forme, je n'ai plus de morale, n'est-ce pas justement là le piège dont on parle, cette folie dont on dit que l'amour aveugle, et les égarements des sens ? Tantôt j'ai honte de ce que j'étais, tantôt de ce que je deviens : ne suis-je pas une esclave ? Ou bien suis-je une vraie

femme ? Quand je me prends à regarder les lèvres de Renaud avec des désirs inavouables
qu'il voit aussitôt, ou si sur un signe de lui je
me déshabille et m'expose à ses exigences, ou si
j'entends les plaintes qu'il n'admet pas que
j'étouffe — est-ce la naturelle sensualité ou des
aberrations perverses, suis-je enfin normale ou
déjà vicieuse ? Ce plaisir à la fois trop vif et
partiel, le seul auquel j'accède encore, me drogue et m'obsède. Le besoin s'empare de moi si
violemment, au milieu d'occupations si peu
propices, que je crois retrouver le vieux sens de
la tentation : réellement plus fort que soi. Re
naud me voit le feu aux joues, prête à passer
par où il veut, sourit, et ce sourire certes ne
mérite pas d'autre qualification que diabolique.
J'ai presque peur de lui : ne songe-t-il pas à me
perdre ? Où m'entraîne-t-il ? Voilà que mon
cerveau commence à héberger des notions irra-
tionnelles de péché, de chute, de vice, et de
perdition.

Quand je quitte ce lit, ce monde sans temps,
où le jour et la nuit s'entremêlent et où aucun ordre, aucun repère, aucun point d'appui
n'apparaissent, c'est vraiment d'une autre
planète que je viens, et je ne reconnais plus
celle-ci.

Je ne me souviens de rien. Je tourne, les bras
inertes — où en étais-je ? Cet homme a brisé le
temps, en a fait une grande nuit uniforme que
coupent à peine les appels du dehors : c'est ma

mère, c'est Pierre, c'est Claude qui s'inquiètent, et j'entends leurs voix au loin comme lorsque j'étais très malade, du fond de l'indifférence physiologique que les bruits de la vie n'atteignent plus. Il est vrai, je suis malade : j'ai perdu le temps, je suis entrée dans le sombre royaume de Renaud, qui, lui, est mort. Je vis avec un mort, qui m'aspire de son côté.

Après ces voyages, il me faut des heures, à moins que ce ne soient des jours, je ne sais pas, pour me remettre en train. Moi que, scoute, on appelait « Abeille Laborieuse » ! Il arrive que, sortant pour déjeuner, je trouve la nuit dehors, et on dirait que Renaud jette un sort sur les pendules : elles se détraquent l'une après l'autre. Et un matin, voyant mon arbre sans feuilles, je m'aperçois que j'ai, moi aussi, oublié mon jardin. La peur commence à me travailler d'avoir manqué mes inscriptions, et presque d'avoir perdu le monde; je suis comme en un couvent. Claude m'écrit : elle me croit malade. Ma mère, outrée, manifeste son existence par un silence total des plus pesants. Enfin, Pierre prend l'ennemi de front, oublie sa délicatesse, questionne : « Ne me cache plus la vérité je t'en supplie, dit-il un soir au téléphone, j'ai compris qu'il se passe quelque chose. » J'ai répondu oui, dans un souffle. « Quelque chose de grave ? — Oui... — Il faut me le dire. » Ce sera commode de s'expliquer au téléphone avec Renaud ici. « Il faut me le dire tout de suite.

— Ecoute, veux-tu que nous nous voyions demain ?

— Crois-tu que je pourrai passer même une nuit maintenant ? Viens tout de suite. » Je vis enfin un peu clairement ce que j'étais en train de commettre et acceptai de le rejoindre à Duroc, d'où il appelait.

« Il faut que je sorte un moment. »

Renaud, qui en a pourtant entendu assez pour comprendre, émet un grognement indifférent : avec lui, je jouis de ma pleine liberté. J'annoncerais : il faut que j'aille voir un nouvel amant, il n'aurait pas d'autre réaction. Il lit Hadley Chase. Je me demande si je dois l'embrasser avant de le laisser.

« A tout à l'heure, Renaud... »

Il lève son grand nez, fait un signe et se replonge. Comme si j'allais chercher le journal.

Je trouvai Pierre plus accablé que je n'eusse cru; c'était un homme contrôlé pourtant. Ma vue parut le navrer plus encore. Mon Dieu, à quoi ressemblais-je ? J'avais oublié depuis longtemps mon visage, je m'étais maquillée automatiquement avant de sortir. Je ne me regardais plus que dans Renaud.

Nous restâmes un moment silencieux. « C'est un autre ? » dit enfin Pierre à grand-peine. J'acquiesçai.

« J'ai été fou, dit-il, de te ménager. Je te croyais raisonnable parce que tu voulais l'être.

Je n'aurais pas dû oublier que tu étais une femme... » Bon, de toute façon ce moment devait être pénible, je pouvais supporter le mépris, bien que je visse mal Pierre utiliser les méthodes cosaques qu'il semblait regretter aujourd'hui.

Il avait tenu à me voir pour être sûr — hélas ! il l'était. On n'avait qu'à me regarder. On voyait bien que je n'étais pas moi-même. Moi-même, qui était-ce ? Il en savait apparemment plus long que moi là-dessus.

Il m'interrogea très peu. Je ne dis presque rien. Et ce « rien » trahissait encore trop la profondeur de ma passion : je ne l'avais jamais mieux mesurée que dans cette confrontation avec ce que j'avais, durant une année, osé appeler « amour ». Appeler amour cette... cette indifférence ? Cette confortable neutralité, ce « je n'ai rien contre » ? Mais enfin comment avais-je pu ? N'avais-je donc été qu'une hypocrite ? J'allais épouser cet homme ? Passer avec lui ma vie ? Mais enfin mais enfin — je ne comprenais plus ! Amour ! Je me mis à penser que la raison est une forme de folie, une folie par en bas.

Il parlait, d'un débit monotone qui venait d'une souffrance de plusieurs jours. Il me parut de bonne thérapeutique de lui dire que j'avais par hasard empêché le suicide de cet homme, que j'étais allée à l'hôpital, et cætera. Le mot hôpital a des vertus : d'un amour pris à l'hôpital, Pierre, en effet, parut rasséréné : l'histoire prenait figure humaine; la pitié, mon côté nurse pour enfants perdus... S'il savait ce que l'enfant perdu avait fait de sa nurse ! C'était bien dangereux, me dit-il, cette mystique du sacrifice, et peut-être allais-je me réveiller — déjà il reprenait une espèce d'espoir. La pitié n'est pas forcément bonne conseillère, j'avais toujours été un peu naïve... il parlait, parlait, se consolait avec un peu de dénigrement et, en regardant ce visage régulier et faible, je me surpris au milieu du souvenir de la bouche de Renaud, lorsque, assis sur le lit, il m'attirait vers lui et m'ouvrait... Pierre vit que je ne l'écoutais même pas. Oui, j'étais envoûtée pour l'instant, le mal était profond, ses paroles étaient inutiles. Il allait me « libérer ». Il me souhaitait d'être heureuse — ou du moins, corrigea-t-il, de n'être pas malheureuse. Je savais bien que je le serais.

Que si — si je — si un jour... bref, il était toujours mon ami, que si j'avais besoin de lui, je l'appelle, sans fausse honte.

Mon Dieu ! Si je, si un jour, si ce que je ne craignais hélas ! que trop advenait, je ne pourrais plus jamais prétendre éprouver ce que je n'éprouvais pas ! Et je ne retournerais pas aux bonnes manières du sentiment !

Sur le trottoir, il me fit un pauvre sourire.

« Dire que j'avais une folle envie de t'accompagner là-bas... Je priais Dieu que tu acceptes... je n'ai pas osé insister pour ne pas te choquer, étant donné les circonstances...

— J'ai refusé pour la même raison...
— Si j'avais su... »
Il baissa la tête; je crois qu'il pleurait.
« Il ne faut pas être timide. Je suis un idiot.
— Oui, dis-je, emportée dans la catastrophe commune, nous avons été bêtes... »
Puis je me souvins qu'alors Renaud serait mort. Envolée la petite âme. Et je pensai cruellement : quelle chance que nous ayons été bêtes ! Pierre serra longuement ma main. Je m'ennuyais. Il se détourna brusquement. Je ne le vis pas disparaître. Je courais. Je me rendis compte ensuite qu'il s'était certainement retourné, lui, et m'avait vue courir.

J'ai peur; la logique de la vie veut qu'au moment où je lui fais le sacrifice du reste Renaud disparaisse; la disparition soudaine lui va comme un gant, je ne suis jamais sûre de le retrouver à la maison quand je m'absente, et je ne me suis jamais absentée si longtemps. Laissé seul, il me devient imprévisible. Je l'aime tant que je crois l'avoir rêvé.

Essoufflée, je tourne la clef. Dieu merci, le tabac empeste, il est là et ne s'est pas empoisonné. D'ailleurs, avec quoi ? J'ai jeté tout le contenu de la pharmacie, où rien ne me paraissait innocent, même l'aspirine. Je le suppose capable de changer en poison une barre de chocolat.
Il est là, il lit Hadley Chase, rien d'autre

n'existe. Il lève vers moi un visage tranquille, contemple mes mains vides et dit : « Tu n'aurais pas, par hasard, rapporté à boire ? Il n'y a plus rien. »

Non, je n'ai pas rapporté à boire. J'avoue n'y avoir pas pensé. Je viens seulement de sacrifier tout un avenir paisible avec un homme qui m'aimait. Lui. Et pour un qui n'y songe pas une seconde. Qui regarde mes mains dans l'espoir d'y voir une bouteille, car Monsieur Sarti a soif, voyez-vous, et je suis sa pourvoyeuse.

C'est tout de même bien commode.

Le « c'est tout de même bien commode » n'en est pas à sa première apparition. Car enfin, c'est vrai que c'est bien commode. C'est objectif, comme dirait Monsieur Sarti, qui aime tellement l'objectivité. Monsieur Sarti a en moi une rente, une bonne et par-dessus le marché de quoi coucher. Jamais il ne bouge un doigt dans la maison. Ménage, cuisine, courses, c'est pour moi. Sans doute pense-t-il que tout cela se fait automatiquement, comme les comptes en banque, aussi. Monsieur Sarti est sur le lit, vautré, fume au rythme de quarante par jour les cigarettes que j'apporte, boit le whisky que je lui tends dans le verre que jamais il ne lave, m'accorde, comme une faveur, de quitter le lit pour un fauteuil quand je change les draps, et il semble alors que je n'aille pas assez vite. Il ignore probablement l'existence, dans une maison, de déchets, et le mécanisme selon lequel les poubelles se remplissent, ce pour quoi il les faut vider. Il ne s'aperçoit pas de tout cela. Renaud, pourtant, se porte bien maintenant. Il mange, sans l'apprécier — il ne se plaint jamais toutefois — la nourriture que je prépare et pour l'ingestion de laquelle il consent à se déplacer jusqu'à la table; le petit déjeuner, je le lui sers à domicile, dans le lit. Il m'arrive d'être lasse, cela se pourrait remarquer sur ma figure. Mais sur ma figure, Renaud ne voit que le désir. Il ne remarque que ce qui lui est bon et à la condition encore que cela tombe tout cuit; s'il fallait en plus faire un effort!... Il y a des moments...

En général, je refoule le « c'est bien commode » à l'aide de l'argument suivant : Renaud n'a rien demandé; ce que je fais, je veux bien le faire; si je ne le faisais pas, il s'en passerait; Renaud n'a rien à perdre; Renaud s'est très loyalement tué.

Il n'empêche : cette mort lui fait la belle vie. Il est un coq en pâte maintenant. Comment avoir envie de se suicider en effet dans ces conditions ! Ce suicide se révèle avantageux : parsèment çà et là sa grande logique mortelle quelques fleurs de très humaine et terrestre mauvaise foi.

« Non, je n'ai pas rapporté à boire. Je m'excuse. Je n'avais pas l'esprit à cela. »

Un temps; aucune question : « Et à quoi avais-tu l'esprit alors, et cætera. » Rien.

« Je viens de rompre avec mon passé. Et même, avec mon avenir.

— Très bien. Il te reste le présent. »

Voilà Renaud. Sur le velours. Le beau velours des formules avec un si grand air de vérité qu'on ne peut se défendre. C'est vrai qu'il me reste le présent. Quel présent par exemple, on se le demande !

« Quel présent ! »

Cette fois, il m'a entendue. Très bien entendue. Il pose son livre, s'assoit sur le bord du lit, attrape ses chaussures, les lace. Va dans la salle de bains, revient avec sa brosse à dents, la met dans sa serviette. J'ai l'angoisse au ventre. Il part ! Ah ! il est délicat, Renaud Sarti ! C'est un sensitif !

« Renaud ! Que fais-tu ?

— Je mets ma veste. Comme si je ne le voyais pas.

— Mais Renaud, pourquoi ?

— Si tu ne sais pas ce que tu as, mon petit chou, il ne fallait pas résilier ton contrat d'assurance. Pas lâcher la proie pour l'ombre, dit-il, sentencieux, le doigt en l'air, et presque rigolard. Quant à moi, je ne vois pas ce que je fais ici.

— Renaud ! Mais... mais je t'aime !

— Ce qu'ils appellent aimer, je vous jure », dit-il en se dirigeant vers la porte avec tranquillité.

C'est une manœuvre. Il me fait marcher. Il

suffira de me jeter à son cou, de lui montrer
que je n'ai pas d'orgueil. Je lui barre la route :
nous jouons un mélo de mauvais goût. J'essaie
de le prendre dans mes bras. Il se dégage avec
une fermeté sans équivoque, m'écarte du chemin. Ce n'est pas une manœuvre.

« Je n'ai pas un tel besoin de pain. »

Il part, me laissant assommée de honte. Ah !
Qu'il file ! Dans sa situation on n'est pas si sus-
ceptible ! Qu'il cherche donc une autre place
où on lui en demandera moins encore ! Qu'ai-je
donc tant dit ? Non seulement prendre tout,
mais ne supporter rien ! Il pourrait concéder, il
me semble, que j'exprime de temps à autre,
moi aussi, une pensée — il ne s'en prive pas
lui-même ! Son indifférence, il la montre assez !
Ce qu' « ils » appellent aimer ! Eh bien, que
lui faut-il, si donner tout ce n'est pas suffisant ?
Qu'il aille donc en quête d'un boy-scout meilleur, gothique ou rupestre ! Qu'il trouve une
sainte, puisque c'est le moins qu'il lui faut !

Mon corps, pendant ce temps-là, est contre la
porte, collé, il hurle, je hurle comme un chien.
Je l'avais oublié celui-là. Ma bouche s'ouvre,
cherchant l'air, comme un poisson. C'est pourtant bien moi aussi cette chair douloureuse.
C'est même plus fort que le reste. Voilà ma tête
investie, mon beau raisonnement qui s'en va en
quenouille : « Vois ce que tu as fait ? dit l'autre. Tu l'as chassé. « Quel présent » : ce n'est
rien peut-être ? Tu as tout nié, tu l'as nié; tu

t'étonnes qu'il parte ? Ah, ah ! Il est honnête,
c'est tout. Toi, ma petite, tu le traites de maquereau dans ton cœur depuis que tu lui as
payé un cognac à cinquante francs dont il avait
besoin pour tenir debout ! Avare : tu comptes
tout, sou à sou, tout ce qu'il te coûte ! Tu crois
qu'il ne s'en rend pas compte ? Tu le prends
pour un idiot ? Il y a longtemps qu'il le sentait
venir, oui. Quel maquereau en vérité : il n'a
pas traîné une minute à tes crochets, il s'en fout
pas mal de bouffer. Il est parti avec sa brosse à
dents et son Don Quichotte, le maquereau. Et
tu ne lui as même pas rendu de quoi s'acheter
du Gardénal, tu le chasses plus pauvre
qu'avant ! Imbécile ! »

Je cours déjà. Je fouille l'enfilade de l'avenue, celle de deux ou trois rues; je courrai
toute la nuit mais je le trouverai.

Le voici. Ah ! je pourrais le reconnaître à des
kilomètres ! Son corps démesuré, sa tête comme
une chèvre en avant, son dos voûté sont là-bas,
au carrefour.

Il est arrêté. Il ne sait pas, des quatre direc-
tions, laquelle prendre. Il ne sait où aller. La
terre est ronde. Ronde. Il n'a rien. Il n'a personne. Il reste là. Il pourrait mourir là.

J'arrive à sa hauteur, essoufflée. Il ne bouge
pas. Comme si j'étais du vent.

« Renaud... »

Répond pas.

« Viens...

— Tu m'emmerdes. »

C'est pénible, mais je m'y attendais.

« Renaud, je veux que tu viennes. Je t'en prie.

— Sous quelles conditions ?

— Aucune condition. »

Ses yeux envisagent les quatre horizons; il mesure ce que le monde, ici, là, là-bas, lui propose. Il revient sur moi; s'en retourne ailleurs. Son visage est mort, complètement désespéré. Oui, il est réellement indifférent; une fois pour toutes la vie n'est pas assez pour lui. Mais qu'est-ce qui est assez, qu'est-ce qui est assez ! Il est horriblement nu, dépouillé, démuni. L'argent, il s'en moque bien, le confort, tout. Mais que lui faut-il ?

« Renaud, qu'est-ce qu'il faut que je fasse ? Je ferai ce que tu veux.

— Eh bien, ma chère, si tu peux trouver un bon argument je m'y rendrai. Parle donc. Les rues ne parlent pas. Tu as l'avantage ! »

Il faut que je parle. Et vite. Un bon argument. Je n'en trouve pas.

« Mais, dis-je, je n'ai rien. Tout ce que j'ai, tu t'en moques ! Ma maison, ma cour, à manger, et le reste... Le lit, peut-être, le grand lit, à la rigueur. »

Il ne bouge pas.

« Je t'aime, Renaud. C'est tout.

— Je n'ai pas besoin qu'on m'aime. Je m'en fous.

— Alors, je n'ai rien ! »

J'ai crié. Je dis plus bas : « J'ai seulement besoin de toi.

— Besoin de quoi ? dit-il froidement.

— De toi.

— De quoi, moi ?

— De... que tu sois là.

— Assez de généralités. Des précisions.

— De... de tes mains... de...

— De ?

— De ta bouche.

— Je te fais jouir ?

— Oui.

— Tu aimes ça ?

— Oui.

— Dis-le.

— J'aime ça. »

Je n'en peux plus. Pourtant ce n'est pas le moment d'être timide. Je dis tout ce qu'il veut, et plus. C'est de la haute école. Je saute, docile, à travers le cerceau de feu.

« Ce n'était pas mal, dit-il sans me regarder. Mais, tout compte fait, je m'en fous. »

Je reçois un coup dans le ventre.

« Plus je réfléchis, plus je m'en fous. Et plus je m'en fous, plus je réfléchis, tu comprends ? Et la conclusion est toujours la même, que je m'en fous. »

C'est perdu. Je lâche tout et, dans un sursaut de cynisme, le premier de ma vie, pour l'insulter, je jette d'une mauvaise voix vulgaire que je ne me connaissais pas :

« Alors si tu t'en fous tant que ça pourquoi ne pas venir ? Tu servirais au moins à quelque chose !

— Ah ! voilà enfin la vérité qui sort, dit-il. Comme ça, ça marche. La vérité, y a que ça d'vrai. »

Il me fait un bon sourire.

« J'aime être utile. Même à de petites choses. Ça me donne le sentiment d'exister.

— Tu veux que je me mette à genoux dans la rue ? Je ne suis plus à ça près !

— Calme-toi, c'est fini. Pas la peine d'en remettre.

— Alors viens, j'en ai assez. Rentre.

— Rentre. Sésame ! rentre. Gîte, tanière, terrier, trou pour la bête. Sésame, ferme-toi, sésame ferme-moi. Dieu, cache-moi, Dieu engloutis-moi. Je te suis, Beauté, comme un aveugle, ne me dis pas où tu me mènes. Mais auparavant, toutefois, mène-moi à un bistrot pour brouiller l'image : elle étincelle, elle éblouit. C'est l'image de Dieu, que le mortel ne peut contempler sans mourir. Tu la connais ? Non, bien sûr. Pis encore, le mortel ne meurt pas, il survit. Comme on survit à la bombe atomique, le corps définitivement irradié, l'âme planant sur la face de l'abîme des molécules potentiellement désintégrées, sur le vide essentiel. Sais-tu qu'au Japon ils vivent au fond d'un blockhaus de béton de plusieurs mètres d'épaisseur, et on les alimente avec des pipelines ? Il est temps que tu saches où tu es et ce

que tu es en train de faire parce que jusqu'à présent tu n'y comprends pas grand-chose il faut le
dire. Car ils sont mortels pour leurs semblables,
que l'amour même, Geneviève, ne protège pas.
Tu as entendu ? crie-t-il. Ne protège pas. Au bistrot, vite, j'ai soif soif. Soif. Ou bien fuis, gazelle,
blanche colombe, il en est temps z'encore, avant
de tout perdre, de tout perdre sans gagner, car il
n'y a rien à gagner avec moi.

— Ça m'est égal.

— On dit ça on dit ça, et puis, quand on com-
prend vraiment ce que c'est on dit : merde, je ne
m'étais pas bien rendu compte. Regarde-moi un
peu, sérieusement, tu ne m'as jamais regardé sérieusement, c'est toujours toi que tu regardes,
change l'objectif, mets un long foyer, regarde ma
gueule, tu n'as pas vu que j'étais un irradié ? Envisage où tu fourres tes pieds : c'est le
vide là-dessous, mon minet. Et si tu crois que
l'amour est un bouclier, tu te trompes, c'est une
brèche.

— C'est peut-être un pont. Qu'est-ce que tu
en sais ? L'amour tu ne connais pas », dis-je
avec un peu d'amertume. Mais lui :

« Ouiche. Tu as vu ces dessins animés,
quand Mickey arrive au bout de la poutre et
continue de marcher, en l'air ? C'est ça ton
pont. Faut pas y jeter l'œil ou on se la casse.
L'amour est un bandeau, c'est connu.

— Tu n'en sais rien.

— Elle est courageuse, cette petite. Aux in-

nocents les pieds nickelés, haut les cœurs amoureux, on les aura.

— Tu ne crois donc à rien !

— Qu'elle est con. Moi ? Il n'y a pas plus
croyant. Bourré de foi jusqu'à la gueule. Un
haut fourneau de la foi. Si je ne croyais à rien,
mon chou, peux-tu m'expliquer pourquoi je ne
gagnerais pas mon pain dans un office ? Dans
une compagnie d'assurances ? Dans une fabri-
que de roulements à billes, une école de pla-
ciers en machines à laver ou une œuvre pour
enfants malheureux ? Mieux : je connais des recettes : j'écrirais un policier à succès dont on
ferait un film à succès avec une chanson à succès dedans, mais la question n'est pas là, la
question est à la bombe atomique et aux ter-
riers en passant par les bistrots, en voici un,
merci. »

C'est toujours lorsqu'il est très malheureux et
perdu qu'il se met à délirer. Comme si le désespoir le droguait. Et tout de suite il pense à un
bistrot.

Il se laisse tomber sur la banquette, commande une fine, et c'est à ce moment que je
m'aperçois que je n'ai pas pris d'argent.

« J'ai oublié mon argent ! Je peux te laisser
là un instant ? Je cours... Je m'excuse...

— Avec à boire tu peux me laisser n'importe où. »

Dieu sait pourtant ce qui peut lui passer par
la tête, surtout dans cet état. La seule chose qui

me rassure vraiment c'est que les gens du café ne le laisseront pas filer sans payer. Je le leur confie, en somme.

Je le retrouve. Il a quatre soucoupes et explique à un consommateur proche qu'il faut défendre le Sahara jusqu'à la dernière goutte de sang français. Le consommateur abonde dans ce sens.

« Ainsi, voyez-vous, dit Renaud, moi, voyez-vous, je suis pédéraste. Eh bien, ça ne m'empêche pas d'être un bon Français, voyez-vous, et d'être prêt à verser mon sang — et celui des femmes aussi s'il le faut, ajoute-t-il en m'avisant, le sang des femmes n'est-ce pas mon chéri ? Comme ça la France restera la France. Ainsi moi voyez-vous Monsieur, je suis communiste, eh bien la France, c'est à moi tout de même, et je ne vois pas pourquoi on me la refuserait. »

Le consommateur cesse d'abonder, regarde la pile des soucoupes et prend un air dégoûté; il appelle le garçon et paie sa bière avec ostentation. Renaud en profite pour demander une autre fine.

« Les Français sont un peuple de petits bourgeois défaitistes et de castrats, proclame-t-il quand le voisin passe devant notre table, la tête haute. Tu as vu ce con ? La terre en est pleine.

— Tu n'as pas faim, Renaud ?

— Faim non. Soif j'ai. « Faim, verse-moi à « boire, soif, donne-nous à manger ! » Tu connais ? Un confrère à moi. Mais il a mieux réussi.

— Veux-tu rentrer maintenant ?

— Je viens à peine de commander et l'image n'a pas encore atteint le flou désiré. Tu as vu ce con ? Beau spécimen. La terre en est bourrée. Telle est cette engeance hautement célébrée. T'inquiète pas, mon minet, je vais te suivre, rien n'est changé, et tu es toujours aussi belle. Bien qu'humaine. Et moi, j'aime ce qui est beau. A défaut du reste. Surtout quand c'est flou. Flou, tout est beau. Mais hélas ! par un cruel humour de mon créateur, j'ai des dispositions pour le net, exceptionnelles chez cette espèce où le sens visuel, interno-visuel, est peu développé en général. Ils ont des yeux, et ils ne voient pas, a dit l'Entomologiste dans un mémoire qui fait encore autorité — et moi, qui vois, j'aime le flou, le vague, le brumeux, l'estompé, le on ne sait pas très bien ce que c'est, alors rends-toi compte du travail ! Je gomme, je floute, je filoute, je file ; à l'acide, au couteau, à l'esprit-de-sel, à l'esprit-de-vin. Tu ne bois pas avec moi, Geneviève ? Tu me vexerais. Allons, pour fêter mon retour. Garçon, deux fines. Notre réconciliation. L'amour à dix contre un, l'aqueduc des illusions, le pont des soupirs sur l'abîme des douleurs. A la tienne. Tu m'aimes ? Dis-moi que tu m'aimes...

— Renaud... je t'en prie...

— Déjà ? amère déception. Quand je te demande tu ne peux même pas dire que tu m'aimes ? Bon début.

— Je t'aime, Renaud.

— Ça vient. Doucement mais ça vient. Tu vois, on y arrivera. En y mettant du sien chacun. »

Si je pleure maintenant tout est perdu. Il ne s'agit que de tenir la soirée. En fait, il est tout bonnement soûl; il est lancé, il dit n'importe quoi. Le système est de ne pas entendre. Je vais le fourrer au lit et qu'il cuve. Cinq malheureuses fines : il lui en faut peu.

« Tu ne veux pas rentrer, Renaud ?

— Mais si, bien sûr. On peut aussi bien continuer à la maison. Mais il n'y a pas à boire. Tu n'y as pas pensé tout à l'heure. »

Il ne désarme pas.

« On rapportera quelque chose. »

Je le sors enfin. Je frète un taxi et nous fais transporter chez Dominique, car les boutiques sont fermées. J'achète du whisky, c'est encore le moins nocif. Renaud en profite pour avaler une autre fine au bar et converse avec le patron. Enfin je le récupère, et dans le taxi.

« Au blockhaus ! » braille Renaud.

Le chauffeur reste impavide. Ils ont l'habitude des ivrognes. Pas moi. Je suis un peu gênée.

« Vois-tu, dit Renaud au bord du trottoir, il me reste un espoir : que j'arrive à me foutre de m'en foutre. »

Je le pousse dans le taxi et je donne mon adresse réelle.

En descendant, il marche bien droit. Mais, sous le porche arrêté, la résonance apparemment lui convenant, il entonne : « La pêche à la baleine — est un métier d'enfer ! » Madame Pia ! Cette fois, j'ai tout à fait perdu l'estime de ma concierge. Je n'ose pas dire mon nom. Ce pervers s'incruste sous la voûte. Je tire dessus tout doucement, je gagne pied à pied du terrain, enfin nous voilà chez moi, la porte est refermée, il peut brailler autant qu'il veut.

Mais il ne veut plus. Il se rue sur moi. Je n'ai que le temps de poser la sacrée bouteille, à laquelle il ne semble plus songer.

Il a oublié ses soins habituels et, tout simplement, me culbute. Je suis fatiguée. Tout ce qui me reste de force, je l'emploie à retenir mes larmes, des larmes d'épuisement, même pas de chagrin. Je suis presque indifférente, et la chère victoire d'avoir ramené Renaud me paraît complètement vide. Je m'en fous. Je me résigne à la fonction d'exutoire pour ivrogne qui m'échoit, qu'il fasse donc ce qu'il veut. Peut-être que je ne l'aime plus. Mes nerfs cèdent, et pourquoi ne pas pleurer après tout, tant pis si ça le dégoûte. Je m'en fous. A la place des larmes, c'est, brutalement, le plaisir, je ne sais d'où venu. Je crie comme une folle. Je retiens Renaud contre moi — « Ah ! Je t'aime. »

Il rit.

Ce n'est pas facile de souffrir au milieu du plaisir. Je ne sais plus où j'en suis, les ondes interfèrent.

« Ça va mieux ? » dit-il, débonnaire.

Je le regarde avec désespoir.

« Oh ! pourquoi as-tu ri ? »

Il soupire, me quitte, allume une cigarette.

« Voilà la tragédie. Faites-les jouir, vous croyez qu'elles vont être contentes, eh bien, non ! Il paraît que c'est un drame. Quel plat vous faites de vos petites personnes. Que c'est donc encombrant ! Vous n'avez pas honte des fois, vous ne vous sentez pas un peu indécentes ? »

Ce mot dans sa bouche, c'est trouvé.

« La première de Madame. Ça, c'est important. Ça se respecte. Pas rigoler. Offrir des fleurs. Roses rouges. Tu m'excuseras, je n'en avais pas sur moi. »

Je pleure.

« Elle pleure. Mais moi, je trouve ça plutôt gai, mon minet ! Depuis le temps que je m'y emploie, que je trime, tu crois que c'est un plaisir peut-être ?

— Mais pourquoi t'es-tu moqué de moi ?

— Je ne me suis pas moqué de toi. Explication : je me suis pas moqué de toi, me suis moqué de ton vocabulaire. Aimer, tu appelles ça.

— Mais c'est vrai que je t'aime. Qu'est-ce que j'y peux ? Crois bien que si je pouvais je cesserais tout de suite, parce que ce n'est pas une sinécure, ne t'en va pas, je n'ai rien dit de mal.

— Qu'elle est con, dit-il en rapportant la bouteille, car c'est ce qu'il était allé chercher. Ne vis pas dans l'angoisse, mon chéri, ce serait insupportable, je n'ai pas toujours la main sur la poignée de la porte. Allez, avale. Arrose, c'est ce qu'il y a de mieux à faire dans ces cas-là. »

J'avale toute l'énorme rasade qu'il m'a versée : il dose comme pour soi. Je me serre contre lui. Je l'embrasse. J'aime son corps. C'est nouveau. Je n'y pensais jamais. J'y penserai sans arrêt. On ne peut pas oublier une chose pareille, et le reste n'a plus d'importance. Les sacrifices, les petits ennuis... Pourvu qu'il me — me pardonne, me revienne.

« Je t'aime. Tu peux raconter ce que tu veux.

— Un jour, dit-il, j'écrirai un traité. Je l'appellerai *De l'Amour*. Ça existe déjà mais ça a besoin d'un sérieux remaniement. Je l'appellerai : *De l'Amour,* et je serai contre. J'y démontrerai que l'amour n'existe pas. De la manière suivante : que si de l'amour on enlève tout ce qui lui est étranger il ne reste rien. Absolument rien.

— Pourquoi détestes-tu l'amour, qu'est-ce qu'il t'a fait ?

— Ah ! ah ! » Il rit. « Tu es chou. Le boy-scout au scalpel, scène de genre. Les mandarins au lit. Jouir incite les femmes à l'apostolat psy-

chologique, je l'ai maintes fois constaté : c'est
une forme noble de la reconnaissance du ventre, particulière aux intellectuelles. Les autres,
c'est « est-ce que tu m'aimes ? » Dieu merci, les
intellectuelles n'osent pas, elles ont de la dignité. Ne fais pas ta tête de victime, nous n'en
sommes pas encore là. Bois un coup. Nous en
sommes à l'amour — si l'amour m'a blessé. Réponse : non. Commentaire : qu'est-ce que tu
crois, que ma gueule lui fait peur ? Ce genre de
gueule en biais l'excite au contraire considéra-
blement. Comme tu sais par toi-même. J'ai été
comblé d'amour, au contraire. Saturé. Baigné,
immergé dans l'amour. Chapelets pendus à
mon cou. Bois ça, ça passera. »

Il recommença à être ivre.

« Chapelets de plomb m'entraînant par le
fond, et tu peux constater que je n'en tire pas
vanité, car il n'y a pas de quoi, vraiment pas.
Guère d'église où une femme agenouillée ne
prie pour mon salut. Vainement au reste.
L'amour, j'essaie de lui échapper, il me repique
dans les circonstances les plus improbables. Tu
as vu. Je l'ai fui pour mourir, et une fois mort,
qu'est-ce que je trouve ? L'amour. Encore lui.
Je parie une bière qu'une fois au tombeau je
serai l'objet de la passion d'une nécrophile...

— Renaud, tais-toi, tu es horrible. Je n'en
parlerai plus, je ne dirai plus que je t'aime. »

On m'arrachera plutôt la langue !

« Oh ! ça peut servir de musique d'accompagnement. Et d'autre part tu es bonne, j'entends, pas comme une bonne sœur, mais comme une bonne soupe. Soupe n'est pas joli. Une bonne figue, c'est mieux... Je vois que tu me comprends. »

Je m'éveille au milieu de la nuit. La lampe est allumée. J'ai sombré aussitôt après le plaisir. Ce doit être ainsi qu'on fait les enfants. Pierre, lui, s'arrangeait pour m'éviter les risques, il s'en chargeait; il trouvait que c'était son rôle. Mais Pierre ne faisait pas ce qu'il fallait par ailleurs. Voilà bien comme tout se paie. Mais ce n'est pas trop cher.

Renaud est étalé sur le dos, la bouche un peu ouverte. Il ronfle, il a trop bu. Il est vilain à voir, presque aussi vilain que la première fois à l'hôtel... Mais déjà à cette minute-là, j'avais commencé à l'aimer. Maintenant, je sais pourquoi.

Il ne manquait que ma mère. La voici. A cette heure, je croyais au releveur du gaz, ou au fameux placier en machines à laver, cauchemar de Renaud. Maintenant j'ai ouvert, c'est fait. Elle hume l'air chargé de tabac noir.

« Eh bien, tu n'es pas morte ! » dit-elle, sans en paraître autrement contente.

Elle m'examine. Je pense qu'elle ne me reconnaît pas. Sa fille « qu'on peut prendre à n'importe quelle heure, elle est prête, on ne sait pas comment elle s'arrange, et elle doit faire le ménage en tenue de ville... ». Mais j'ai perdu ma tenue de ville. Je me suis, enfin, pour la première fois, déshabillée.

« J'ai bien fait de m'inquiéter finalement. J'étais résolue à attendre, mais tu es tout de même ma fille. J'ai appelé vingt fois hier. Il paraît que ton téléphone est dérangé. Et tu ne le sais même pas ? Ecoute, si tu étais malade, grands dieux, pourquoi ne pas faire prévenir ! C'est de la folie !

— Je ne suis pas malade. Je, j'ai...

— Quoi ? dit-elle en avançant dans la pièce. Tu as quoi ?

— Je... il y a...

— Et tu t'es remise à fumer ?

— Non...

— Que t'arrive-t-il donc ? Tu as une mine de déterrée et tu sors visiblement du lit. A dix heures. Tu ferais mieux d'avouer la vérité...

— Justement, je...

— ...Tu es encore malade, c'est évident. »

Elle gagne du terrain vers la chambre; j'ai laissé Renaud sur le lit tout nu. C'est difficile de barrer la route à une mère.

« Ecoute, maman, dis-je en me plaçant sur son passage, il y a quelqu... »

Elle est frappée de surdité; et quand j'arrive sur le « quelqu'un » elle l'a vu. « Oh ! pardon ! », dit-elle tardivement discrète, munie de l'information qu'elle cherchait. Elle m'a prise de vitesse; l'embarras m'a rendue lente, mais j'ai la certitude consolante que si j'eusse été vive elle l'eût été plus encore.

« Tu aurais dû me prévenir, dit-elle. C'est très désagréable. »

Sa mauvaise foi, c'est un monde.

« Ce que tu fais te regarde, dès l'instant que la confiance ne règne pas. Et ce n'est pas Pierre ? »

Instinctivement, elle élève la voix sur « Pierre ». Si elle savait comme je m'en fous, ou plutôt comme Renaud s'en fout.

« Non, ce n'est pas Pierre, dis-je très haut aussi.

— Bon. Pierre ou tout autre... tu as les amants que tu veux. Après tout (plus bas) cet appartement en a vu d'autres... »

C'est l'adultère de papa qui revient en surface.

« Ça ne doit pas étonner Mme Pia. »

L'adultère, la concierge, tout l'orchestre.

« Tu es majeure... »

La Loi.

« Moi, ce qui m'inquiète seulement c'est ta santé. »

Mon bien.

« Et telle que je te vois, je ne suis pas rassurée... »

Un regard circulaire sur mon chaos : l'Ordre.

« Veux-tu un café ?

— Non, je n'ai déjà que trop gêné. Je m'en vais. Quand peut-on te voir — euh, tranquillement ? Parce que, enfin, tout de même, nous avons des choses à nous dire, d'autre part... »

Evidemment. Tante Lucie. Combien.

« Veux-tu que je vienne te voir, euh, demain ? »

Ce que ça m'embête !

« Ah ! parce qu'ici, la situation est permanente ?

— Pour l'instant, euh...

— Permanente pour l'instant. Parfait. Enfin, c'est ton affaire. Au revoir, ma petite fille, à demain donc, chez moi, où du moins nous serons tranquilles. »

Ouf ! Partie.

« Moi, dit Renaud, que je trouve enfoui dans le couvre-pied, je n'ai pas connu ma mère. Elle est morte en me donnant la vie. Trop tard : c'était fait. »

Il se verse du whisky.

« Oh ! Renaud, sans avoir mangé !

— Ça décape.

— C'est un cercle vicieux. Je ne vois pas comment tu en sortiras !

— Moi non plus, trésor. C'était un peu froid cette entrevue, entre ta mère et toi.

— J'espère au moins que tu avais eu l'idée de te cacher...

— J'ai hésité une seconde. Les mères devraient savoir où en sont leurs filles. »

Il rejette la couverture.

« Elle serait partie plus tranquille, non ?

— Oh ! Renaud !

— Oh ! Renaud ! singe-t-il. Hypocrite ! Approche plutôt, ça ne choque que de loin. »

« Ça ne choque que de loin » : Renaud trouve toujours la formule qu'il faut. De près, ou plutôt du dedans, comme la vision est différente ! On crève un plafond. C'est seulement maintenant que j'ai, pour de bon, perdu ma virginité. Il y aura donc deux Geneviève : Mlle Le Theil; un fossé creusé au bulldozer; et puis la maîtresse de Sarti. Les deux ne se connaissent pas, se méprisent, se renient. « Je suis une vraie femme », dit l'une, et l'autre : « Tu es une obsédée sexuelle. »

C'est le dialogue latent que je mène avec Claude, tandis que sa vue me rappelle à mes devoirs, en même temps qu'à mes limbes récents. Les enfants malheureux — c'est vrai, les enfants malheureux sont bien à plaindre, il faut faire quelque chose... je m'efforce de m'y intéresser, mais ma pensée se perd : pauvre Claude ! si vierge, si fermée; ses lèvres sont serrées et ses jambes doivent l'être autant; elle sèche sur pied. On ne peut même pas l'imaginer gémissante sous un homme... Tandis que moi, maintenant...

« As-tu au moins pris tes inscriptions ? »

Je ris. C'est vraiment trop divergent. Non bien sûr : des inscriptions ! Du Droit ! Comme cela doit être ennuyeux ! Mais, bien sûr, je vais

les prendre, il n'y a pas le feu. Et où trou-
verai-je encore de l'énergie pour avaler le
Code ? J'en ai tellement besoin, d'autre part...

« Tu n'es pas très sérieuse en ce moment,
hein ? Qui aurait pensé que tu allais tomber
amoureuse tout d'un coup comme ça ! Toi ! »

Car je ne m'en suis pas cachée cette fois : comment, d'ailleurs, l'aurais-je pu ? Cela me sort
par la peau, j'éclate de la fierté d'être une
femme. Si elle connaissait cette sensation, on en
reparlerait de sa chasteté !

« Eh oui, mais que veux-tu, c'est la vie, ça
pourrait t'arriver aussi.

— Enfin, tu as encore une semaine...

— D'ailleurs je te le souhaite. Tu devrais essayer.

— Essayer quoi ?

— D'être amoureuse. »

Son visage, aussitôt, de se figer. Décidément,
« Geneviève ne pense qu'à ça ». Renaud dit
vrai : plus on est loin, plus ça choque.

« Enfin ce n'est pas une raison pour tout négliger », dit-elle.

Je l'assure qu'il n'en est pas question, et je le
pense sincèrement. Elle me promet de me secouer s'il le faut; elle usera de son autorité bien
connue. Penser que c'est elle qui se tient pour
une grande personne ! La nature a de ces iro-
nies ! Cette grande personne n'a pas encore de
seins...

Les enfants malheureux... si Renaud savait

que je m'occupe de ça, de quel discours sarcastique ne serais-je gratifiée. Et pourtant, lui qui
trouve le monde si mauvais, ne devrait-il pas
accueillir les possibilités de l'améliorer ? Mais
non, refuser toute espérance c'est la coquetterie
de Renaud. On lui dirait : voici le paradis, entrez, c'est là vraiment qu'il se tuerait. Il s'amuse
beaucoup mieux ainsi, la matière est plus riche.

« Bon, je t'attends donc demain à quatre
heures à la Fac... Et lui au fait, qu'est-ce qu'il
fait ? »

Voilà : c'est ce qu'ils demandent tous.
Qu'est-ce qu'il fait. Ma mère n'y a pas manqué.
J'ai menti effrontément : si elle savait que j'en-
tretiens un homme avec l'héritage elle serait
folle. J'ai dit : il a un peu d'argent. Renaud, de
l'argent. Que ne ferait-on pour une mère.

Et qu'est-ce qu'il fait Renaud en vérité ?

Renaud ne fait rien. Rien. Comment peut-il
vivre ainsi ? Policiers, whisky, cigarettes, sexe,
repos. Il est là. Pourquoi ? On ne sait toujours
pas. Il est là et insensiblement je l'y installe : il
a maintenant son tiroir avec ses slips et ses
chaussettes, car il n'avait que ce qu'il portait au
moment de sa mort. L'hiver venant, je l'ha-
bille : loden, pull de montagne, chaussures con-
fortables; d'ailleurs, il est difficile : ou rien, ou
alors tout. Je ne lésine pas : je n'aimerais pas
non plus qu'il ait mauvais air. Il nous arrive de
sortir; au cinéma, Renaud ne veut voir que des
policiers et des westerns, et surtout pas des

films psychologiques, et moins que tous autres la « soi-disant jeune garde soi-disant intellectuelle », qu'il appelle arrière-garde; du reste toute l'avant-garde il l'appelle arrière-garde; au théâtre, il ne supporte que le Boulevard. Les « messages » l'emmerdent. Je raterai tout ce que j'aime cette saison; tant pis; ce que je ne veux pas rater, c'est Renaud. Je l'ai traîné au concert : il s'est endormi pendant Beethoven et j'ai passé la Neuvième à appréhender qu'il ne ronfle, je ne recommencerai pas, je préfère me passer de musique. N'aime-t-il donc rien ? Je ne le comprends pas.

Finalement, j'ai fait faire une clef. Sa liberté m'avait longtemps effrayée, et il ne demandait rien. Mais ayant repris mes cours je suis souvent absente; je ne veux pas avoir l'air de le séquestrer.

Je lui ai tendu la clef neuve avec quelque solennité : c'était un grand moment, cela sanctionnait beaucoup de choses et rendait officielle notre liaison : il était chez lui maintenant, et non plus invité pour le thé.

Il l'a fourrée dans sa poche sans commentaire. Je n'ai même pas su s'il trouvait la chose naturelle ou inutile. Je ne le comprends pas. Il parle beaucoup et se confie peu. Ne se plaint de rien; prend ce qui vient; laisse le reste; a, parfois, soif. C'est tout. De ses sentiments à mon égard je ne puis que présumer : je présume qu'il ne m'aime pas. Mais que fait-il là ? Rien.

Un homme n'est pas ainsi, ce n'est pas possible. J'ai beau me répéter que c'est un mort, cela n'épuise pas tout : on n'est pas mort à ce point-là quand on vit ! On n'est pas si logique, si froidement conséquent. Je me suis demandé si c'était un fou : mais jamais n'ai pris en défaut le mécanisme de sa cervelle; il me bat comme il veut au raisonnement. Un fou qui a toute sa tête, qu'est-ce que c'est ? Je ne le comprends pas. Un homme ne vit pas ainsi. D'une cage même dorée, même « bien commode », on regarde le ciel à travers les barreaux. Il n'y a pas de ciel pour lui, pas de dehors. Le temps ne coule pas, les jours ne se succèdent pas, il n'y a qu'un seul jour homogène qui continue, une seule heure indéfinie qui s'efface à mesure qu'elle passe, sa vie ne laisse pas de trace, il ne cesse pas de mourir et s'oublie en chemin.

Et moi qui l'ai en permanence — il me semble que je ne possède rien. Oui, le présent : mais le présent, qu'est-ce d'autre — ainsi que Renaud me l'enseigne — qu'une perpétuelle agonie ?

IV

Je découvris un trou énorme dans mon budget. Ce trou, c'était le whisky. Je comptai et recomptai : aucun doute, j'avais dépensé près de cinquante mille francs de whisky dans le mois.

Cela me parut absurde. Puis je me souvins de ce trafic de bouteilles à rapporter. Je n'avais pas prêté beaucoup d'attention au rythme. Il me parut rétrospectivement effrayant.

Fallait-il encore ajouter à ce total l'argent de poche de Renaud ? Lui ayant donné une clef, je ne pouvais, le laissant sans argent, lui en interdire pratiquement l'usage. J'avais donc pris l'habitude de déposer « de la monnaie » dans une coupe à la cuisine, en le priant d'en disposer en cas de besoin. Je maintenais cette monnaie à un étiage correct, voisinant deux mille francs. Renaud ne manifestant jamais le désir de quitter sa prison, je ne voyais là qu'un principe et une délicatesse. Je fus surprise d'avoir à renouveler cette provision assez souvent. Je n'avais évidemment pas de questions à poser

sur un argent que j'avais laissé à sa discrétion.
Je menais généralement une lutte scrupuleuse
contre ce qui me paraissait « mon avarice » :
n'avais-je pas plutôt lutté contre mon simple
bon sens ?

Il me revint qu'un jour en rentrant je l'avais
vu au comptoir d'un café proche de la maison.
Il exposait sa conception du monde à un po-
chard. Il avait payé et m'avait suivie de mauvaise grâce.

Cette vérification était sordide, qui me faisait
maintenant ajouter les quelque quinze mille
francs de la coupe, que je me résignai à considérer comme frais de bar, aux cinquante mille.
Mais si l'enquête était sordide, sa conclusion
était, elle, grandiose : à soixante-cinq mille
francs par mois on est un alcoolique.

Comment avais-je pu voir Renaud constamment le verre à la main sans y songer ? La quo-
tidienneté frappe d'aveuglement. Le verre était
toujours plein : je pensais vaguement qu'il ne
le buvait jamais, que c'était une coquetterie, un
tic. Je ne l'avais vu ivre qu'une fois, et pour six
fines minuscules qui ne m'auraient rien fait. Je
le croyais sensible à l'alcool, au contraire. Mais
les chiffres pensaient plus juste que moi.

Mon premier mouvement fut une déception
profonde, qui me glaça, je crus que mon amour
me quittait. Cette découverte banalisait notre
aventure, qui n'était plus que la mienne, celle
de mon illusion. J'avais longtemps cherché l'ex-

plication de Renaud. Je l'avais. Elle était sans gloire.

Je m'étais demandé pourquoi il restait : je le savais donc. Ici, il trouvait à se satisfaire. J'avais bien orgueilleusement attribué un rôle à mon corps; il n'en fallait donner qu'à ma cave. C'était une bien pauvre histoire. Un sanglot m'échappa, et Renaud, si peu attentif à moi d'habitude, cria de la chambre : « Qu'est-ce qu'il y a ? » Il sentait quelque chose : je décelai une inquiétude dans sa voix. Depuis longtemps sans doute il appréhendait que je comprenne, et le chasse, que je le renvoie de la niche que ma naïveté lui avait ménagée et dont il devait sentir la précarité. Le chasser. La pitié combattait la désillusion et toutes deux m'écœuraient.

« Rien, répondis-je avec quelque retard, je crois que je m'enrhume.

— Viens te réchauffer. »

Me réchauffer ! J'allai sans bruit vers la chambre. Il sirotait à petites gorgées, se croyant à l'abri. Il se vit surpris. Il sourit, avec un certain effort. Qu'il était misérable au fond, avec ses ruses constantes ! Pourquoi fallait-il qu'un tel homme en fût réduit à tant d'indignité ? Un tel homme, oui. Je le regardais. Sa présence, sa hauteur, ce n'était pas l'alcool qui les lui donnait; l'alcool ne faisait que ses faiblesses et son désespoir, l'empêchait d'être ce qu'il devait être, le dissolvait. Le chasser, c'était l'achever. En avançant vers lui je résolus de le prendre tel qu'il était et je commençai de nourrir l'envie de le sauver : à ce tournant où je ne l'attendais guère je retrouvai ma vocation ancienne.

Une lutte sourde s'engagea; il eut aussitôt conscience du changement. Je notai qu'il se débrouillait toujours pour avaler le contenu du verre quand mon attention était détournée; il pratiquait de même le remplissage. Il agissait avec une adresse qui ne pouvait être raisonnée, qui était une seconde nature. Je n'avais donc pas été aveugle, mais abusée. Même en alerte, je le surprenais difficilement. Si je ne décollais pas, il me conviait officiellement à « prendre un verre ensemble » sous les prétextes les plus faibles. J'appris peu à peu que l'alcoolique est celui qu'on ne voit pas boire et qui n'est presque jamais ivre; il dispose de ressources aussi infinies pour cacher son vice que pour le satisfaire. Mais quelles pauvres ressources une fois qu'on était averti ! Il n'était jamais ivre parce qu'il l'était toujours, et j'avais pris ses délires pour un trait de caractère ! Une discipline constante lui permettait de marcher droit, de parler clair, de raisonner juste; ne passaient que des signes subtils : des répétitions de phrases, qu'il faisait passer pour des effets de style, des tics auxquels il donnait l'apparence de jeux; une faiblesse de la paupière gauche, qui se fermait, ou plutôt tombait; une maladresse pour allumer sa cigarette; quand il vit que je l'avais remarqué, il corrigea : j'apprenais la rigueur, la tenue ascétique de l'alcoolique. Endormi, il ne pouvait sauver la face : son sommeil était une demi-mort peuplée de râles, qui me déchirait entre l'horreur et la pitié. Il se défaisait, on eût dit un pantin.

On pouvait faire ce qu'on voulait alors : je vidais dans l'évier un peu de la bouteille. Je ne refusais plus de boire avec lui : c'était toujours cela de moins. Moi, je ne risquais pas d'attraper la maladie, je la haïssais trop. Je regardais avec amour les affiches de la ligue anti-alcoolique dans le métro : ce mur lézardé, comme c'est vrai ! Hélas ! ces affiches ne pouvaient plaire qu'aux tempérants : j'étais sûre qu'aux autres elles donnaient soif; ceux qui les avaient conçues n'avaient jamais bu de leur vie, ni vécu avec un intoxiqué. Ces œuvres d'art moral en tout cas me faisaient sentir la banalité, la vulgarité de mon cas. Mon ennemi avait enfin un nom, mais il n'était ni glorieux ni original. J'étais profondément écœurée de ma condition, dont évidemment je ne parlais à quiconque. Hélas ! de ce poncif ne dépendait pas moins la vie d'un homme en qui je persistais à croire, il me fallait mener cette aventure stupide.

J'employais des trucs dont j'avais honte : j'oubliais de renouveler la coupe, de rapporter l'approvisionnement; dans cette occurrence, Renaud, soudain zélé, se proposait pour les courses, je pouvais alors lui faire faire le marché entier et vider les ordures en plus. Mais en

lui rationnant l'argent je ne parvins qu'à faire
baisser la qualité de sa consommation : je découvris, parmi les slips de son tiroir, une fiole
d'affreux cognac. Il était en quête de coins où
cacher les bouteilles vides; chez moi, ce n'était
pas facile, il y avait trop d'ordre; je trouvais
des fioles sous l'évier, partout; Renaud se sentait traqué, d'autant plus dramatiquement que
tout se passait dans le silence. Je pensais à ce
mauvais mélo, *Lost week-end;* par malheur,
nous étions dans un mauvais mélo. L'alcool ne
laisse pas d'autre choix. Cet abaissement de notre histoire me faisait, je crois, autant de mal
que le mal de Renaud.

Le marchand de spiritueux, dont j'étais devenue l'une des meilleures clientes, me dit un
jour que « Monsieur » lui avait laissé une petite note. J'en fus si peu surprise que je ne me
troublai pas; je me prétendis au courant. Tout
plutôt que de révéler cette misère que j'abreuvais chez moi. J'avais la nausée. Renaud buvait,
mais le mal de cœur était pour moi.

J'eus à renouveler le geste plusieurs fois. Je
ne pouvais vraiment plus prétendre ne pas savoir, et Renaud s'agaçait de mon silence. Il me
provoquait. « Qu'est-ce que tu regardes ! » Je le
regardais se verser du vin avec cette promptit-
ude discrète qui avait longtemps trompé mon
attention. « Tes mains. » — « Qu'est-ce qu'elles
ont mes mains ? » Ses mains tremblaient. « Tu
as de belles mains », soupirai-je, car je pensais :

quel dommage, de si belles mains, trembler...
« Ah oui ? » Il suivait parfaitement tout l'ar-
rière-plan de cette conversation. Il les glissa, ses
mains, sous ma jupe, et me caressa, puis me
prit brutalement, dans la cuisine, courbée sur
la table au milieu des assiettes sales : il voulait
m'enfoncer dans la trivialité de notre condition
et me contraindre à la scène. Dans la saturation
— je ne pouvais distinguer chez lui qu'entre la
saturation et l'ivresse latente — il avait des méthodes animales et devenait rapide, insoucieux
de mon plaisir.

J'avais la nausée presque constamment :
quand je le voyais attraper une bouteille,
quand je payais chez le marchand de vin,
quand je découvrais une de ses inutiles roue-
ries. Je craignis d'être enceinte : en plus
« ils » sont prolifiques, c'est connu. Je rêvai
sombrement à l'enfant de l'alcoolique et de la
tuberculeuse. « Quand les parents boivent, les
enfants trinquent. » Joli produit. Joli ménage.
J'étais dégoûtée. En fait, j'eus une crise de foie.
Renaud buvait et j'avais les crises de foie. Je fis
venir Alex Duthot, qui me soignait depuis que
mon père, dont il avait repris le cabinet, était
mort. Je tentai de redonner à la maison l'aspect
dont il avait l'habitude, mais je n'y parvenais
pas : elle était pourrie de l'intérieur. Renaud
me vit ouvrir longuement la fenêtre et grinça :
c'était ses miasmes qu'on chassait là. Quant à
lui, il transporta discrètement la bouteille et le

verre hors de vue. Il connaissait son affaire et
tenait spontanément le médecin pour son ennemi personnel.

Alex Duthot flaira néanmoins dès son entrée : « Vous vous êtes remise à fumer ? » La
vue de Renaud l'éclaira. Néanmoins, il conti-
nua de flairer; il sentait autre chose que le tabac. « Vous devriez vivre avec la fenêtre ouverte, vous le savez. »

Il m'examina rudement et me dit que mon
foie ne l'intéressait pas, sauf comme signe que
je m'offrais des contrariétés nerveuses qui ne
s'imposaient pas. Il me trouva très fatiguée, exigea que je vienne le voir le 15 avec une radio
sous le bras, et s'il ne me voyait pas, il alertait
ma mère. Je protestai que j'avais toujours été
sérieuse là-dessus. « Eh bien, restez-le ! aboya-
t-il, sinon vous savez ce qui vous pend au nez. »
Il partit en trombe. La bouteille et le verre
n'étaient pas visibles dans les alentours de Renaud. Je finis par les repérer sous mon bureau.
Je courus aux lavabos pour vomir. J'appréciais
mal ce transfert des symptômes. J'étais accablée
de voir toute notre histoire tourner en physiologie.

« Bois un peu, me dit Renaud, ça te remettra.

— Ah ! non ! » criai-je avec dégoût.

C'était ma première allusion, elle m'avait
échappé. Il eut un sourire amer. Il sentait le
vent tourner, les mauvais jours venir. Il s'enfon-

çait. Se tenait sur ses gardes, dans une demi-hostilité. Se fermait de plus en plus. Le compte des bouteilles, de celles qui tombaient sous ma surveillance du moins, révéla une progression brusque du mal. Mon indulgence l'y livrait; les difficultés l'y poussaient. Je ne savais où me tourner.

Une nuit, du seuil de la cuisine, il me surprit en train de verser la petite dose dans l'évier; il retourna dans la chambre. Je me résignai à la 'Grande Scène dont nous étions gros depuis longtemps. Je le trouvai assis sur le lit, souriant.

« Tu as tenu le coup un bon bout, me dit-il. Ce n'est pas mal, pour quelqu'un comme toi. »

J'ouvris la bouche pour dire, enfin, ce que j'avais à dire sur la question. Renaud, écoute... mais il avait un regard si clair et en même temps si étranger que tout ce que je préparais tomba dans un gouffre. « Tu te détruis, il faut que tu sortes de là, je veux t'aider... » Cela semblait une blague; bien sûr, qu'il savait tout ce que je pouvais dire; je n'avais rien à lui apprendre. Il se tourna contre le mur, loin de moi, et ne me toucha pas quand je me mis au lit. Ce n'était pas pour me punir, Renaud n'usait jamais de telles tactiques; c'est qu'il n'en avait pas envie. Le lendemain, je partis alors qu'il dormait encore, ou faisait semblant; il était plus de midi. Quand je revins, il n'était pas à la maison.

La serviette était là. La bouteille était vide. La coupe, aussi. Je préparai le repas. Je m'énervai. Je sortis et visitai les bistrots environnants. Je n'osai aller trop loin. A huit heures, il n'était pas rentré. Je ne pus manger. Je laissai un mot sur le lit et sortis de nouveau. Où ? Les bars sont nombreux à Paris. Je tremblais qu'il ne rentre pendant ce temps-là, ne me trouve pas... Non, il n'y était pas. Il était dix heures. Un moment horrible commença. Je dus bientôt arrêter le réveil qui marquait trop bruyamment la lenteur. En désespoir de cause, j'essayai un des policiers de Renaud : je comprenais enfin leur usage; mais mon ennemi était plus aigu que le sien. Chase, Chandler, et trois autres furent impuissants. Je fis le lit en grand; je lavai la cuisine; c'était plus efficace; je fis tous les cuivres, je rangeai une armoire... peu à peu l'étreinte se resserrait sur mon ventre, mes gestes ralentissaient, j'avais la sueur aux tempes, mon cœur battait trop fort, je ne fus plus capable que de rester étendue sur le lit comme une malade; j'entrai dans la pure attente. Mon ouïe domina tout : j'entendis les pas dans la rue, venir, ne pas s'arrêter, décroître. Je devais entendre très loin, je m'aiguisai. J'essayai de sortir encore, je fis trois pas et perdis courage. Vers une heure du matin, je pleurai enfin : cela m'occupa, j'essayai de pleurer longtemps, préférant la peine au vide. Je pris un bain. La nuit, peu à peu, avançait — mais aurait-elle une fin après tout ? Cette serviette, là, si précieuse, me l'assurait. Me l'assurait ? Cela dépendait de ce qu'il y avait dedans. Je la pris et essayai de l'ouvrir — la curiosité me poussait moins que l'horrible besoin de tuer encore un peu de temps. Elle était fermée à clef. Que pouvait donc posséder Renaud, qu'il voulût cacher si fort ? J'employai plusieurs minutes à ce problème, puis je fus rejetée dans l'écoulement gratuit. Je criai, la bouche dans l'oreiller. Je n'avais jamais eu l'expérience du temps à l'état pur : c'était une mécanique abominable. Je restai toute la nuit raide sur mon lit, suspendue. Je vis trois heures, quatre, cinq, six... j'atteignis une sorte de résignation. Il avance, le temps. Je gisais dans la durée.

Par quel miracle, quelle grâce, quelle compassion du Ciel m'étais-je endormie finalement ? La sonnerie du téléphone m'éveilla et je me ruai. Une voix bourrue me demanda mon nom et mon adresse. Abrutie, je répondis.

« Est-ce qu'un Jean-Renaud Sarti est domicilié chez vous ? »

Je criai que oui, je demandai ce qui était arrivé; c'était le Commissariat Jean-Bart, on l'avait trouvé ivre, sans papiers, ne connaissant pas son domicile, n'ayant pu donner que mon nom. Je dis qu'il avait perdu ses papiers et qu'il était sujet à l'amnésie. On rit. Cela m'était bien égal. J'allais venir le chercher, je bondis dans un taxi sans prendre le temps de

me maquiller. Dieu merci, il était retrouvé,
Dieu merci, ma nuit était finie ! J'aurais net-
toyé les écuries d'Augias pour cette remise de
peine si j'avais dû trouver Renaud sous la dernière couche de purin. Je répondis docilement
à tout un interrogatoire peu flatteur pour ma
dignité, certifiai tout ce qu'on voulut et subis
sans piper l'ironie réservée aux commères mal
loties qui viennent récupérer leur ivrogne au
quart; je n'étais pas autre chose. Je sortis mon
ivrogne du quart par la main. Il avait l'air
abruti. Je me moquais pour l'instant de la façon dont il avait passé la nuit. La mienne était
finie, je sortais de mon tunnel, je respirais. Je
sautai dans un autre taxi en traînant Renaud et
je jetai mon adresse.

« 44, avenue de Saxe, répéta-t-il après moi
comme une leçon.

— Tu l'avais oublié ?

— Je ne l'ai jamais su; je n'ai jamais regardé. »

J'éclatai de rire. Il n'était pas rentré parce
qu'il ne savait pas l'adresse ! En même temps,
je pleurais un peu mais ça ne faisait rien. « 44,
avenue de Saxe ! » hoquetai-je, « 44, avenue de
Saxe !... as-tu un carnet ?

— Un quoi ?

— Je vais te le faire tatouer sur la poitrine !
répète : 44, avenue de Saxe.

— Merde, me dit-il. Me fais pas trop chier
tout de même. »

Je plongeai dans le silence. Oui. Il ne fallait pas exagérer, n'est-ce pas. Il était là. Retrouvé. N'en demandons pas trop.

Son premier regard fut pour la bouteille, et cette fois, sans se cacher. Elle était vide. Il s'installa sur le lit et attendit.

Si fatiguée que je fusse, je sortis et achetai du whisky. Le marchand était en train d'ouvrir; il dut me trouver bien pressée. Je ne l'étais pas. Je désespérais.

Je n'avais rien à dire. Il ne m'avait pas prise en traître. Dès le tout début il m'avait avertie. Le « Blockhaus ». J'avais cru qu'il faisait de la poésie. Mais Renaud ne fait pas de poésie. Il ne parle jamais pour le plaisir. Blockhaus, pipe-line, tout cela était littéral. « Irradié » devait se traduire : alcoolique. Il suffisait d'écouter attentivement.

J'avais répondu : « Ça m'est égal. » Et lui : « On dit ça, mais quand on y est on dit merde. » Merde en effet, mais tant pis. Je ne me laisserai pas arrêter. Blockhaus et pipe-line, je continue. C'est à prendre ou à laisser ? Je prends. Tu m'as lancé un défi, tu as lancé un défi à l'amour même; je le relève. On verra si l'amour est une brèche ou un pont. « Haut les cœurs ! » comme dit Renaud, si bien, une fois de plus. Et haut-le-cœur par-dessus le marché; ce n'est pas non plus une image.

« Mine de rien » devint ma devise. Je parus renoncer à la lutte; je lâchai du câble. Je n'en pensais pas moins. Je fourbissais de nouvelles armes. Par exemple, il fallait le distraire, cet homme, le tirer du vase clos où il aimait à se tapir. Pour commencer, j'achetai la voiture : quel homme n'est intéressé par une voiture ?

Renaud. Tout seul dans son siècle, il s'en fout. Je le traînai dans des garages, il trouvait ça puant et disait : « Prends n'importe quoi, mais sortons. » Néanmoins, il s'éprit un jour d'un corbillard Voisin de 1935 avec vases pour fleurs, qui faisait penser à Nosferatu le Vampire. Je l'en arrachai, horrifiée. L'idée de sillonner les rues dans ce catafalque, qui le ravissait, me faisait frissonner. Son jouet refusé, il tomba dans l'indifférence et n'en sortit que lorsqu'il me vit opter pour une Aronde plein-ciel. Rien que le nom, j'aurais dû me méfier : il me conjura, si je voulais qu'il y mît les pieds, de renoncer à cette « verrière ambulante où on se promène quasiment déshabillé comme un bernard-l'ermite sans coquille ». Evidemment, il était agoraphobe. Cela rayait fâcheusement tous les modèles récents. Au vrai, dit-il, il aimerait une voiture, à la condition qu'on y pût faire l'amour et dormir et qu'on en pût fermer les fenêtres; mieux, qu'il n'y eût pas de vitres du tout; qu'elle roulât ou non, c'était un point second.

Bref, une chambre. Nous transigeâmes à une traction. Il n'eut jamais la tentation de conduire; il préférait se faire voiturer. D'ailleurs,

me dit-il, je suis myope. Je ne m'en étais pas
aperçue. Il refusa mes offres de lui faire faire
des lunettes : il préférait voir mal, dit-il, déjà
ça de gagné.

Nous visitâmes de ravissantes auberges de
l'Ile-de-France, luxueuses et bien chauffées.
Cela valait la peine d'aller à la campagne avec
Renaud : arrivés le samedi nous restions à table, après le dîner, à boire, pendant des temps
interminables, après quoi il me faisait l'amour
la moitié de la nuit. Le petit déjeuner pris, au
lit, vers deux heures de l'après-midi, cela re-
commençait et durait jusqu'au soir, volets fermés, liqueurs à portée de main. Restait à dîner
et à revenir, de nuit : je n'avais quasiment pas
aperçu un végétal et j'étais épuisée. J'y renonçai : si c'était cela, c'était moins cher à la maison et mon lit était meilleur. Je me repliai sur
les sorties parisiennes; je m'inventai un désir
de voir du monde, de montrer mes robes. Il me
fit la grâce de critiquer celles que, pour la vrai-
semblance, j'achetai : avec mon corps et ma figure, je pourrais me permettre d'être élégante
au lieu de prendre « l'air province ». Je dus
dire adieu à mes tailleurs « sempiternels » et à
mon « style rombière ». Sous son impulsion, je
finis par déboucher dans la haute couture, au
sortir de laquelle Claude ne me reconnut pas.

Nous faisions la tournée des cabarets : j'aimais les spectacles; Renaud, les consommations;
le double emploi de ces lieux nous mettait,

pour une fois, d'accord. L'atmosphère de tout
endroit où l'on pût boire plaisait à Renaud.
Depuis que j'étais dressée à me taire il m'emmenait dans des bars, à Montparnasse et à
Saint-Germain, et des bistrots autour des Halles, qu'il fréquentait autrefois; il retombait
dans des habitudes anciennes, où il me faisait à
présent l'honneur de m'associer; il pérorait durant des heures avec des personnages entre-
deux-eaux dont je comprenais mal qu'il leur
trouvât de l'intérêt, à moins que ce ne fût la
complicité des déchets : artistes ratés, demi-
clochards, vagabonds de toutes classes, résidus
en un mot. Tout ça buvait, évidemment, ou
même, se droguait; moi, je faisais de la figura-
tion. Le chauffeur. J'attendais que Monsieur fût
disposé à rentrer. Sans moi, il n'aurait pas su.

Pour rétablir la balance, je mêlai Renaud à
mes propres amis, et j'organisai des petites parties à la maison. Autrefois, je trouvais cela gentil
de temps en temps. Mais Renaud leur donna
un ton qui me fit regretter mon initiative.

Il versait à boire si généreusement que tout
le monde se trouvait bientôt ivre, et il avait le
don de porter les filles à l'indécence. Je le sus-
pectais de le faire exprès, pour me choquer. Il
dansait bien, mais de très près, avec tout le
monde indistinctement, et, avec lui comme me-
neur de jeu, mes gentils amis avaient des vulga-
rités qui m'agaçaient. Au réveillon de Noël, où
j'avais fait un arbre, je le trouvai à quatre heu-

res du matin, dans la cuisine, en train de cares-
ser somptueusement Marie-Agnès, assise sur la
table, les jupons troussés.

« Mais non, dit-il en me voyant reculer, tu
n'es pas de trop, mon chéri, au contraire. »

Je tombai d'une masse sur le carrelage. Je
m'éveillai le lendemain avec cette image impri-
mée dans la tête, et un abominable vertige.
J'entendais Renaud siffloter dans la salle de
bain.

« J'ai faim, dit-il en me voyant les yeux ouverts.

— Pas moi.

— Tu as une sacrée gueule de bois. Un peu
d'alqua selzer... »

Sans doute pensait-il que j'avais tout oublié ?

« Comment s'est terminé ce joyeux Noël ?
demandai-je sèchement, pour lui faire entendre
que je me souvenais fort bien.

— J'ai fait le maître de la maison, dit-il sans
vergogne. Coco t'a soignée. Ton malaise ayant
néanmoins jeté un froid nos invités n'ont pas
tardé à se retirer. Tu n'es pas faite pour boire
tant, tu n'as pas l'habitude... »

Du sarcasme par-dessus le marché ! C'est tout
juste s'il ne me reprochait pas d'avoir gâché la
soirée ! Au fond, c'était un salaud. Sans doute
avait-il profité de ce malaise bien venu pour
s'envoyer Marie-Agnès sur la table de la cuisine. C'était dans ses mœurs. Il était capable de
tout.

« Ne me regarde pas comme ça, dit-il d'une voix lasse. C'est profondément inutile. »

Il répéta encore, souriant : « Inutile », et disparut dans la cuisine. Il revint avec une tasse de café et un verre d'eau effervescente. « Bois ça. » Je bus. Le vinaigre était en supplément. Il me reprit tasse et verre et s'assit sur le bord du lit.

« Les choses sont ce qu'elles sont, c'est une vérité que tout le monde oublie. A chacun de voir ce qu'il veut. »

Il se leva et prit son loden.

« Oh ! Renaud ! Tu t'en vas !

— Je sors. »

C'était de la provocation. Mais qu'aurais-je pu faire ? Il s'en moquait. Je ne disposais d'aucun pouvoir sur lui; il les avait tous. Il pouvait s'amuser à les mesurer. Il lui plaisait de voir jusqu'où l'amour me réduirait. Je ne le savais pas moi-même.

Vautrée dans les larmes, j'étais livrée à la jalousie. Une imagination précise me nourrissait d'images torturantes que je ne pouvais supporter, qu'il fallait supporter. Ce beau Noël que j'avais refusé de passer avec ma mère ! Elle en avait pleuré. C'était mon tour; sa revanche.

Renaud. Rentre à la maison. Rentre. Le soir tombe : où es-tu ? Comment peux-tu si bien te passer de moi, qui ne puis me passer de toi ? Est-ce juste ? Rentre : je ne dirai rien.

La nuit s'avance. Je fume cigarette sur ciga-

rette. Rentre, je t'en supplie. Je me moque de
ce que tu as pu faire, je ne poserai aucune
question, je te laisserai en paix, je ne dirai plus
rien. Tu es mille fois plus fort que moi.

Mais pas plus fort que mon amour. Je ne
puis me passer de toi : ton prix sera le mien.
Tant pis. Je te garderai cette foi insensée que
tu n'as pas demandée.

Deux heures. De plus en plus, j'étais sûre
qu'il traînait, loin de Marie-Agnès et de ses pareilles, quelque part à vau-l'eau. Je connaissais
mon Renaud après tout mieux que personne.
Je le connaissais trop pour le perdre. Je le
voyais : debout contre un bar, entouré de l'en-
cens du tabac, un œil demi-clos, l'air rusé
comme s'il faisait une farce et savait parfaitement où il en était, il pérorait sur le monde, de
grandes phrases définitives coulaient de ses lèvres au profit d'un public de pauvres hères qui
jouaient à l'écouter pour tirer leur triste nuit;
un clown pour clochards; c'était son heure de
gloire. L'image était si nette, si évidente, que je
mis mon manteau, sortis la voiture et partis en
quête de la réalité.

Je prospectai divers lieux où je l'avais déjà
vu. Ma mémoire avait fidèlement enregistré cet
itinéraire particulier : le Guide noir des nuits
de Renaud, qu'il avait ouvert devant moi —
l'ignorait-il ? peut-être pas.

Je le découvris dans un bistrot de Saint-
Martin, et tel exactement que je l'avais rêvé :

la fumée, la pose, tout y était. Il me vit entrer
sans ciller, termina sa période sur « les hommes
de bonne volonté, que des anges changés en
bombes couchent sur la plaine tandis qu'ils
marchent vers la Crèche où repose, aveugle encore, leur Rédemption »; puis, avec le même
geste rassurant de la main que les autres nuits
pareilles, il me dit : « Mais oui, mon chéri, on
rentre, je te suis. » Il avait oublié que je n'étais
pas là.

Il ne me fit guère attendre qu'une heure, le
temps de finir une autre phrase, un autre verre,
et puis il me suivit comme d'habitude.

C'était simple. Il suffisait d'attendre que la
nuit s'avançât, que lui-même, tournant dans ses
circuits, s'effondrât sur une de ses grèves, et de
l'y aller recueillir. Comme la mer a ses lieux de
prédilection pour rejeter ses noyés, par une
comparable combinaison de courants la nuit
avait les siens pour échouer Renaud; il me restait à le ramasser, là ou ici, selon le degré de
maturation. Rien de moins libre que l'alcoolique; tandis qu'il se croit livré à sa fantaisie
pure, il a ses manies, il est prisonnier d'incom-
préhensibles mais immuables attachements à
des havres hors desquels il est perdu. Dans ce
grand liquide mouvant qu'est sa vie, il a ses
ports, ses balises, ses cheneaux rigoureux, et on
ne jette pas l'ancre en pleine eau. Je suivais
tout cela. Je faisais partie aussi de la Grande
Navigation : petit remorqueur têtu qui ramène

en cale sèche, où réparer les avaries jusqu'au prochain appareillage, le grand navire qui fait eau. Très vite, du petit remorqueur il apprit le mode d'emploi et, inventant là comme ailleurs le mirage de sa liberté chère, en fit un jouet dont il se crut le maître et s'imagina l'auteur de mes apparitions. Insensiblement nos retrouvailles nocturnes prenaient l'aspect de rendez-vous, leur place dans cette dramaturgie chaotique qu'était la vie de Renaud Sarti et qu'il croyait créer quand il la subissait. C'était une *Commedia dell'arte,* ou plutôt une *Tragedia dell'arte,* ou mieux encore, les deux ensemble, lui dans la comédie, moi dans la tragédie et jamais sur le même ton, j'arrivais dans un rôle une fois pour toutes fixé, Pantalon Boy-Scout, mais dont le texte restait à improviser en scène, de quoi Renaud se chargeait, brodant et rebrodant selon la disposition du public ou celle de son humeur.

Boy-Scout, ange gardien, saint-bernard, Armée du Salut, Bobonne, Nounou, chien d'aveugle, nurse, Sœur Geneviève, Ariane, s'appelait mon personnage. « Le voici l'agneau si doux », « La Fayette nous voilà », « J'attendrai le jour et la nuit », « J'irai jusqu'au bout du monde », « Emilien, fais pas la mauvaise tête » étaient mes indicatifs d'entrée; des variantes infinies modulaient la suite du spectacle.

Quelle folie m'avait prise ! Quelle décision insensée m'étais-je mise en tête, de rattraper cet homme ? Il allait beaucoup trop vite, il glissait éperdument, selon une gravitation pas moins mathématique que l'autre. Je ne rattrapais rien, j'assistais seulement à la dégringolade, et, comme si je n'avais pas assez chez moi, j'allai encore voir dehors.

Quelle folie ! Je croyais aller le ramasser, lui donner un axe, son adresse, j'allais lui rappeler son adresse — mais non, je lui avais fourni un jeu de plus, il s'y adonnait avec perversité, en faisait un théâtre, et me saluait partout comme sa propre création, un personnage qu'il eût inventé et lancé dans les rues au lieu de la scène, car il ne faisait pas la différence.

« Regardez-la : examinez ce spécimen parfait... »

Il me tournait dans tous les sens, me faisait miroiter devant les déchets présents, qui riaient au cirque gratuit.

« ... ce spécimen parfait de la fidélité, cette incarnation idéale de l'Hamour. Et elle tient sur ses jambes. Elle marche. Marche ! Marche, poupée !

— Renaud...

— ... elle dit : « Renaud. » Dis Renaud ! Montre à ces messieurs comme tu es au point, ressorts en parfait état. Et ce cœur ! Ce cœur sans limites, c'est lui surtout qu'il faut voir. Montre ton cœur ! »

Il me tira vers lui et voulut ouvrir mon chemisier. C'était au Black-Out, mi-bar, mi-café,

qui jouait la nuit à rideaux tirés. Il y avait là
Coco, le médecin déchu dont le nom dit pourquoi, un ancien montparno qui n'était pas devenu Modigliani, un pédéraste boiteux et sans
doute à fistules, et le Chômeur; plus Gladys, se
reposant entre deux passes — tous gens que
rien ne me déterminait à connaître et avec lesquels je n'entretenais aucun rapport direct,
bien qu'ils eussent à mon sujet des informations
très intimes.

Au deuxième bouton, je bronchai. Renaud,
je t'en prie, pas ça. J'agrippai le tissu des deux
mains. Il y avait des limites même à l'abnéga-
tion absolue. Cela les passait.

Il me gifla d'un revers sec, imprévu. « Montre. » C'était l'entêtement de l'ivrogne.

« Laisse-la, Jean, dit Gladys. Elle n'est pas
faite pour ça, tu vois bien. »

Une main tenant encore le chemisier en li-
tige il se retourna vers elle.

« C'est là que tu te trompes, ma poulette.
Elle est faite pour ça. Et on dit que les filles
ont de la psychologie ! Quelle littérature !
Ecoute, mon minet, dit-il à moi avec douceur,
si tu obéis, aussitôt je rentre. Tout de suite.
Sans histoires. Au nom de l'Hamour tu peux
bien faire ça, non ? Quand on incarne il faut
incarner jusqu'au bout. »

Il a raison. Soudain ma résistance s'effondra.
Quelque chose s'ouvrit, la sérénité déferla. Il
est vrai : tout cela m'était complètement égal.

Qu'il fasse donc ce qu'il veut. Je peux encore marcher plus loin. Il n'y a pas de limites. Je laissai retomber les bras. Il acheva de défaire mon corsage et me tourna vers l'impuissant, le sénile, le pédéraste, l'abruti et la grue. Albert, le dos tourné, rangeait ses bouteilles : c'étaient les histoires de ses clients.

« Avez-vous déjà vu quelque chose d'aussi beau ? proclamait Renaud. Blancs, frais, des outres pendues à la selle par grande chaleur...

— Ne faites pas attention, me dit Gladys, pratiquant la solidarité femelle. Ici, ça n'a pas d'importance. »

Elle avait pitié. Il n'y avait pas lieu. Je m'en moquais. Je souriais vaguement.

« Rhabille-toi, dit Renaud, me lâchant soudain. On rentre. »

Sa voix avait perdu de sa conviction. Je venais de marquer un point mystérieux quelque part.

« Et paie », ajouta-t-il, pour rattraper je ne sais quel terrain perdu.

Je payai; pour tout le monde, je crois. Nous rentrâmes en silence. Renaud était frappé de mutisme. A la maison, il me prit dans ses bras et me fit l'amour sans rien dire.

V

QUELLE était cette limite à l'instant passée ? Elle m'ouvrait toutes les acceptations. Renaud, l'ayant compris, poussait aussi loin que possible le trouble jeu, forçait l'injure, combattait avec fureur l'adversaire silencieux et docile, trop docile, né sous sa férule.

« Va-t'en. File. Tu ne m'entends pas ? Je ne veux pas de toi. Fous-moi la paix. Lève l'ancre. Barka ! Vade retro, ouh ! Elle reste. C'est la glu. Le papier tue-mouches. Le scotch en rouleaux. Le filet de rétiaire. Le harpon de baleine. L'araignée. La drosera. La gale. Le morpion à croix noire. Le lézard vert, qui ne lâche que si on lui coupe la tête.

— Georges, donnez-moi un café s'il vous plaît. Et combien vous doit-on ?

— Elle reste. Qu'est-ce qu'il faut que je fasse pour me dépêtrer de toi ? Regardez-moi ce pot de colle que je traîne aux fesses ? Tu es encore là ? Elle est là. Plantée comme la racine de bao-

bab. Impavide Végétale. La moule sur le ro-
cher. »

Litanies, litanies. Cela me rappelait l'église,
le salut du soir. Mais, Renaud, tu ne m'auras
pas. Je suis triste, j'ai mal sans arrêt, mais ce
n'est pas encore assez. Il cherche ce qu'il pourrait inventer, la parade efficace, la conjuration
qui me ferait rentrer sous terre, l'inverse du signe de croix.

« Je ne t'aime pas.

— Je le sais.

— Je te déteste, je ne peux pas te pifer. »

C'est trop, pour le coup. Je n'y crois pas. Je
m'arrime au plancher, je ne partirai pas, je ne
pleurerai pas. Un des compagnons nocturnes,
parfois, attendri par ma constance, disait qu'il
fallait m'admirer.

« L'admirer ! repartait mon délicieux amant,
pour qui tout mot était rampe de lancement.
Comme si je ne savais pas de quoi c'est fait !
Elle veut que je la baise, voilà ce qu'elle veut.
Je la fais jouir, tu comprends ? Je l'ai « révélée ». Un accident. Elle ne me le pardonne pas.
L'amour, elle appelle ça. Elle attend avec une
patience de jument qu'on rentre à l'écurie
pour. Pas vrai, ma chatte ? C'est tout le temps
en chaleur ces bêtes-là. Allez, rentrons, chérie,
tu l'as mérité, tu vas l'avoir. »

Dis ce que tu veux. Cause, cause.

Qu'il me frappât, cela va sans dire. Des gifles

surtout. Les coups étaient plus rares. Il aimait
me gifler au visage, tantôt du plat, tantôt, dans
les moments vraiment mauvais, du revers. Le
revers fait mal. Mais il ne faut rien exagérer,
sur le moment seulement, et ensuite, un petit
bleu; objectivement, c'est peu de chose une gi-
fle, et je devenais objective; il le fallait bien.
Le grand malheur est pour l'orgueil — mais
mon orgueil !... Ah ! je ne le sentais même plus.
Ce que je sentais c'est qu'il « aimait » me gifler; non par sadisme, au contraire : c'était une
forme bizarre de familiarité, d'intimité.
Étrange. Mais vrai. Il savait bien que je ne
l'eusse permis à personne ! C'était son privi-
lège. Je ne protégeais même pas mon visage : je
n'avais pas le réflexe. Il fallait tout prendre.
Cela faisait partie d'un ensemble insécable où
s'inscrivaient aussi les longs éblouissements du
plaisir. Je les aurais payés encore plus cher.

Les gifles, tout compte fait, c'était encore le
moins pénible. Je n'avais pas d'effort à faire,
rien à surmonter; je n'avais qu'à recevoir :
presque reposant, auprès du reste. J'étais de
plus en plus anesthésiée, je ne sentais quasiment rien. Parfois j'allais aux lavabos, vomir un
peu : comme les Romains au milieu du ban-
quet, pour pouvoir continuer à avaler les mets
délicats, à la saveur toujours nouvelle.

« Ce que je ne comprends pas d'un type
comme ça, c'est qu'il ne se drogue pas, dit
Coco, l'œil animé et l'esprit prosélyte, car il ve-

nait d'en prendre. J'ai essayé : inconvertissable. Ce n'est pas qu'il ait la frousse; il s'en fout.

— Pas besoin, dit Renaud. Je suis né avec de la drogue dans le sang.

— Alors pourquoi boire ? hasardai-je.

— Mais boire c'est le contraire de se droguer, mon minet. C'est l'antidote. Ma drogue à moi est bien pire que l'héroïne. Elle n'est pas faite pour les hommes mais pour les dieux. Nectar et ambroisie, si je me laissais aller j'éclaterais dans le ciel à petit feu, par dilatation lumineuse. C'est tout à fait insupportable, mon poussin, comme sensation, et c'est permanent : tu ne sais pas ce que c'est, une seconde ?

— Si, dis-je. Oh ! si.

— Oui : tu sais probablement ce que c'est une seconde de mort. Mais une seconde de vie, tu l'ignores. Crois-moi : on ne peut pas, il faut la tuer.

— C'est un ange, dit Coco : imaginez comment un ange prendrait les choses ici, vous avez Renaud, craché.

— Craché de la gueule de Dieu, comme un glaviot sur la face de la terre. Plouc : me voici Seigneur, à votre image. Le paradis coule dans mes veines aussi vif que le premier jour : Dieu salaud, tu n'as pas réussi à me chasser, je m'accroche à l'arête, tu as beau m'écraser les doigts, et l'épée tournoyante de ton robot gardien me passe à chaque fois par le travers du cœur. Prés humides, fraîches eaux, clairs ruisseaux, quatre

fleuves coulent dans mon corps et tous les feux
de l'Ecosse ne pourront les tarir. Et puis d'ailleurs la morphine rend impuissant, et je veux
crever avec ma queue, pas elle avant moi. Non.
Regarde Coco, me dit-il en saisissant ma main
pour constatation, de force, car je tentai une résistance, regarde Coco, il n'a plus rien.

— C'est vrai, dit Coco. Bon débarras. Dor-
mez, petit pigeon.

— Tandis que moi — il me transféra avec
autorité — tu vois. Mais laisse-la donc là ta
main, elle est bien. Ça n'empêche pas de causer, au contraire. Tiens-le en forme jusqu'à la
maison. Sinon tu n'auras rien. Et voilà : elle
avale tout. Cette fille a un estomac d'autruche à
la place du cœur. Oui, chérie, tu l'auras ta statue. La statue de l'Amour en pied, et d'une
belle flèche de part en part percée. Tu as voulu
être un apôtre ? Croyais-tu, par hasard, que
c'est une occupation de femme du monde ?
Toutes les couronnes se paient, même celles
d'épines. Et gare à ta tête : elle finissent sur
des plats. Et en plus n'oublie jamais que c'est
pour rien tout ça. Des fois tu as tendance à
t'endormir. Attention aux surprises. »

Il y a des gens qui ont des mauvais rêves.
Moi, je les vivais. Ce n'est pas une métaphore.
Ils avaient lieu la nuit et c'étaient vraiment des
rêves, avec tous les caractères des rêves : capri-
ces de l'espace et du temps, matière chan-

geante, parfois distendue comme l'étoile, parfois lourde comme le noyau; répétitions halluci-
nantes, aura prémonitoire, métamorphoses des
personnages, et jusqu'au sentiment d'irréalité.
Je flottais, sans pouvoir sur les événements qui
se présentaient devant moi sous forme d'images
que je ne pouvais modifier, que je devais subir,
fussent-elles impossibles à subir; dans lesquelles
un rôle m'était préparé que je ne pouvais refuser, que je devais jouer. Toujours la même
quête interminable dans la pluie et le froid, la
même porte poussée, une autre porte, une autre, jusqu'à celle derrière laquelle, dans la fumée, attend le cauchemar redouté, le rire de
Renaud qui veut me broyer le cœur. Le rêve
« Je cherche Renaud, je le trouve, il me tue »,
le rêve-compagnon qui, presque chaque nuit,
répète le même thème : le passage à la limite.
Jusqu'où mon cœur ira-t-il sans se rompre ? Je
ne sais pas. Je verrai bien. Oui, c'était juste un
rêve : comme eux il était sorti d'une cervelle
malade et tourmentée; simplement ce n'était
pas la mienne, mais celle de Renaud, qui
m'obligeait à partager ses cauchemars et à les
jouer en dur. C'est ainsi que je me retrouve
dans une chambre avec lui et une fille; je pense
confusément que c'est le dernier, que nous
n'irons pas plus loin; Renaud m'a imposé ce
rôle dans l'espoir que là, enfin, je flancherais, il
aura raison de moi et de mon amour. J'ai bu
pour contraindre mon corps rétif, à présent nu

et abominablement consentant aux caresses
trop précises d'une femme dont l'habileté me
révolte et me force. Habillé, assis contre le lit,
Renaud me regarde. Ah oui ? Voilà le passage,
le lâcher-tout : c'est ça que tu veux ? Je
m'abandonne, faites de moi ce que vous voudrez. Je glisse d'un accès dans l'autre, je ne
crierai pas merci; je tombe dans l'inconscience
comme dans une délivrance.

« Va chercher une bouteille en bas.

— Mets-lui de l'eau sur le visage.

— Tu vas la tuer, tu sais. Elle est malade. »

Au tour de Renaud de me ramener ce soir;
il laissa la voiture et prit un taxi; ramassa en
chemin Coco, qui savait très bien faire les pi-
qûres et, tout exclu qu'il fût, connaissait encore
celles qui remontent le cœur.

Je toussais, évidemment. Je me retenais le
plus possible. De toute façon c'était l'hiver, tout
le monde toussait. Un hiver sans neige, humide
et froid, coulé de vent. La pluie glacée des
nuits me collait à la peau comme si j'avais
dormi dans les rues. Je manquais les cours :
j'étais trop fatiguée. J'étudiais les ronéo à la
maison — la maison qui, jadis ordonnée, était
devenue saleté et désordre — j'étais trop fatiguée. Renaud sortait acheter de la charcuterie,
rentrant parfois, et parfois non : alors je faisais
ma promenade nocturne.

J'étais allée au rendez-vous de mon docteur.

Il n'y avait « encore » que de la fatigue. Il
m'avait enjoint de passer les vacances de Noël à
la campagne. Comment l'aurais-je fait ? Imaginer Renaud quinze jours à la campagne ! Se
promenant dans les forêts peut-être ? Cueillant
du gui. Je me contentai d'avaler des remon-
tants; tant qu'il ne s'agissait que d'avaler j'étais
de première force. Quelques semaines plus
tard, à l'examen qu'il m'avait imposé, il n'y
avait « encore » rien; la température du soir et
celle du matin n'étaient pas très distantes : mais y
avait-il dans mon cas un soir et un matin ? Alex
demanda si j'avais toujours ce type chez moi.
J'en profitai pour lui dire, comme je me le pro-
posais depuis longtemps, que c'était un alcoolique. Je ne lui apprenais rien. Et qu'est-ce que
je pouvais faire ? Il se fit indiquer les doses.

« Vous ne pouvez rien faire, dit-il. Que l'envoyer se désintoxiquer. Ou l'envoyer au diable ! Ou vous suicider au gaz, c'est plus doux
que par manque de poumons. »

Je n'allai pas au rendez-vous suivant. J'étais
trop fatiguée. Je traînais beaucoup au lit. Renaud était relativement sage depuis la nuit de
Mina, sans doute repu par cet excès et cette
victoire. Cette petite toux pouvait être un reste
de grippe. Il ne faut pas se croire tuberculeux
à tout bout de champ sous prétexte qu'on l'a
été une fois, et Alex avait tendance à m'entretenir dans la terreur. Ce que j'étais surtout, c'est
folle depuis cette histoire; un peu hystérique.

Je provoquais Renaud; je me livrais à des ou-
trances exhibitionnistes dans le goût qu'il aimait, et j'en remettais du mien. Enfin je me
rendis : je désirais Mina. J'en perdais le sommeil; c'était une obsession; elle pénétrait de
plus en plus profond dans mon cerveau, s'y
fixait, épuisait mes forces; je courais à la folie.
J'avouai. Je sais, dit Renaud. Il s'en fut la chercher. Je la trouvai belle. J'aimais les femmes et
la perfection d'un plaisir qui connaît tout de
l'autre, aussi accompli à donner qu'à recevoir.

Cette folie se renouvela. Par un penchant naturel à l'harmonie, Renaud participait à nos
jeux sur un plan d'égalité comme à une fête
raffinée des sens — dans quel monde, dans
quelle autre vie, avait-il existé une Geneviève
Le Theil que de telles choses révulsaient ?
M'eût-on ouvert le cœur à ces instants, on eût
trouvé une petite fille qui joue au sable. J'étais
gaie. Je me surprenais dans des rires d'enfant.
Je m'étais égarée dans un délire.

Mina partait au petit matin. Je la payais. Au
début j'étais gênée, mais Renaud avait été formel : tout professionnel se paie dans l'exercice
de ses fonctions; nous prenions sur son temps
de travail. Ce dogmatisme en un tel domaine
me choqua : fonctions, travail ! Renaud se mit
à rire : l'esprit bourgeois, me dit-il, est la chose
la plus rusée du monde; il fait du sentiment
une marchandise jusque dans le fond de son
cœur, puis opère là-dessus un renversement dé-

licieusement dialectique. Je m'étonnai qu'il
trouvât de l'esprit bourgeois à une prostituée;
il rit encore et me dit que, certes, une prostituée était, sauf exception, bourgeoise; mais il
ne visait pas Mina, il parlait de moi et de la
profondeur de mon aliénation. Ce langage
m'était sibyllin et paradoxal : il me semblait
que c'était lui qui faisait du sentiment une
marchandise ! Il arrêta la discussion, me dit
qu'il y avait des lacunes énormes dans mon
éducation, mais que le travail de les combler
était trop gigantesque pour un fainéant comme
lui; qu'au reste ça n'avançait à rien de commencer à être marxiste dans le milieu du
xxᵉ siècle, cette doctrine étant dépassée, bien
que par aucune autre. Bref, je payai Mina, au
barème syndical, et elle accepta sans histoire.
L'argent était préparé dans l'entrée, elle le prenait en partant et il n'en était pas question. Si
l'idée m'avait gênée, je supportai très bien le
fait, qui libérait nos relations, ce qui me parut
bien singulier. A cette occasion Renaud se mo-
qua encore de moi. Nos discussions politiques
étaient des morceaux choisis d'absurdité : en
deux répliques on perdait le fil et jusqu'au souvenir de ce qu'on voulait démontrer. Mais la
politique n'était pas l'important, et il m'était
tout à fait égal que nous pensions là-dessus
différemment, ou même de ne pas savoir ce
que nous pensions. D'ailleurs, je ne pensais
plus.

Mina partit au matin. Renaud était silencieux et n'arrivait pas à se coucher. Il tournait. Il regarda à travers la vitre : une neige tardive était enfin tombée, ma pelouse était blanche et mon arbre chargé. Je vins près de Renaud. Il né se détourna pas de la fenêtre.

« J'ai mal », dit-il.

C'était sa première plainte. « Qu'est-ce qu'il y a, Renaud ?

— Je ne peux plus du tout.

— Dis-moi... » Je posai la main sur son bras.

« Dire. On ne dit rien. Jamais. On n'explique pas. Il n'y a qu'à voir. Ou à ne pas voir. Tu es gentille. Mais j'ai mal. Tu ne peux rien en définitive. Tu ne sers à rien. »

A mon tour d'avoir mal. Qu'est-ce qui me tombait dessus tout à coup ?

Il ne me tombait rien, il n'y avait pas de tout à coup, sinon que je m'étais assoupie, jouissance et peine mêlées, dans une espèce d'habitude, si inconfortable fût-elle; je passais des limites, une de plus; et avec cet exercice je croyais en être quitte, comme un catholique avec la messe dominicale. J'avais, chemin faisant, oublié ce que je savais au départ : que tout cela était inutile. Mais avec Renaud, dormir n'est pas facile; il réveille au fer rouge : lui, durant que je lui sacrifiais tout, continuait de sombrer comme si je ne sacrifiais rien.

Je trouvai dans ce plus-rien-à-perdre l'audace

qui me manquait depuis longtemps. Je dis en tremblant : « Pourquoi n'essaies-tu pas de te faire désintoxiquer ? » Puis j'attendis qu'il s'en fût chercher sa brosse à dents et me quittât.

« C'est beau la neige, dit-il. C'est blanc. Vous êtes tous bien bons. Comme si l'alcool était une cause : on l'ôte du bonhomme et fini. Et qu'est-ce que tu crois qu'on retrouve ? Un bon-homme qui va boire, ma jolie, ou son fantôme. Sois donc logique. Fais-moi retourner dans le ventre de ma mère. Je ressors tout pur tout blanc comme la première fois. Je marche. Je vois le monde. Et voilà. Mais vous : vous vous comportez comme si ce truc-là était un acci-dent; l'occasion, l'entraînement : on l'a poussé dans une cuve, et depuis, le pauvre... J'étais seul, mon minet, ce jour-là, seul comme un lam-padaire, et sain d'esprit. En possession de toutes mes facultés, qui sont grandes comme tu sais. C'est le jour le plus clair de ma vie. Comme aujourd'hui. Il ne neigeait pas; il faisait un grand soleil magnifique. Et crois-le bien, je ne regrette même pas : comment regretter la logique ? J'ai ouvert l'œil. Depuis j'essaie de le refermer. Je ne peux pas. C'est pas me désin-toxiquer qu'il faut c'est me crever les yeux. Tu vois, je te donne même le truc.

— Ce n'est pas possible. Je ne veux pas ! Je ne veux pas que tu te perdes comme ça. Je t'empêcherai ! »

Je suis prise de fureur. Fureur imbécile.

Mais puisque être intelligent ne sert à rien !
J'attrape la bouteille et je l'envoie contre la
porte de la salle de bain. Le verre aussi, et
tous les verres que je trouve je les jette à terre.
Je cherche les bouteilles, comme autant d'ennemis. Je casse celles d'eau de Cologne, d'éther.
Cette fois c'est de la folie, je ne peux plus supporter un liquide dans un flacon, il y a trop
longtemps que je les hais. Renaud me regarde
tranquillement, et quand j'ai fini :

« Tu es con, me dit-il. Con et inutile. Perdus
nous sommes tous. Pas perdu c'est encore plus
bête. Toi, par exemple, tu n'es pas perdue. Tu
te retrouves toujours : imperturbablement tu
jouis. J'ai tort de dire que ça ne sert à rien : ça
sert à te faire jouir. Tu n'es qu'un con, c'est ce
que je disais, un joli con ma foi, et qui aime à
se faire pourlécher. Suffisait de déclencher la
mécanique, le puritanisme de Madame qui blo-
quait l'ouverture, la gangue pudique autour du
diamant et voilà ouverte la grotte aux trésors,
pleine de cris et de somptueuses liqueurs. J'ai
déblayé et prospecté un con, ce qui est entre
nous plus calé que l'Himalaya, qu'ils disent ce
qu'ils veulent, j'ai planté dedans mon beau dra-
peau qui vaut bien celui d'une nation, revêtu
de mes armes, verge de sable sur fond de gueu-
les, et le travail fini, qu'est-ce que j'ai conquis,
un con, et qui a gagné, toi : tu aimes ça, et
voilà même que tu en redemandes. Belle con-
quête que la mienne. Le type avec ses huit ki-

lomètres d'altitude se trouve enrichi de rien
d'autre que de sa misérable vanité, et il n'a
plus ma foi qu'à les redescendre ses kilomètres
pour le dire aux autres; huit moins huit éga-
lent zéro. Mais moi pauvre type je n'ai même
pas de vanité pour me gargariser, je n'ai rien
du tout : de quoi suis-je allé me mêler ? Où
suis-je, en compagnie de quoi ? Je suis seul,
seul. Seul au monde.

— Mais moi je t'aime ! Tu n'es pas seul, Renaud !

— Aucun rapport évidemment. Je suis seul.

— Ah ! Si seulement tu pouvais aimer un
peu toi-même, tu ne serais pas si seul, je t'assure ! Tu...

— Oui, si je pouvais dormir un peu — aimer, dormir, rien d'autre, et d'un petit amour
en finir avec les sacrés emmerdements et tour-
ments d'une mortelle vie. Rêver peut-être ?
Mais quels rêves encore, voilà le hic. Merde. Je
ne me souhaite pas les miens. Ce tapage et
cette pagaille des douleurs, aimer fait là-dedans
l'effet d'une aile de papillon, frrr, frrr... Vous
me faites chier avec vos petites histoires personnelles : je, tu. Et le pire, le résumé de l'horreur : Nous. Pouah ! Passe-moi à boire. Ah !
c'est vrai il n'y a plus rien, tu as tout cassé.

— C'était idiot, je sais, je m'excuse.

— Aucune importance. Aisément répara-
ble. »

Il se mit à lacer ses chaussures.

« Oh ! Renaud ! Qu'est-ce qui pourrait t'arrêter ?

— Vivre, peut-être. Qui sait.

— Mais comment ?

— Voilà la question. Comment vivre. Tout est là. La vie, au fond, j'aimerais ça j'en suis sûr. Si tu as une idée... »

Je fondis en larmes. Je ne savais plus rien. Il prit mon sac, ce qu'il n'avait jamais fait, et en tira plusieurs billets; pratique, il se préoccupait du réapprovisionnement sans perdre une minute, le reste étant bavardage. Son geste me choqua violemment : il s'en permettait tout de même beaucoup. Mais je restai passive : après tout c'était ma faute, j'avais fait une sottise, il me la faisait payer, et comptant, comme toujours Renaud.

« Renaud !... »

Il était sur la porte. Il me fit un signe gentil et sortit tranquillement. Pas du tout fâché. Je devrais fixer cette image, me dis-je, confusément intuitive. Mais j'étais dans une torpeur profonde, privée de toute initiative, de toute idée, et affreusement fatiguée. Il m'avait donné un coup de masse, brisée, je n'avais souvenir d'aucune de ses paroles mais d'une abominable bastonnade.

Je demeurai dans un abrutissement désespéré, sans pouvoir réfléchir. Il ne revenait pas avec les bouteilles. Qu'il aille : c'était finalement au-dessus de mes forces et je n'y compre-

nais rien, soit, sauf qu'il ne m'aimait pas et que
j'étais impuissante. Il eût fallu être surhu-
maine; je ne l'étais pas voilà tout. « Tu ne sers
à rien. » Ah ! voilà enfin une phrase qui revenait. Elle n'était pas gaie. « Tu ne peux rien
en définitive. » Une autre : merci bien. C'est
vrai, je ne pouvais rien et je n'avais rien pu,
l'amour avait fait faillite. Qu'il aille donc. Je
me sentais renoncer à tout.

Comme un automate je m'habillai. Je sortis,
j'achetai du whisky, et un somnifère avec une
ordonnance d'Alex, jamais honorée à cause de
Renaud. Je ne voulais plus bouger. Fatigue
noire. Il faisait très froid dehors, je n'aurais pas
dû sortir, j'eus une quinte en rentrant. Je fris-
sonnais. Je bus tout un grand verre de whisky,
cela réchauffe — tiens ? que pouvait donc
éprouver Renaud ? Je bus un second verre et la
tête me tourna : je m'étendis, ce fut bien pis,
j'avais mal au cœur et je fus malade aussitôt. Je
n'avais pas de dispositions. Ah ! et puis je ne
pouvais plus supporter ce goût et cette odeur
qui empuantissait déjà tout l'appartement,
j'exilai la bouteille à la cuisine et revins au lit
en titubant; c'était malin; je tombai dans le désespoir : si c'était ce noir absolu qu'on trouvait
au fond des verres, en effet cela valait la peine
d'aller l'y chercher ! Je pleurai longuement et
abondamment, et encore, et encore, je découvris que tout était une absurde comédie sans
aucun sens, et je me demandai si, en fait, j'ai-

mais vraiment Renaud, ou si l'histoire tout entière n'était pas, par hasard, depuis le début,
un délire d'interprétation romantique mis en
scène par les circonstances, le suicide pathé-
tique, le dépaysement, l'insolite charme de Renaud, la simple rupture de mes habitudes; la
nouveauté, quoi. Cette thèse était séduisante
d'autant plus que mon cœur pour l'instant était
vide et froid; il l'accueillait sans révolte Rien
ne disait que je ne fusse simplement une petite
bécasse dont la naïveté s'était prise à de belles
paroles d'un hâbleur comme il en est tant, car
enfin, qu'était Renaud Sarti ? Et que faisait-il
dans la vie, quelles références présentait-il ? aucune; il parlait, ça oui, il parlait et pouvait,
dans le filet de ses mots dorés, prendre beaucoup de petites alouettes comme moi, et on voit
chaque jour dans les journaux des histoires de
ce genre qui finissent encore plus mal que la
mienne, un jour le type s'en va avec tout le ma-
got : il n'avait vidé que mon sac. Je m'étais
laissé avoir. J'allais reprendre ma vie à zéro
comme s'il n'eût jamais existé. Je n'étais pas
faite pour ces choses-là et je n'y goûtais aucune
délectation, j'étais faite pour avoir la paix et
j'allais la prendre. Je poussai la conscience jusqu'à m'asseoir devant un livre de Droit : les
lettres dansaient. Et puis pour tout dire le
Droit me paraissait une absurde rigolade, ainsi
d'ailleurs que la Psychologie. Tout était une
absurde rigolade. Héroïque, je décidai d'aller

au cinéma de mon quartier, qui donne toujours de bons films du genre que Renaud le Superbe ne peut supporter. C'est fou ce qu'on peut négliger sa culture avec lui. Et s'il rentre pendant que je ne suis pas là cela lui donnera une leçon. Je me rendis en ce cénacle sur un tapis de coton, neige sur le sol et léthargie dans mon corps. Le tout était de gagner minuit. Car j'avais décidé de me coucher à minuit, et cette nuit je n'irais pas chercher Renaud. « Con et inutile : ce dernier trait avait fait déborder le vase où tant d'autres avaient glissé. Par cette phrase, Renaud m'avait rejetée, annulée, annihilée : pourquoi diable me crever alors ? Je ne me portais déjà pas tellement bien : autour de 38 ces temps-ci; de quoi il ne se souciait pas; il était donc temps d'y penser moi-même.

Je me sentais très loin de lui. J'absorbai deux comprimés et je cachai les tubes entre *L'Imaginaire* et *L'Etre et le Néant*, un endroit où Renaud n'irait jamais les chercher.

Je m'éveillai deux heures après midi, toujours seule, et toujours étrangère. J'étais complètement vide. Qu'il erre, stupidement, pérorant des heures et des heures interminables avec des déchets d'humanité devant lesquels évidemment il ne lui était pas difficile de se sentir supérieur à peu de frais : « Tu comprends, j'ai besoin de chaleur humaine. » Quelle chaleur, en vérité, sinon celle dégagée par la matière en décomposition dans le fond

des poubelles... crache sur l'amour, où pourtant
tu trouverais une chaleur humaine meilleure !
Tu veux de la chaleur et tu la refuses en même
temps, tu ne sais pas ce que tu veux; si, tu veux
avoir l'air d'un seigneur : mais quel univers
glacé là-haut, mon cher. Vos « petites histoires
personnelles » — et toi, qui es-tu ? Je sombrai
dans un nouveau désespoir tout à fait informe,
où tout se contredisait, et dont je n'arrivais à
sortir aucune conclusion logique, Renaud passait de la boue au pinacle, chaleur et froid se
renvoyaient la balle sans résultat et ma pensée
se refusait au fonctionnement rationnel, mon
cerveau produisait des bulles qui éclataient
l'une après l'autre... Enlisement abominable. Je
souhaitai dormir et je pris encore un com-
primé.

Je m'éveillai au milieu de la nuit cette fois :
c'était idiot, je n'aurais jamais dû prendre un
cachet l'après-midi. C'était idiot depuis le début, je m'étais juste soûlée comme une imbécile. Qu'est-ce que c'était que ce sursaut d'orgueil, après tant de mois passés à l'abolir ? Il
fallait continuer puisque j'avais commencé : il
ne faut pas changer de route, même si la route
est mauvaise. Tu vas te lever et aller chercher
Renaud comme d'habitude; il t'attend, c'est
justement son heure, tu sais bien, il est là au
fond de son gouffre et s'impatiente, tu vas le
fâcher. Chercher Renaud, c'est mon lot en ce
monde, mon pauvre Graal personnel, plein

d'alcool et de vinaigre, on a les Graals qu'on
mérite, dirait-il.

« Il ne faut pas s'arrêter. Je me lèverai... » Je
parlais à moi-même mais je ne me levais pas.
Quelque chose me clouait au lit; mon propre
poids. J'étais devenue très lourde. C'est le somnifère, me dis-je. Dors un peu. Mais je ne pouvais pas dormir. Je m'énervais, je me tournais
et retournais dans mon lit. Je me forçai à mettre mes pieds par terre, à me dresser. Je tombai. Mes cheveux étaient collés par la sueur,
mon visage humide — je pris ma température :
39°2. Je restai prostrée dans mon lit. Cette fois
je reconnaissais ma faiblesse. Nous y étions. Je
me traînai jusqu'au téléphone, je l'apportai
près du lit et j'appelai Alex Duthot. Il fallait
encore aller mettre la clef sur la porte; je pro-
cédai très lentement.

Il arriva presque tout de suite, m'examina
très rapidement, flaira la pièce et me demanda
si je buvais maintenant de l'éther. Je dis que
j'avais cassé des bouteilles. Il me demanda où
était mon alcoolique. Je dis qu'il se promenait.
Quand rentrait-il ? Je n'en savais rien du tout.
Il ne m'ordonna que de rester tranquille et
partit en disant qu'il repasserait.

Alors je ne pouvais pas chercher Renaud.
Parce qu'une fois je n'avais pas voulu, voilà
que je ne pouvais plus. Si j'étais allée hier, il
serait ici à présent, je n'en doutais pas. Je
l'avais abandonné délibérément, et voilà ma

punition, il me fallait l'abandonner malgré moi.

Pauvre fille ! Quelle illusion ! « M'abandonner ! Je vous jure ! Qu'est-ce que tu crois donc ? Ici ou ailleurs, avec toi ou sans toi, c'est du pareil au même. Tu ne peux rien en définitive, tu ne sers à rien. J'ai mal et tu ne sers à rien. » Je n'ai rien pu. Je t'ai tenu compagnie. Je t'ai regardé glisser. Rien de plus. Je n'ai pas su. J'ai échoué.

Je passai d'une longue crise de larmes dans une torpeur d'où je sortis à l'aube. J'étais seule. J'étais très mal. J'essayai encore de me lever sans succès. J'eus une crise de toux mais il n'y avait pas de sang. La poitrine me brûlait. Après tout j'avais peut-être une bronchite, de mauvais poumons ne l'empêchent pas. Duthot ne m'avait rien donné à prendre, c'était bizarre. Etait-il simplement furieux d'avoir été tiré du lit au milieu de la nuit pour rien ?

Le téléphone sonna, j'eus un fol espoir, mais Renaud ne téléphonait jamais; il ne devait pas connaître mon numéro; peut-être ne savait-il pas téléphoner. C'était le docteur. Il me demanda si j'étais seule. Bon. Il raccrocha.

Oui, j'étais seule. J'avais abandonné Renaud.

La clef tourna, Alex entra dans la chambre sans me dire même bonjour.

« Je m'excuse de vous avoir dérangé cette nuit...

— En effet, dit-il, c'était une bien curieuse idée. »

Il regarda le thermomètre, tâta mon front, me fit prendre sous son nez un sédatif. Il s'assit sur le bord du lit.

« Où est-il ?

— Je ne sais pas.

— Parti tout à fait ?

— Non... enfin je ne crois pas...

— Bien, dit-il. Il a raison. Geneviève, mon petit, il faut vous préparer. »

Timide et presque honteuse, Claude parut à la porte de la chambre; Alex l'avait amenée.

« Quoi ? Qu'y a-t-il ?

— Vous partez. L'ambulance sera là dans un instant.

— C'est un complot !

— Eh oui. Vous êtes folle, mon petit, et je vous traite comme telle. Vous ne m'échapperez pas. D'ailleurs ce serait stupide. Vous ne pouvez même pas échapper, vous n'en avez pas la force.

— Je vous en supplie... donnez-moi un délai. C'est impossible, je veux attendre un peu. Je ne peux pas partir maintenant. Il faut tout de même que je sois d'accord pour partir !

— Nullement. Je vous fais un certificat d'internement s'il le faut, et je vous mets la camisole.

— Vous avez besoin d'une autorisation.

— Je l'ai. Geneviève, ne discutez pas. Je vous ai laissée en paix tant que je vous ai crue douée de raison; c'est fini. Dites à Claude où sont vos affaires, elle va s'en occuper. Il a une

chance de revenir avant que l'ambulance soit
là, il n'a qu'à la saisir. »

Et pourquoi reviendrait-il plutôt maintenant
qu'avant, que demain, que jamais ? Je fléchis.

« Je vais mal ?

— Oui. De toute façon vous ne pouvez plus
rien pour personne, que pour vous, à la rigueur. »

Alex est partisan de la vérité aux malades.

« J'aurais voulu... dire au revoir... c'est tout.

— Faites une lettre. Courte.

— Où m'emmène-t-on ?

— A Assy. »

J'écrivis qu'on me transportait d'urgence à
Assy. Que je prendrais des dispositions s'il venait. Que je regrettais de ne pas lui avoir dit
adieu. Et de n'avoir servi à rien. Geneviève.

La froideur de ma lettre m'accabla. Mais il
ne me venait rien d'autre. Après tout c'était
une lettre à un homme qui ne m'aimait pas,
qu'aurais-je pu lui dire ? J'essayai de penser à
un post-scriptum : je t'ai beaucoup aimé. Ridicule. Et inutile. Comme le reste. A la place je
glissai, pendant que Claude ne regardait pas —
Alex ça m'était égal — un chèque au porteur
pour le billet et la subsistance quelques jours.

« Ça y est ? Habillez-vous vite. »

Je ne pus tenir debout. Claude dut me mettre mes vêtements.

« Hein, dit Duthot, vous vous rendez
compte ? »

Ma mère, enfin, complément indispensable du tableau, inscrivit sa silhouette endeuillée dans l'embrasure de la porte. Ils l'avaient mise sous séquestre pour les derniers instants.

« Ma petite fille...

— Ne lui parlez pas », coupa Alex, qui connaissait depuis dix ans ses capacités dans l'art de remonter le monde.

Elle la boucla et se retrancha sur les regards. Ses yeux firent le tour de la chambre, virent la saleté, le désordre du lit, les mégots; son nez flaira l'odeur, qui devait être abominable — j'y étais habituée — de ma casse générale. Elle hocha la tête et se mit à pleurer en silence comme si je fusse déjà morte et que ce moment fût celui de la mise en bière. Claude ferma la valise. J'entendis l'ambulance. Je m'affolai, je parlai de compteurs, d'oublis. On s'en occupera, dit ma mère.

« Non ! criai-je. S'il y a quelque chose à faire, Claude s'en chargera. Prends ma clef, Claude. »

Ma mère pinça les lèvres, qu'elle avait minces. L'infirmier entra et me prit dans ses bras, enroulée dans une couverture. Mme Pia nous regarda passer avec un air de commisération, lourd de « ça devait finir comme ça, je l'ai toujours pensé... ».

Eh bien, Renaud, voilà. Cette fois je t'abandonne; mais en quelque sorte les pieds devant. Je ne t'ai fait ni bien ni mal, et je me suis per-

due pour ne pas te sauver. Je t'ai empêché de
mourir : il aurait fallu que tu me passes sur le
corps pour y arriver. Eh bien tu es passé, sans
même le voir, innocent comme d'habitude. Je
ne t'en aime bien sûr pas moins. Et quoi ? Ne
m'avais-tu pas avertie de tout ? Le blockhaus,
les irradiés « mortels pour leurs semblables,
que l'amour même, Geneviève, ne protège
pas ». Et pour être sûr que je comprenne, tu as
crié : « Tu as entendu ? Ne protège pas ! » Décidément, mon chéri, je comprends toujours ce
que tu me dis à retardement. « Tu as entendu ? »

Eh oui j'ai entendu maintenant, Renaud. Ce
qui m'ennuie, c'est que nous nous dirigions
vers des cimetières différents.

DEUXIÈME PARTIE

I

IL me suffisait d'entendre la voix des infirmiè-
res pour savoir où j'en étais. Vieille habitude.
Elles n'avaient jamais été si tendres; je n'avais
jamais été si mal. Parfait. Comme je n'aime pas
laisser du désordre derrière moi, j'employai
l'énergie qui me restait à demander mes comptes à mon notaire. J'avais beaucoup dépensé depuis novembre. Renaud était cher. Mais je ne
dépenserais plus, les comptes étaient définitivement arrêtés. Je fis un testament : je laissai tout
à Claude Amyot, ainsi que la gestion et le soin
de réaliser mes chers projets; ils me tenaient
peut-être moins au cœur qu'autrefois, mais
puisque je partais, autant faire le bien, que
rien; à charge pour Claude de verser une rente
mensuelle à M. Sarti, durant qu'il vivrait, ce
qui, avec ses méthodes, ne se prolongerait pas
trop; peut-être même finirait-il par réussir à se
tuer, sans qu'une autre sotte vînt se mettre en
travers. Je lui léguais aussi l'appartement, où il
avait, sinon des souvenirs, du moins des habitu-

des, et un lit à ses dimensions. Si je retrouvais
Père là-haut — je n'étais pas absolument sûre
que non — je lui raconterais quelle sorte
d'homme couchait dans son lit; peut-être s'en
amuserait-il. Je ne laissais rien à ma mère, qui
était pourvue. Il ne faut pas que tout aille aux
mêmes, et j'avais l'esprit de justice.

Je ne laissai rien non plus à la ligue anti-
alcoolique, dont l'efficacité ne m'apparaissait
pas clairement. Toute lutte au reste me semblait vaine contre une aberration dans le fond
si logique et que le monde méritait bien. Le
monde, je le haïssais, et n'éprouvais aucune
douleur à le quitter. J'attendais paisiblement,
tout à fait pacifiée, la fin de ce voyage inutile.
J'avais été un coup pour rien. Je m'étais entièrement couchée sur le plateau de la balance,
sans qu'il descendît d'un millimètre : je n'étais
rien. Rien qu'un con, double sens compris, et
alors ? les deux allaient périr ensemble après
quelques dernières rêveries abominables, et
comme disait Renaud, qu'on meure le 1ᵉʳ mai
ou le 14 juillet, qu'est-ce que ça fait puisque,
de toute façon, on n'a rien foutu ?

Je me disais : où est-il ? que fait-il ? C'était
plus pour me donner le plaisir de penser à lui
que par inquiétude. Il était n'importe où sur la
terre ronde et faisait comme d'habitude.

Malgré mes demandes, Claude ne donnait
aucune nouvelle de lui; elle n'osait sans doute
pas me dire qu'il n'était jamais revenu...

Grands dieux ! j'avais bien fait de tomber malade, je fusse, au lieu, devenue folle. Tandis que maintenant tout allait normalement, question de temps. Je supportais passivement les soins, la bonté dont on m'entourait sentait le renoncement; le mal me gênait plus qu'il ne me faisait souffrir : on souffre si on est dans la vie, parce que la douleur vous en arrache, vous en distrait de force. C'est le refus qui fait le plus mal. Je m'en moquais. Ce n'étaient que de petits ennuis, des dérangements dans ma paresse.

On venait me voir. J'aperçus ma mère, Claude, et même Pierre; sa vue me navra rétrospectivement. Ses traits, ses gestes, ses paroles étaient marqués par l'insignifiance; certes, je ne pourrais plus, si par malchance je vivais, fréquenter ce genre de personnes : qui alors ? Bon, tout était donc bien. Il me suppliait de faire un effort pour vivre. Il disait qu'il m'aimait. Ah, ah. Qu'est-ce qu'il appelait donc aimer, quand Renaud, qui ne m'aimait pas, « m'aimait » mille fois mieux ! Je réfléchissais sur l'amour, sur ce qu'on appelle ordinairement l'amour, sur le non-amour qui vaut mieux, sur ce que doit être l'amour quand il est l'amour — quand je dis que je réfléchissais, j'exagère. Je me laissais couler dans l'idée de l'amour. Réfléchir, j'avais fini.

Je trouvai pourtant tout à fait la force d'écrire à Renaud une lettre d'adieu, que j'adressai fermée à Claude, pour lui remettre, avec en annexe la liste des stations-service de l'ivrogne.

Dans cette lettre je parlai du blockhaus japonais, que cette fois j'avais pigé; que néanmoins, si j'eusse pigé sur-le-champ, j'eusse fait la même chose. Peut-être eussé-je pris un peu de précautions avec ma santé, ce qui eût gagné du temps, mais un peu plus de temps, un peu moins de temps pour ne pas avancer, la belle avance, tout était donc bien. Je lui confiai que j'étais drôlement plus rassurée d'avoir à mourir que d'avoir à vivre. Dieu merci, j'en sors, moi ! Toi, mon pauvre, tu restes. Tu trouveras qu'il n'y a pas de justice, que moi qui ne suis pas perdue je sois, en plus, sauvée : toutes les veines, quoi. Je suis malheureuse, t'aimant, de te laisser vivant. Je le remerciai de m'avoir fait jouir si bien, et pour ainsi dire jusqu'au bout. Je lui confiai hardiment que c'était la dernière chose qui me restait encore, quoique dans des conditions combien inférieures, il fallait le dire. Mais que c'était toujours dédié à lui. Je le priai de remercier également Mina, pour la part qu'elle avait prise.

Je conclus « A la tienne » et je signai abominablement : « Ton joli con. Inutilement vôtre. »

C'était une lettre ignoble, outre que décousue jusqu'à l'incohérence; je l'avais écrite dans le délire; je l'avais écrite plusieurs fois, mais toujours dans le délire.

Décidément en veine, je fis commander et expédier une caisse de Black and White à M. Jean-Renaud Sarti, c/o Black-Out, rue Delambre. Et vogue la galère, je pouvais filer.

J'en fus retenue un instant encore par mon sacré docteur, dont l'engueulade me valut un dernier éclair : j'étais plus timbrée que bacillaire, dit-il, je n'étais pas perdue et pourtant j'étais en train de crever; c'était Villejuif qu'il me faudrait, si je ne m'étais débrouillée pour être à la limite de mal en point qui me permettait d'échapper au traitement psychiatrique dont en vérité je relevais. J'étais pour lui un échec humiliant et ridicule. J'eusse été un succès en psychosomatique.

Je retrouvai sous l'algarade, et sans doute la logique était-elle en moi l'instance la plus lente à mourir, le sang-froid suffisant pour l'assurer que non, que je n'eusse pas été un succès. A Villejuif, on soigne les états subjectifs, mais je n'avais pas entendu dire que l'on y soignât les faits objectifs et que l'on pût m'y rendre un Sarti amoureux et sobre. Je ne me souviens pas de ce qu'il répondit, et je retombai dans mon brouillard, douillet après tout, que troublèrent à peine les sanglots vaguement perçus de ma mère, qu'on emmenait. Nous y étions cette fois, Renaud, adieu.

....

« Poussin, je suis emmerdé. Je suis contre le

meurtre inutile, je ne veux pas ta mort. » Oh !
cette voix vivante, vivante entre mille. Renaud
le mort, plus vivant que les vivants — voilà
donc ce qu'il a ce fameux Renaud, il est vivant,
et voilà pourquoi je l'aimais, il n'y a pas à chercher plus loin. « Et puis j'en ai eu assez que tu
ne viennes jamais me chercher — tu ne peux
pas savoir comme étaient tristes ces nuits qui
plus jamais ne s'achevaient par le numéro fameux de l'Apparition de l'Ange : les nuits
avortaient, débouchaient sur un vide où j'étais
plus perdu qu'avant, avant où j'étais perdu
pourtant. Ah ! la première nuit sans toi, comme
j'étais désorienté ! Je suis toujours désorienté,
mais j'étais même désorienté de ma désorienta-
tion. J'étais cependant dans un endroit idéal,
où tu viens toujours, le Black-Out, et j'étais
plus triste que jamais, et prêt à te faire une
scène horrible que tu n'aurais pas supportée...
alors j'ai fait les bistrots à mon tour en te cherchant, te cherchant me cherchant, et je ne t'ai
pas rencontrée, j'étais fou de rage contre toi, tu
était un traître, je te haïssais, c'était presque
l'amour...

— C'est assez, Monsieur, dit une voix dure,
celle de Mme Charron, vous la fatiguez.

— Au point où elle en est, la fatigue,
qu'est-ce que ça peut changer ?

— Vous êtes fou. Venez. Sortez d'ici.

— Non, dit-il tristement. Je ne suis pas fou
et je ne m'en irai pas.

— Je vais chercher le docteur.

— Je vous en prie », dit-il sans bouger de sa chaise.

De sa chaise. Mme Charron ne figurant jamais dans mes délires, j'avais, à sa voix, ouvert les yeux, et mes yeux voyaient Renaud assis sur une chaise, sous mon nez. En chair et en os Renaud.

« Ces cons, dit-il. Avec leurs précautions. Bien le moment des précautions quand il n'y a plus rien à perdre... Bref, mon chéri, j'ai besoin de toi, tu m'as donné un besoin, un besoin terrestre, un besoin humain. Une attache. C'est tout ce que j'avais à te dire. Je vous suis, dit-il à l'interne qui surgissait avec Mme Charron, plus un infirmier. J'ai fini. J'habite au village, Geneviève, et je suis à toi. A demain. Je t'en prie, ne me fais pas faux bond.

— Renaud...

— Tais-toi. Je sais par cœur ce que tu as à dire. A demain. »

Il embrassa ma main et sortit avec dignité entre les gendarmes. Je sonnai aussitôt Mme Charron et, quand elle parut à la porte, elle reçut la pendulette à travers la figure.

Mme Charron se réconcilia avec moi les jours suivants, en constatant que je ne mourais pas; puis elle se raccommoda avec Renaud lui-même, qui se présentait fidèlement aux heures permises; elle le tenait à l'œil, toutefois, et ne

nous laissait jamais tout à fait en paix; mais
c'était égal : Renaud aurait fait ses communications les plus intimes en assemblée plénière s'il
l'avait jugé nécessaire. Je parlai au médecin.
Mais surtout, depuis la réapparition de Renaud, les traitements auxquels j'étais rebelle
devinrent normalement efficaces. Ce n'était pas
un miracle : je fus guérie par les médecins, dès
que je le leur permis. Quand l'amélioration fut
officiellement constatée, j'écrivis à Alex qu'une
cure par « faits objectifs » était en cours, avec
des résultats remarquables.

Lorsqu'on m'annonça ma mère, je refusai de
la voir. Je la fis renvoyer. Elle dut reprendre
son train, et la seule idée de sa proximité fit
monter ma température. Je conjurai le médecin
de lui déconseiller, dans mon intérêt, toute autre visite.

Renaud avait attendu que j'aie repris des
forces pour me raconter le mélo qui s'était dé-
roulé à Paris durant mon absence.

« Après t'avoir attendue pendant trois
nuits... » c'est ainsi qu'il exprimait la chose,
oui. Il n'avait peur de rien vraiment. « J'ai fini
par m'inquiéter, et je suis allé voir au gîte. Dès
l'entrée je fus saisi à la gorge par une effroyable
puanteur d'eau de Javel et de chlorophylle.
J'aime bien la chlorophylle à la campagne mais
dans les maisons ce n'est pas sa place. J'avais
quitté des lieux qui fleuraient bon la gniaule,

le tabac, la lavande synthétique et l'éther sulfurique. Je revenais après désinfection. Je me suis dit : cette fois elle en a eu vraiment marre. J'omets de préciser : tu n'étais pas là. Ne ris pas, je te raconte tel que ça se passe pour le type pas au courant. Je regarde partout. Rien. D'horribles détails : le lit était fait, sans draps; ma brosse à dents résidait seule sur l'instrument; les volets étaient clos et les fauteuils recouverts de housses monstrueuses.

— Des housses ?

— Des housses. Grises.

— Ils m'avaient déjà enterré !

— Je ne le savais pas. Tout témoignait au contraire d'un départ volontaire et je me disais, cette fois elle en a eu marre vraiment; c'est une fille à ça : décisions impulsives sentimentales à apparence de rationalité. Je te passe les opinions que j'en eus, elles sont caduques. Quoi qu'il en fût, je me sentais congédié, et comme je ne suis pas du genre qui insiste, j'ai pris ma brosse à dents, mon Don Quichotte, et je me suis tiré. Tu m'excuseras d'avoir conservé le loden, il faisait un froid de chien.

— Et mon mot ? Et mon chèque ?

— Quel mot ?

— Les vaches. Les salauds. Ils l'ont pris !

— C'est là que je me suis senti seul tout à coup. Je t'ai déjà expliqué mais comme tu étais dans le cirage je vais recommencer. Je me sentais, avec toi, bien seul — attrape un dixième si tu veux, la vérité est sacrée, je n'en démordrai pas : j'étais seul, avec toi, comme quand je suis seul, ou seul avec quelqu'un, enfin seul comme toujours, seul comme on est seul lorsqu'on ouvre les yeux. On est seul parce que tout le monde est avec soi-même. Tu es typique à cet égard, mon chou, tu es terriblement avec toi. C'est comme ça. Ton amour, c'est encore toi. Alors, par quel transfert psychique vaseux me sentais-je « encore plus » seul sans toi ? Réponse : je n'étais pas si complet que je croyais, j'avais attrapé une dépendance, je m'étais affaibli. Il y avait en moi aussi un enfant perdu. J'étais peu fier; mais j'ai pour principe de voir les faits avant d'y réagir. Le fait était que je souffrais de ton abandon; souffrance qu'aggravait le besoin d'alcool. J'avais du manque — tu sais que tu m'avais rendu abominablement alcoolique...

— Quoi !...

— Mais oui, mon ange : avant j'étais toujours limité par le fric. Travailler pour m'abreuver me levait le cœur. J'étais coincé entre ma flemme et ma soif. Avec toi par contre c'était l'abondance.

— Merde. Merde. Merde.

— N'interromps pas le narrateur. Mon besoin de toi était irrité par celui de boire, au point que parfois je démêlais mal les deux. Il en résulta, suis-moi bien, une contagion d'intoxications, voir Pavlov, j'entendais la cloche et j'avais faim — j'avais soif je cherchais Geneviève, je voulais Geneviève, j'allais boire. Curieux truc, assez passionnant n'eût été le côté pénible. J'en vins, dans ma folie, à faire une humiliante démarche auprès de ta concierge. Celle-ci m'envisagea avec un profond dégoût, du reste j'étais sale, et m'informa que Mlle Le Theil était partie. Je descendis un degré de plus et demandai où. Cette dame ne savait pas. J'avoue en avoir ressenti une douleur. Elle eut un mauvais sourire, se replia, puis, bénédiction du Ciel, fut saisie par l'esprit de rancune et l'incapacité de tenir sa langue : elle me jeta, avant de claquer sa porte : « En ambulance, Monsieur ! » Mon ange, cela me sauva. Me croiras-tu ? A l'instant même mon cœur fondit. »

Le croire... Il laissa tomber sa tête sur le bord du lit, l'enfouit dans la couverture, et je voyais sa nuque secouée. Jean-Renaud pleurait. Je caressai ses cheveux. Je n'en croyais pas mon cœur.

Il se redressa vite, sourit comme si je n'eusse rien dû voir — « Humaine faiblesse, dit-il. Il faut considérer que j'étais particulièrement mal en point, que je ne bouffais pratiquement pas, que j'étais en état de manque. Tu n'étais donc pas partie délibérément, tu avais été obligée; tu n'étais pas l'auteur de cet abominable ménage, destiné à me mettre en fuite. D'autres avaient fait cela : je vis ta mère débarquer avec

trois bonnes en armes, il n'avait pas fallu
moins; cela ressemblait au visage que j'avais
entrevu; si j'avais eu son adresse je l'eusse mise
à la torture. En outre, tu étais malade — je rai-
sonnais, tu vois. Peut-être morte : les housses. Si
tu étais morte, ton meurtrier n'était pas loin; il
se baladait dans ma peau. Ça m'emmerdait. Ma
responsabilité était évidente. Je t'avais fichtre
bien entendue tousser, le médecin régulier, les
radios, et cætera, et Mina m'avait dit que tu devais être tubarde. Mais être tubarde ne t'empêchait pas d'être majeure, à mon sens, et tu faisais ce que tu voulais, tu prenais tes risques,
cela ne me regardait pas. Ecoute bien, mon trésor, car tu vois là le déroulement de la pensée
d'un être sain, que je ne suis plus; cette façon
de voir est la seule saine, je ne l'oublie pas
bien que l'ayant quittée : personne n'est responsable de personne, j'avais raison, et aujourd'hui j'ai tort. Mais la vie, mon chéri, la
vie est faite d'erreurs. Tu mourais, avec la raison; avec la connerie, tu vis. C'est atroce je sais.
C'est vraiment la vie. »

Ce récit m'était fait par fragments, selon ce
que je pouvais supporter. Renaud gardait de
longs silences contemplatifs. Peut-être faisait-il sa
cure, lui aussi. J'étais parfois sur la terrasse maintenant; j'entrais dans la période chaise longue. Je
regardais les montagnes, où la neige refluait, de
jour en jour, avec l'avance du printemps. J'avais
Renaud là, calme, apaisé, méditatif. C'était assez.

Je ne disposais pas d'une énergie considérable, ce bonheur suffisait à mes forces.

« Nous en étions restés au moment où le sentiment de la responsabilité personnelle, sentiment abject qu'un homme véritable ne devrait pas abriter, devrait refuser au profit de la responsabilité impersonnelle, qu'il devrait, celui-là, porter toutes les heures de sa vie, mais je m'égare... »

Renaud s'égarait souvent, et d'une histoire particulière prenait une traverse sur l'universel, revenait, retournait. J'avais l'habitude, et puis j'aimais le son de sa voix, il pouvait bien dire n'importe quoi sans jamais m'ennuyer.

« ... Où le sentiment de la responsabilité personnelle pénétra dans mon cœur. C'était inutile et stupide que tu crèves pour un fantôme qui lui-même était déjà mort. Je ne le méritais pas, objectivement; tout orgueilleux que je sois je connais mes limites. Je n'avais pas voulu ça, comme disent les généraux. J'avais voulu te mettre à plat ventre, pas au tombeau. A plat ventre, oui : le puritanisme libéral, dont nous crevons doucement, me fait un mal aux tripes absolu, littéralement me fait dégueuler : voir une môme avec un si joli cul et une si vilaine maladie, pouah ! Tes chemisiers à col blanc, ma mignonne, j'ai voulu les ouvrir jusqu'au tréfonds, et les culottes petit-bateau de ton âme mal arrosée. Je ne t'aimais pas, je ne te désirais même pas — sauf dans la mesure, qui est grande, où je désire tout ce qui se baise, toujours prêt — je chassais le démon, j'étais saint Michel Archange, je le fouillais et je l'allais pourfendre de mon glaive acéré, comme tu sais. J'en tenais un, je ne le lâcherais que bouté hors : la puritaine ouverte, la raison folle — enfin franche, quoi, criant l'importance de ton cul, qui prime en toi le reste, n'est-ce pas, tu es bien d'accord ?

— Euh...

— Hypocrite ! Ce que tu cachais sous tes cols blancs et tes cheveux tirés ! Toi entre des millions bien sûr, ce n'était pas à toi que j'en avais, tu n'es pas une exception, tu es le cas général. Or, ça, je hais. Et quand ç'a été fini je me suis dis, j'en ai eu un ! Comme quand on a des poux : on sait qu'on ne peut pas les tuer tous, mais on est content d'en écraser un tout de même. Alors je me suis senti vide : je n'avais rien. Car vois-tu pour moi le sexe, ce n'est pas important. Ne fais pas l'étonnée, c'est une évidence. Si une chose était absente de moi c'est bien le sexualisme, je m'en fous. Ce qui importe dans l'orgie, c'est le Dieu, ce n'est pas le plaisir, et le Dieu était toujours aussi absent, mais je m'égare...

« Je disais que je voulais chasser le démon de toi — pas te tuer avec lui. Ça c'était con. Et ce besoin, si tu étais morte, qu'est-ce que j'en ferais ? Je me sentis perdu. Perdu et responsable, autrement dit je n'étais plus un homme, j'étais tombé. C'était ma chute. Jusque-là j'avais craché sur les biens de ce monde, j'étais pur — j'étais au ciel, un ciel qui n'existe nulle part, mais j'y étais, en contradiction avec tout, mais je n'en démordais pas. Voilà que j'en démordais. Mes dents lâchaient le coin de paradis; l'épée tournoyante m'avait passé au travers du cœur — et cette fois elle l'avait blessé. Je tombai. J'avais trouvé ma faute, mon péché, mon ennemi, mon tentateur : l'amour personnel. La terre m'avait eu, le temporel m'avait eu, me tenait, me serrait les tripes, me tirait en bas, je dégringolais en chute libre, de haut, de très haut — tu ne sais pas comme j'étais haut — en chute libre tombant, malade de frousse, en pleine panique, j'appelai tous les hôpitaux de Paris. Je perdis le souffle dans les cliniques, elles sont trop. De tes amies, je n'avais l'adresse que de Marie-Agnès... »

Tiens...

« ... Mais tu ne la voyais plus. Et l'indication Claude Amyot, étudiante en médecine. J'allai errer dans ce morne lieu, et ce que j'ai pu y entendre comme conneries... Au bout de deux semaines je la trouvai, et son visage prit une expression d'épouvante qu'elle contrôla illico. Dans le coin où je la dirigeai je lui soufflai dans la figure mon haleine puante d'alcool, ce qui lui donna aussitôt une nausée de bon ton, je vais vous écrabouiller, lui dis-je, si vous ne me dites pas où est ma femme. J'avais eu tort

de lui faire peur, ça lui donna du courage,
j'avais réveillé Jeanne d'Arc, Hachette, Bayard,
Du Guesclin et Turenne, elle nous toisa, mon
haleine et moi, et nous déclara noblement : faites, je ne vous le dirai pas. Suit un film de Fritz
Lang : hâve, décharné, les yeux brûlants de fièvre et le menton râpeux, je poursuivis cette
fille qui s'entourait toujours d'honnêtes condis-
ciples. Je la guettai jusqu'à la coincer un soir,
rentrant seule chez elle; j'avais changé mes méthodes, je me présentai suppliant, angélique et
défait. Mais cette héroïne de l'amitié ne céda
pas plus aux prières qu'aux menaces : elle ne
précisa même pas si tu étais vivante ou morte;
ces hauts moralistes ont de hautes cruautés,
c'est leur façon de jouir. Je prétendis n'avoir
mangé de trois jours et la conjurai de m'inviter
à prendre quelque chose. J'avais un plan idiot
mais je débloquais en ce temps-là : une fois
chez elle je lui marchandais son pucelage contre ton adresse; la colère m'eût fourni la force,
comme il arrive souvent aux hommes; en cas
de refus, je lui collais un traumatisme sexuel
pour la vie. Elle me déjoua avec l'habileté des
saintes : « Tenez, mon vieux », dit-elle en ouvrant son sac, et elle me donna mille francs. Je
les pris et tendis la main : « Quand je mange,
« dis-je, je mange chez Lipp. » Elle m'en fila
un autre avec une grimace : ça lui coûtait. « Et
« cessez vos importunités, ajouta-t-elle, car j'ai
« averti la police, ce qui ne vous arrange cer-

tainement pas. » C'était vrai : pas de papiers, pas de domicile, pas de moyen d'existence, t'ayant perdue. C'était un plaisir de voir comme elle se sentait du bon côté, alors je lui ai dévissé la tête de deux gifles d'une puissance très supérieure aux tapes amicales dont il m'arriva de te gratifier.

« Le coup valait plus de deux mille francs, cette fille est pingre. Néanmoins cette charité ne fut pas inutile : je me rendis aussitôt dans un lieu cher dont j'avais la nostalgie et dont mon impécuniosité m'avait longtemps écarté, car il est dispendieux, je veux dire le Black-Out, tu sens que mon histoire touche à sa fin. Là m'attendait depuis une semaine une caisse de whisky avec la carte de visite de Geneviève Le Theil et le cachet de la poste d'Assy. Je pris le premier train du matin.

— Avec quoi ? Tu n'avais pas assez !

— Je revendis le whisky. »

« Cette histoire est bourrée de morales délicates : on y voit comment ta concierge en voulant m'accabler me sauve; comment ta mère en me coupant de toi m'y attache; comment ton amie en payant pour m'égarer me met sur ton chemin. Et comment ta seule action diabolique à mon encontre se change en bienfait, *amen*. Demande à ton médecin quand tu pourras sortir et reprendre un amant. Je suis à toi. »

Je fis interdire ma chambre à Claude Amyot
comme à ma mère. Je prétextai ma fatigue :
c'était à la fois moins injurieux et plus inquié-
tant. J'étais assoiffée de vengeance et je faisais
mes classes de cruauté. Ces femmes devaient
être affolées. Je suppliai Alex de n'être pas plus
précis que moi s'il voulait me faire plaisir et
par conséquent m'aider à guérir; je jouais de
mon hystérie comme d'un chantage, je com-
mençais à apprendre la manœuvre depuis que
j'en avais aperçu la puissance. Du reste cet
homme de goût me dit qu'il était lui-même furieux des dispositions imbéciles prises par ma
mère et que s'il avait rencontré par chance ce
Sarti vacillant dans les rues il me l'eût amené
par la peau du cou. Dieu merci que j'eusse un
médecin piqué de psychosomatique.

Je fis une lettre pour Mlle Amyot : je la re-
merciais d'avoir donné mon adresse à M. Sarti;
ses généreux deux mille francs m'avaient sauvé
la vie; dommage pour elle, car j'en avais fait
ma légataire, et voilà que le testament était ca-
duc. Que les enfants malheureux se débrouil-
lent : ayant vu comme elle entendait le bien
des gens, j'avais compris que mieux valait pour
ces petits d'être couverts de bleus qu'aux mains
d'une femme qui ne jouit pas.

Assouvie par la rédaction, je n'envoyai pas la
lettre; le silence et le doute me contentaient
mieux. Je laissai ses missives sans réponse; elle

s'affolait, sentait le roussi, disait, sans mentir
cette fois, qu'elle ne parvenait pas à joindre
Renaud : ma lettre d'agonisante à la main
(« Je te remercie de m'avoir fait jouir », c'était
délicat d'imaginer ce pli entre les doigts d'une
vierge) elle faisait consciencieusement la tournée des lieux de débauche, vêtue de chemisiers
encore plus blancs que les miens et, précisa Renaud, ne contenant que des trésors limités.
« Elle a le sein pauvre et la cuisse aride. » Abominable, je me faisais lire ses lettres par Renaud. Inspiré, il adressa des cartes aux piliers
de ses relais pour leur recommander tout spé-
cialement une fille telle et telle, avec un col
blanc et un air de pureté, qui le demanderait.
Coco fut génial : il l'entraîna dans l'arrière-
salle sous le prétexte de lui confier des informations sur M. Sarti et, tout en lui donnant
l'adresse d'un clandé, se piqua avec naturel sous
son nez. Notre Mina lui fit une cour obscène,
suivie d'une scène graveleuse à la putain, pu-
blique, et l'envoya chercher Renaud à la Santé.
Paluche, travailleur libre aux Halles, préten-
dant la guider jusqu'à Renaud, entreprit de la
violer sous un porche, dans les poubelles, puis,
lui ayant déclaré qu'elle ne l'excitait pas assez,
la laissa filer, les fesses pleines de graines de
melon. Elle n'osait rien me raconter de tout
cela, mais elle croyait ferme au « Milieu ».

Ce divertissement intellectuel occupa les derniers temps. Renaud restait; il préférait :

qu'eût-il fait encore à Paris ? Il avait peur de se
perdre; dans un village, il risquait moins. Je ré-
glais les frais de bar. A quoi passait-il son
temps ? Assy n'est pas un désert, il y règne une
fièvre particulière, et je pouvais imaginer comment il occupait ses soirées. J'y pensais le
moins possible, Renaud n'en parlait pas, il était
angélique, il n'était là que pour moi, et le
reste après tout n'était qu'exutoire. Néanmoins,
je reprenais sens en même temps que vie, cela
va de soi, et Renaud, manomètre instinctif, devenait moins prudent dans ses propos à mesure
que j'étais de taille à les avaler. Il recommen-
çait à regarder ma poitrine, qui s'en hérissait.
Décidément, j'allais mieux. Et ce monstre systé-
matique — comment faisait-il pour être systé-
matique à chaud ? — regardait ma feuille de
température en arrivant pour voir jusqu'où il
pouvait aller. « C'est marrant, disait-il, plus tu
descends, plus je monte. » J'avais toutes raisons
de n'en pas douter. « Dans ce désordre, il y a
fait objectif : tu es excitante; même sans démon; tu es devenue aussi baisable qu'une
pute. » De telles déclarations ne me remon-
taient que trop le moral. Lui, partait la voile
au vent, vers quoi ? et me laissait à l'horreur
des compensations solitaires qui me donnaient
de la honte.

« Je crois que ce serait plus sain que je sorte
maintenant, dis-je enfin. Je m'énerve... Inutilement...

« — Ah ! oui, dit-il, aussitôt sur la voie. Il faut donc que je te baise. Pour ton bien. Il est temps. »

J'obtins le droit de sortir. Le médecin parla à Renaud, qui me fit part de tous les sages conseils qu'il avait reçus. Je doutais qu'il les suivît. Mais il m'étonna : d'où cette brute tirait-elle ces réserves de douceurs, cet indifférent, tant d'altruisme ? Je vécus quelque temps au village dans un bonheur tel que j'étais presque toujours au bord des larmes. Renaud paraissait résigné à vivre tranquille; il buvait presque continûment, en douceur, dans son coin. Il assouvissait ensemble son besoin de boire et celui, qu'il m'avait confessé, de ma présence. Il me soignait. N'oubliait jamais rien, me faisait rentrer dès que la fraîcheur tombait, ramenait une couverture et, sans jamais me demander de mes nouvelles, savait où j'en étais. A Paris, il fit mes courses, m'appela des taxis; c'est lui qui engagea une femme de ménage; c'est lui qui décrochait le téléphone. « Tu permets ? » demandait-il à chaque fois. Si je permettais ! Quels secrets aurais-je eus pour lui ? Je guettais au contraire le moment où mes assassins, informés que j'avais quitté le sana, et pas les pieds devant, entreprendraient de nouveaux travaux de sauvetage. Ce fut d'abord ma mère.

« Non, Madame, elle n'est pas ici. Je ne sais pas, Madame. Non je l'ignore. Mais, Madame, vous savez bien que je suis sans nouvelles depuis février. Elle est peut-être morte. Non ? Es-

sayez poste restante peut-être ? Mais oui j'habite ici... mais oui j'y suis autorisé. Par qui ?
Par la loi du plus fort, et si vous essayez je vous
botte les fesses. C'est cela, mes hommages, Madame... » Il raccrocha. « Elle m'a traité de maquereau. C'est une impropriété, je ne te mets
pas au trottoir. D'ailleurs, la Faculté le dé-
fend. »

Quand ce fut Claude, je pris l'écouteur.

« Geneviève est ici, n'est-ce pas ?

— Qui est à l'appareil ?

— Claude Amyot. Geneviève...

— Ici Sarti, bonjour, comment allez-vous ?

— Je ne suis pas d'humeur à plaisanter.
Passez-moi Geneviève.

— Mais voyons, elle n'est pas ici.

— Où est-elle ?

— Mais voyons, vous le savez mieux que moi.

— Elle a quitté le sana, je suis sûre qu'elle
est ici.

— Le sana ? Quel sana ? Elle était au sana ?
Vous ne me l'aviez pas dit quand je vous l'ai
demandé.

— Pour que vous l'acheviez, merci bien.
Vous en avez assez fait, vous l'y avez envoyée.
Je vous prie de me dire où elle est.

— Je vous emmerde, sale petite conasse, dit
Renaud avec calme, allez vous faire percer.

— Votre vulgarité ne me trouble pas. Une
dernière fois, passez-moi Geneviève, qui est ici,
je le sais, on l'a vue rentrer.

— Voyons, chère amie, si elle était ici, il y a beau temps qu'elle aurait bondi à l'appareil pour répondre à sa meilleure amie. Geneviève, ta meilleure amie à l'appareil ! Viens lui causer. Elle ne vient pas. Donc elle n'est pas ici. Syllogisme sans bavure.

— J'en aurai le cœur net.

— C'est ça, dit Renaud, à défaut du cul, et n'oubliez pas que si vous mettez les pieds ici je vous viole dans l'entrée. »

Elle le traita de porc, promit de prévenir la police, « encore ! », dit Renaud, et raccrocha.

« Bonne idée, dis-je, la voilà sûre que je ne suis pas ici. Que tu parles devant moi de la violer passerait son entendement.

— Mais c'est vrai, mon chou, que je la viole, et dans l'entrée, et devant toi, et par-dessus son entendement. Et la façon dont je m'y prendrai ne te rendra pas jalouse je te jure. Je le lui fous si j'ose dire son traumatisme !

— On dirait que tu en as envie...

— Un homme en colère, mon minet, choisit sa meilleure arme, et ma meilleure arme la voici : grand comme un éléphant, doux comme un papillon, glissant comme un poisson et toujours prêt à l'emploi, merde, je ne devrais pas parler de ça. Pas l'après-midi en tout cas. Je ne suis pas un homme pour pulmonaires, je suis la réincarnation du grand Pan, j'en suis encombré, Geneviève, va chercher des allumettes au tabac du coin.

— Il y en a plein la maison.

— Et elle se déshabille. Que faire ?

— Au point où on en est, ça me ferait encore plus de mal de ne pas...

— Tu me fais chanter. Ce qu'il faudrait, dit-il en défaisant sa ceinture, c'est qu'on n'y pense pas. Mais comment ? Acheter Tintin. Insuffisant. La Bible. Excitant en diable. Saint Paul peut-être ? mais non, il parle tout le temps de la chair, c'est un cochon refoulé. Je ne vois que Heidegger. Et encore. Je te dis, je ne suis pas un homme pour toi, je serai ta perte en fin de compte.

— Tant pis, dis-je.

— C'est vrai, dit-il. Ou je suis ta perte, ou tu es la mienne. C'est ça l'amour humain. Nous ne pouvons être sauvés ensemble, voilà qui est sûr. En attendant, jouis dans ta jeunesse, livre ton corps à la joie pendant les jours de ta jeunesse, avant que la poussière retourne à la terre et que l'esprit retourne à Dieu, car tout est vanité. »

Il me serra à m'étouffer.

« Essayons, dit-il, d'oublier. »

II

IL avait donc ses limites. Devant la mort il s'était arrêté. Pas si fort que ça, comme il disait. Je reprenais mon souffle. Et lui aussi, naufragé qui a découvert au milieu de la mer une planche pourrie, qu'il sait pourrie, et pourtant s'y accroche, en se leurrant exprès sur sa solidité : il s'accrochait à mes microbes. Microbes salvateurs : mais je n'étais pas délicate sur les moyens.

« Mets un tricot. Je ne veux pas te voir à poil une minute de plus que nécessaire. Je suis ta perte d'accord, mais gagnons du temps. »

Renaud infirmier. Incroyable.

« J'ai reçu toutes sortes de recommandations. Pas tous les jours. Pas l'après-midi. Pas d'enfants. Dès qu'un de tes sacrés médecins m'aperçoit il tremble. Ton Duthot me hait : il me file comme un meurtrier. Que je suis. »

C'était faux évidemment. La sympathie de mon docteur pour mon assassin crevait les yeux. Il subissait son charme, et l'attirait du

« cas » en plus. Notre assemblage bancal, où la physiologie et la psychologie interféraient tantôt pour le meilleur et tantôt pour le pire, excitait un côté guérisseur que la pratique n'avait pas encore émoussé : qu'est-ce que ce truc-là va devenir, se demandait-il visiblement, et lequel va tuer l'autre, ou lequel va sauver l'autre ? Je le sentais prêt à bondir sur toute occasion où les lumières des sciences exactes seraient requises. Il nous suivait au microscope, sauvant au passage quelques meubles, limitant des dégâts, faisant des parts du feu, mais poursuivant une ligne bien définie; sans rien dire, dans l'ombre et sous des prétextes divers, il cherchait une forme de vie pour Renaud, un climat, un milieu et, qui sait, une occupation. Le système de la régénération par la menuiserie avait fait mainte preuve sur de fortes têtes; en douce, Alex cherchait une menuiserie à l'usage de celle, rusée en plus, de Renaud. Peu à peu il nous introduisait dans le cercle de ses amis, et nos relations devenaient plus étroites; ainsi nous avait-il sous la main.

Il avait pour beau-frère l'éditeur de Royer, connu pour l'éclectisme de ses collections et celui de ses mœurs. Alex exerçait rue de Verneuil et, par un enchaînement occasionnel, soignait l'intelligentsia de ce quartier « autrefois paludéen, aujourd'hui éthylique ». Son ami, le psychanalyste B..., et lui-même, qui, devant le caractère spécifique des maux dont on se plaignait de ce

côté-ci de la Seine, s'était fait psychosomaticien,
se partageaient les déchets éliminés par les proli-
férations spirituelles surabondantes du lieu. Plusieurs génies « qui eussent dû pourrir dans quelque Rodez devaient à B... d'avoir aujourd'hui
une femme et des enfants à nourrir avec la capacité de le faire », disait Renaud.

« Ah ! c'est vous qui avortez des Raimbauds ? Vous avez raison, des Raimbauds, n'en
faut plus.

— Vous en êtes un ? rétorqua B..., qui n'allait pas se laisser intimider par un intellectuel.

— Oui, dit Renaud avec simplicité. Mais ne
vous excitez pas. Je me suis déjà avorté moi-
même. « Je demande qu'on me laisse, dé-
« clama-t-il, ma coutumière lèpre sensitive,
« quoi qu'il arrive — laissez-moi souffrir si
« vous voulez, mais laissez-moi — éveillé de
« sommeil... »

— C'est de vous ? dit de Royer.

— Non. D'un poète, un vrai.

— Où est-il ?

— Mort.

— De quoi ?

— De fatigue. »

Renaud avait le don de se faire écouter par
toute une assemblée. Je n'allais pas m'en étonner, ayant passé plusieurs mois déjà suspendue
à ses lèvres. Il savait faire taire un groupe
bruyant et laissait tomber dans le silence des
phrases définitives. « Et même, il aime ça, mur-

mura Alex sarcastique. Il n'est pas si... si détaché qu'il le joue. Il doit avoir, cachée tout au fond, une volonté de puissance. » Alex, démoniaque, cherchait le défaut de la cuirasse.

Parce qu'on le rencontrait dans les milieux littéraires, qu'il pérorait et ingurgitait superbement, tout le monde prenait d'emblée Renaud pour un écrivain. Il avait une façon de démentir qui épaississait le mystère. La limaille hypersensible des femmes lui filait droit dessus et lui demandait « ce qu'il écrivait, lui ». Il n'écrivait rien. « Vous n'êtes pas un auteur de Royer ? — Je suis un auteur qui n'écrit pas. » Elles en étaient pantoises. Ses airs de planer, son éloquence, la faveur des femmes lui faisaient une réputation qu'aucune référence visible ne fondait et à laquelle ajouta la rumeur dithyrambique d'un compagnon de jeunesse retrouvé dans le bouillon, mais nageant mieux que lui. Bertil Clément avait publié deux livres; je lus ces récits purs et subtils, remplis d'amour mais dépourvus de lits, et Renaud me révéla ensuite que les personnages revêtus de prénoms féminins étaient en réalité de jeunes garçons. J'étais naïve : quand Clément s'était jeté, en le retrouvant, dans les bras de Renaud avec des transports passionnés, quelle belle amitié m'étais-je dit.

« Où étais-tu caché toutes ces années, à la Trappe ? » Et, tourné vers la société : « C'est mon grand amour de jeunesse, vous savez ! »

Renaud avait tranquillement posé sa main sur la nuque du pâtre et disait qu'en effet il était à la Trappe, ou plutôt dans la trappe.

« Et maintenant que tu en es sorti, Dieu merci, que fais-tu ?

— Rien.

— Rien ?

— Rien. »

Clément se tut, déconcerté, avec un air d'enfant déçu, me regarda, sans haine je dois dire.

« Je ne te crois pas. Jean-Renaud à vingt ans c'était un soleil. Il irradiait. Nous attendions qu'il éblouît le monde ou devînt fou. Ne me dis pas que tu n'as fait ni l'un ni l'autre je ne te crois pas.

— Quelqu'un est passé avant moi pour éblouir le monde, dit Renaud, je n'ai plus rien à faire.

— Non. Ce n'est pas vrai. On en aurait entendu parler. Qui ?

— Tibbets. »

Nul ne demanda qui était ce Tibbets éblouissant. Ils devaient tous le savoir, et une fois de plus j'éprouvais ma nullité littéraire, que la lecture assidue des revues ne parvenait pas à corriger; tandis que Renaud, qui ne lisait jamais rien de sérieux, brillait partout d'une érudition aux sources mystérieuses, pleine de noms, pour moi inconnus, de poètes qu'il raillait du reste cruellement et sans la vergogne qu'aurait dû lui donner le fait qu'il n'avait rien, lui-même, à leur opposer.

« Tibbets ou pas, dit Clément, c'est du gâchis que tu n'écrives plus. »

Renaud n'avait pas jugé bon de me confier qu'il l'eût jamais fait.

« J'en étais sûre ! dit Simone de Royer, frappée d'une intuition d'autant plus vive qu'elle cherchait à plaire à Renaud, et peut-être même y était parvenue — on ne me l'avait pas dit non plus.

— Il écrivait quoi ? dit Royer, aussitôt en chasse professionnelle.

— Des trucs sensationnels. Percutants.

— Dans quel genre ?

— Dans tous.

— J'admire votre amitié plus que votre précision, mon cher. Peut-être Renaud pourrait-il nous en dire davantage au lieu de se comporter ostensiblement comme s'il n'était pas concerné. Renaud ?

— Je ne suis pas concerné.

— Quand sera-t-il sérieux, Geneviève ?

— Je ne cesse pas une seconde de l'être.

— Où sont-ils ces textes fameux ?

— Aux chiottes, dit Renaud. On est parfois pris de court.

— C'est un scandale, dit Clément. Tu n'as pas le droit. Tes œuvres ne t'appartiennent pas.

— D'accord, ma loutre, dit Renaud, mais à qui ? Pas trouvé le propriétaire. D'ailleurs je n'ai jamais pu me relire. Et enfin j'ai écrit par la suite un roman définitif qui annule tout.

— Apportez, dit Royer, je paie des lecteurs pour ça.

— Il est emmerdant comme la mort.

— C'est ce qui plaît, dit Royer. Vous êtes le type même de l'animal à lancer. Je suis excédé de voir de grands personnages que j'invite pour mes poulains se détourner d'eux au profit d'un élément improductif sur les divagations duquel je ne perçois aucun droit de passe. Tout le monde me demande : et qui c'est ce grand type là-bas dans le coin ? Je dois répondre : un ami; c'est idiot. Un à qui je vous ai présenté tout à l'heure me dit aussitôt : « Jean-Renaud Sarti, « ce nom me dit quelque chose, qu'a-t-il « fait ? » C'est un symptôme du tonnerre. Et c'était un académicien. Et Goncourt. On pourrait même vous lancer dans de la poésie au besoin !

— Je n'ai plus huit ans, Monsieur, rétorqua dignement Renaud.

— Eh bien, faites en prose.

— Je n'ai rien à dire.

— Parfait : rien ne marche comme le roman vide.

— J'écris comme un cochon.

— Nous avons des rewriters.

— Mon écriture est illisible, j'ai un rhumatisme dans le bras droit et je ne peux pas tenir une plume.

— Achetez un magnétophone ! hurla Royer, car parler, ça, vous savez !

— Et puis qu'est-ce que vous voulez que j'écrive ?

— Voulez-vous que je vous dicte ?

— Il est d'une coquetterie, dit Alex, au fond, c'est une vraie putain.

— J'adore qu'on me lèche les bottes, déclara Renaud. Quand je pense à tous ces pauvres types qui font le porte à porte avec des manuscrits sous le bras et paient des éditeurs pour être imprimés, je trouve ma position réjouissante. Je jouis de n'avoir pas de manuscrits.

— Voyez comme il est content », me souffla Alex.

En vérité Renaud trouvait amusant au possible le rôle de génie à vide et, sur le fil d'élucubrations qui ne sous-tendait aucune œuvre, exécutait des numéros de funambule sans filet.

« J'ai envie de le lire, moi, ce roman définitif, dit Simone avec un sourire en cuisses ouvertes — et je pensai que, tout compte fait, je préférais être trompée avec les putains de Saint-Martin.

— Si une femme le demande, alors c'est différent, dit Renaud, ce n'est plus de la littérature, c'est la moindre des choses. »

Je vous jure. Lorsque, à la maison, je vis Renaud ouvrir, sans clef (avais-je été folle de maladresse la nuit où j'avais échoué ?), la fameuse serviette, je rageai que ce fût pour une autre que moi.

« Pourrais-je lire aussi, bien que je ne sois pas Simone de Royer ? »

Il sortit une feuille.

« Sale petite conne, me dit-il en souriant. Tu es toujours un peu à côté de la question. Viens ici. Viens payer l'amende prévue pour la législation en vigueur, combien en vigueur tu peux voir, pour le délit de jalousie-avec-scène. Ici plus près. Et à genoux, pas de quartier. Voilà. Et tâche de te faire bien pardonner. Pendant ce temps-là je te lirai le roman, comme ça pas une minute de perdue.

« Le 6 août 1945, à 8 heures 17 du matin, il « faisait un grand soleil magnifique, à Hono- « lulu. Graham van Catin en vacances se lavait « les pieds dans sa piscine en lisant les nouvel- « les pétrolières dans le supplément financier « de Superman; à Douglas, une heureuse fer- « mière venait de mettre au monde des triplés, « et le père des trois petits condamnés pleurait « de joie en pensant aux allocations; à Lon- « dres, un condamné à mort, aussi, attendait « sans pouvoir fermer l'œil l'aube qui le ver- « rait pendu; à Kayamayana on mariait une « petite fille de neuf ans avec son grand-père, « selon la coutume, pour perpétuer la race; à « Paris, quelqu'un disait à quelqu'un « Je vous « aime » et moi je me rendais joyeusement à « ma réunion de cellule. La main sur le bec- « de-cane, je regardai le ciel; il y avait des « étoiles, car c'était août; l'une, même, me fila

« sous le nez. Je n'eus pas le temps de faire un
« vœu; d'ailleurs quel vœu ? J'étais un homme
« qui s'occupait lui-même de son destin et de
« celui du monde par-dessus le marché, ou l'in-
« verse, comme on voudra, cela revenait au
« même, j'étais moniste. Néanmoins, je n'ap-
« puyais pas sur le bec-de-cane qui ouvrait sur
« les lendemains qui chantent : soudain, je
« n'entendais chanter aucun lendemain, les
« lendemains s'étaient tus, et une force, qui
« n'était pas, je le jure, Mac Carthy, immobili-
« sait mon bras droit. C'était la première at-
« teinte du rhumatisme qui devait m'emporter.
« Il m'emporta pour commencer au plus pro-
« che bistrot, où je commandai un pastis.
« C'était mon premier. Il fut suivi d'un autre,
« puis de cent, de mille, cent mille autres, et
« me voici, Seigneur... » poupée, il me semble
que tu n'es pas à ce que tu fais ?

— Comment veux-tu, osai-je dire, que je sois
au four et au moulin ?

— Ce mot mérite une commutation de
peine en écartèlement.

— Mais la suite ?

— Quelle suite ?

— Du roman. Je suis sur un suspens.

— Moi aussi, mon ange, je suis sur un suspens.

— Mais tu t'es arrêté à « me voici, Seigneur » !

— Eh bien ? Me voici. »

André de Royer tourna la feuille :

« Et la suite ?

— Il n'y a aucune suite. Après ça, pouvez-vous me dire ce qui pourrait diable arriver ?

— Vous êtes obscur.

— Rien ne fut jamais plus lumineux. C'est simplement que vous n'avez pas la mémoire des dates.

— Vous êtes un plaisantin.

— Je ne suis qu'un bateleur, disait-il, et de mon anachronisme conscient. Versez-moi encore un peu de poison adaptatif. Vous ne pouvez pas savoir comme c'est dur de vivre parmi vous pour un homme de mon époque. Je bois uniquement parce que je ne peux pas tuer tout le monde, c'est là le fameux secret que j'emporterai dans la tombe. »

Ici il n'était plus un ivrogne clandestin et crapuleux mais un alcoolique officiel et distingué; il aurait pu le mettre sur ses cartes de visite : « Jean-Renaud Sarti, alcoolique »; s'il avait eu des cartes de visite. Simple changement de palier : j'aurais cru que son vice ferait scandale parmi les gens bien élevés; c'était le contraire; il était de bon ton. Je m'apercevais peu à peu que tout le monde en était atteint à des degrés divers et que Renaud, en somme, faisait plutôt figure de champion, auréolé du prestige de qui est plus avancé que les autres; on ne distinguait pas très bien, ici, si avancé

vers le bas ou vers le haut, en fait savait-on où
était le haut où était le bas ? et puis ce n'est pas
eux qui lui tenaient la tête quand il fallait en
rentrant à la maison, ils n'avaient que le beau
côté brillant, et certes les affiches du métro ne
pouvaient être pour ces gens-là. Même à moi
ne m'arrivait-il pas d'être entraînée à ingurgi-
ter quelques-uns de ces verres élégants dans lesquels j'eusse craché aux Halles ? Ce n'était pas
la même chose; j'en avais besoin pour être dans
la note; sinon je semblais une niaise et je dés-
honorais M. Sarti. Cela me donnait le triste
courage d'écouter les hommes qui me faisaient
la cour — je veux dire, essayaient de coucher
avec moi — durant que Renaud la faisait aux
femmes, scandaleusement, selon la coutume du
milieu; l'alcool anesthésiait un peu l'insupportable douleur que me causait ce spectacle,
pourtant si banal à en croire les autres; je buvais par circonstance, sinon comme M. Sarti,
par « nécessité interne ». Le cauchemar avait
changé de quartier, j'avais acquis des méthodes
nouvelles pour m'y intégrer moins chèrement;
il avait revêtu des couleurs moins sordides,
moins sombres : ce n'était plus l'hiver, ce
n'étaient plus les rues mais des salons bien
éclairés ou même des maisons de campagne très
jolies; plus de bistrots mais des caves; c'était un
cauchemar de luxe, scintillant, mousseux, en
vêtements soyeux; nous avions évolué des passes
à Saint-Martin aux bénévoles des parties. Mon

choix était celui du lapin, entre le civet et le sauté : le sauté est plus chic. La bête même était parée, et j'avais pris du galon; d'épisodiques divertissements m'étaient ménagés dans des coins de la scène par des seconds rôles, durant que le premier s'occupait, et si je les refusais, c'était bien ma faute. Personne ne m'empêchait de m'amuser avec André de Royer, par exemple, un bel homme, et tout disposé à me distraire durant que Renaud distrayait sa femme : un parler direct trop bien enseigné par Renaud, et que le whisky faisait ressortir, laissait escompter des plaisirs quadruples de mon éventuel consentement. Mais je ne passais pas le badinage. Je ne pouvais pas. Je ne peux me donner à un homme que par amour, cet acte n'est pas une distraction. Je supportais le ridicule de n'être la femme que d'un seul homme, fût-il infidèle, et dût-on me traiter de sotte : je ne voyais pas en quoi il m'eût moins trompée si j'en eusse fait autant. « Il paraît que tu as l'érotisme cathare », me rapporta Renaud. Tant pis pour ma réputation. Du fond de mon cœur je méprisais ces libertinages, je les savais vains et décevants : Renaud lui-même, qu'en avait-il ? Il oubliait le lendemain les idylles de corridors; comment s'en fût-il souvenu du reste quand il se perdait soi-même tous les soirs en s'endormant ? C'est à moi qu'il incombait le matin de le ramasser, quasiment le cueillir du ventre de sa mère, couper le cordon de la nuit, le secouer pour tirer son premier cri, cri de douleur comme l'originel, sauf qu'à présent qu'il était instruit il le prononçait « merde ».

Les réveils de Renaud ! j'y étais faite à présent. Ils étaient ma routine. Il ouvre un œil, un seul d'abord, par prudence — puis horrifié, le referme, et se love en grognant dans sa matrice, le drap sur la tête. Inutile d'insister, il dit merde et s'enfonce plus loin.

Hélas ! vient le moment où le sommeil n'en veut plus, il est expulsé de la mère-nuit; il geint, s'accroche, ses membres s'énervent. Je vais faire son café — le mien est pris depuis des heures; la femme de ménage dont c'est le seul moment possible est venue et repartie — Deuxième épisode : j'arrive avec le plateau : je suis attrapée et refourrée au lit; ou bien c'est la bouteille qui est attrapée : il ne vit pas avant, c'est le relais indispensable entre la paix du néant et l'horreur du jour. La première gorgée bue, dressé comme un diable, encore bouffi mais l'œil déjà vif, il revendique son café, qui est froid. La journée commence, la première de la création comme toutes les précédentes; il en ignore tout; je la dispose devant lui en même temps que le plateau et le café réchauffé, je mets la veille derrière, et je lui rétablis sa continuité. « Tu as rendez-vous avec Clément à midi — Midi ? quelle heure affreuse ! Pourquoi m'as-tu pris un rendez-vous si tôt ? — C'est toi qui l'as pris. — Ah ! bon ! je n'irai

pas. — Il doit te présenter à Naudin qui doit
t'offrir une rubrique de notes de lectures dans
sa revue. — Qui ? — Yves Naudin, tu sais
bien... » Non, il ne sait pas, il ne sait rien, le
pire c'est qu'il ne joue pas. « J'ai dit que je
ferais des notes de lectures ? mais je ne lis jamais ! » Non, il ne sait pas qui est qui, quels
engagements stupides a pu prendre un Renaud
Sarti d'hier et que celui d'aujourd'hui se soucie
peu d'honorer. Quant aux femmes avec qui il
s'est trouvé couché, il ne reconnaîtrait pas sous
la torture les enfants qu'il leur aurait faits. Je
n'ai pas besoin de m'inquiéter d'elles.

Moi, c'est différent, moi je suis toujours là,
c'est moi qu'on retrouve le matin et avec qui
on commence la journée toute neuve : comment m'oublierait-on ?

Ce système de la permanence fit que, sans résistance, il partit en vacances avec moi : un matin il trouva les valises prêtes, sa trousse rangée,
la voiture devant la porte. Où va-t-on ? En
Suisse. Bon, on va en Suisse. Il me suivit en
Suisse. Il m'eût suivie en Chine, s'il n'était que
de suivre.

J'eusse moi-même préféré la Côte, où tout le
monde allait, mais Alex me permettait la
Suisse, l'Italie du Nord et la Provence inté-
rieure ensuite si j'étais suffisamment reposée.

Ascona m'eût paru charmante et le lac admirable si j'eusse pu partager avec Renaud le

moindre de mes émerveillements. En vacances, il était un constant problème : il haïssait le bridge et ne discernait pas les carreaux des cœurs, à cause, prétendait-il, de sa myopie; le contact d'une rame le dégoûtait, ainsi que d'une raquette et, en général, de tout objet à usage sportif; il ne voulait pas aller dans le lac, car « les lacs aspirent »; ni dans la montagne, car « les chemins montent ». De toute façon marcher le fatiguait, et en voiture il trouvait que tout était pareil. Il restait donc dans la chambre. Il sortait à la nuit, quand on n'y voyait plus, et nous nous reposions dans un bar des fatigues du jour.

Rien d'autre sans doute qu'un désespoir d'ennui ne lui communiqua le désir pervers de séduire une femme, vêtue de mousseline blanche et maquillée à mort, qui ne devait pas passer loin de la soixantaine et résidait dans notre hôtel; quand il sut qu'il s'agissait d'une poétesse il ne se tint plus; il voulut entendre des vers; des scènes horribles se déroulèrent, au cours desquelles Renaud, assis sur des poufs, écoutait, pâmé, les morceaux où l'amour s'enchevêtrait avec la botanique dans le parfum d'iris dont l'autoresse était de surcroît imprégnée. L'idylle s'acheva en scandale anti-suisse, le monstre s'étant introduit nuitamment dans la chambre de la douairière dans l'apparent dessein de la violer, du moins c'est ce qu'elle crut et qu'il lui laissa croire, tout en appuyant, par mégarde, sur la sonnette du sommelier, de la femme de chambre et du valet tout ensemble. Après cela nous n'avions plus qu'à partir comme des malpropres, sous l'opprobre général qui semblait à Renaud du miel : il avait scandalisé la Suisse; il y avait pris une haine solide, une angine, un rhumatisme et, incompréhensiblement, des engelures. Il acheta deux montres « pour faire honneur au pays ». Chacune à un poignet et au départ réglées ensemble, elles ne marquèrent plus jamais désormais la même heure : il avait vaincu même leur horlogerie.

Nous essayâmes de voyager; Renaud confirmait son insensibilité à la nature et trouvait excellente l'initiative italienne de la dissimuler, le long des autostrades, derrière « de merveilleux panneaux publicitaires qui rappelaient sans cesse à l'homme qu'il était dans un monde de chapeaux et de fromage ». Florence, néanmoins, le retint plusieurs jours. Non à cause de ses trésors d'art : il s'était épris cette fois d'une fillette impubère qui vendait des glaces près du Palazzo Vecchio. La crainte des lois l'empêcha de pousser au-delà du sourire équivoque une entreprise à laquelle on paraissait sensible et qu'il menait sous mes yeux sans la moindre hypocrisie. L'enfant était belle il est vrai et ne le serait jamais autant plus tard, et, comme disait Renaud, « c'est maintenant qu'il faudrait la prendre »; mais papa à l'espresso et maman à la caisse veillaient, malgré les dispositions évidentes de leur fille. « Je n'ai

jamais eu de petite fille, soupira Renaud. Quand
je dis « eu » je veux dire beaucoup moins, je ne
suis pas fabriqué pour « avoir » des petites filles,
je ne manquerais pas de les tuer et ce n'est pas ce
que je veux. C'est difficile d'avoir une petite fille,
même de l'humble façon que j'ambitionne : elles
sont tellement gardées ! Il faut tant de circonstances favorables : on ne trouve cela qu'en famille... » Me choquer, exciter ma jalousie,
m'obliger à feindre la complicité faisaient partie
du plaisir. « Nous » allions languir autour de Silvana, qui faisait à son amoureux des grâces de
danseuse et lui jetait des regards avertis.

Silvana n'avait pour rival que le cloître de
San Marco, où Renaud pouvait demeurer des
heures. Je l'y laissais pour — car moi, j'étais à
Florence — visiter l'Academia et les Offices : les
musées l'épuisaient, il ne les supportait que
renfermant une œuvre unique, et mal éclairés.
En ce cas la peinture, ou le silence, ou la pé-
nombre, lui inspiraient non des jouissances es-
thétiques, mais des impulsions charnelles. Les
églises ne l'arrêtaient pas; non qu'il cherchât le
sacrilège — savait-il seulement qu'il était dans
une église ? — mais je crois que la lumière d'or
et de sang des vitraux en était cause; ce devait
être ni plus ni moins qu'un tropisme; les couleurs l'excitaient, et la beauté, sans passer par
sa conscience, allait innerver directement ses
sens. A Assise, insensible aux fresques, il fréquentait l'église pour un moine de quinze ans,

et sur les routes d'Ombrie, aveugle aux courbes des collines, s'intéressa à un chevrier noir et barbu avec lequel il partagea la fiasque dont nous n'étions jamais démunis. L'homme y alla de son fromage. Nous déjeunâmes dans l'ombre légère des oliviers, devant un site admirable, je pensai qu'il aimait enfin la nature, quand je compris le rêve abominable qu'il menait tout seul. Par bonheur, le chevrier avait l'âme simple, mangeait du fromage et croyait en Dieu, autant que je pus le saisir de la conversation qui se menait en italien, que Renaud m'avait fait la surprise de parler couramment une fois sur ce sol. Bref, nous laissâmes le chaste berger à ses chèvres, Renaud en fut pour ses frais de rêverie. Quel drôle d'animal je traînais parmi les créations du génie humain et les merveilles de la nature ! L'Italie l'excitait. Beaucoup de choses excitaient Renaud, mais l'Italie, c'était une maladie. Il maigrissait comme un bouc à la saison. L'image que, nu, il m'offrait, était inaltérable. J'en pris une adoration probablement idolâtre, qu'il ne manqua pas de remarquer et dont il usa aussitôt : ne me fallut-il pas, à Fiesole, lui tresser un après-midi des couronnes. Sans doute était-il possédé sans le savoir de l'esprit des lieux. Il m'avait assez bien préparée pour que le rôle de vestale, qui m'était échu, me semblât rien de moins que naturel. Je l'aimais follement et faisais ce qu'il voulait. Je m'étonnais qu'il ne m'eût pas davantage entraînée dans le libertinage et la folie érotique : il gardait les rênes en main, là et ailleurs.

Il ne me laissait jamais conduire plus de deux heures à la fois. « Tu es fatiguée et j'ai soif, disait-il, je vois là-bas une ravissante albergo, freine. » Il n'avait pas le sens du temps mais savait apprécier deux heures de conduite et connaissait les moments du jour les plus mauvais durant lesquels il s'arrangeait pour que nous fussions au repos; il flairait midi comme un cadran solaire et sentait venir le brouillard une heure d'avance. S'il me voyait marcher au soleil il m'arrachait et de force me fourrait à l'ombre.

« Dès que je te vois en plein soleil je me mets à souffrir, dit-il en me collant contre un arbre, c'est comme si on me donnait un coup de bâton. C'est devenu un réflexe. Je ne veux pas qu'il t'arrive du mal. Je ne sais pas ce que j'ai. »

Il se mit à m'embrasser avec fureur.

« Bon Dieu, dit-il, je t'aime peut-être. C'est horrible. »

Je fermai les yeux. La terre tournait. Je fusse tombée s'il ne m'eût tenue si fort contre cet arbre béni. Un pin. Ses bras tremblaient autour de moi. Tout ce que j'avais misé m'était retourné au centuple. J'adorerais toujours l'Italie. Nous allions la quitter mais je l'emporterais avec moi et je lui ferais un autel dans mon cœur. Chaque fois que j'entendrais le nom de ce pays, que je verrais une affiche dans une gare, que je lirais un mot en i, en o ou en a j'aurais une bouffée de bonheur — gelati Silvana Borsalino.

Au dîner, Renaud but beaucoup de vin. Il me regardait avec une expression méditative et triste, et avalait verre sur verre. Nous étions à Lucca, sur une petite place, et un joueur de guitare officiait à l'orée des buis. L'homme, que notre silence et nos regards ne pouvaient qu'encourager, approcha avec des tremolos complices.

Renaud frappa sur la table.

« Ah non ! pas ça tout de même ! hurla-t-il au scandale général. Va-t'en ! » puis soudain se maîtrisant : « Excusez-moi, Monsieur, c'est une chanson qui me rappelle quelque chose. La guerre. » Cela, même un chanteur pour amoureux pouvait le comprendre; il sourit, prit les deux cents lires que lui tendait Renaud et commença, ailleurs, une autre chanson. Renaud engloutit son verre, s'en versa un autre, qu'il but sans me regarder. Autant faire comme lui, car j'étais triste. Après ce furent les grappa, et il était si soûl qu'il tomba dans son sommeil-coma dès que je l'eus couché. Que n'avais-je attendu pourtant de cette nuit-là ! Le lendemain, sorti du cérémonial traditionnel de l'éveil, du merde, du premier verre et tout, je retrouvai mon Renaud frémissant et attentif : de quoi se souvenait-il ? de quoi ne se souvenait-il pas en fait d'événements de la veille ? mystère, et savait-il quel mot fatal avait passé ses lèvres ? L'avaient-elles repris ? Rien avec lui n'était jamais acquis, il ne cessait de me l'enseigner.

En roulant vers la frontière, dans les Alpes — Renaud m'avait refusé la Riviera — je ne savais plus si j'aimais l'Italie.

En haut du dernier col, je me garai, sortis de la voiture et voulus, néanmoins, dédier un dernier regard aux plaines piémontaises, que d'ailleurs je ne voyais pas, car nous étions dans les nuages. Le vent m'envoya de larges gouttes au visage. Renaud surgit, m'attrapa violemment par un bras, m'expédia une paire de gifles et m'enfourna dans la voiture dont il remonta les deux vitres. La mixture m'avait été administrée si prestement que je discernais mal les composants dont l'addition donnait une telle fureur. Les joues me brûlaient et c'était délicieux, car nul doute que l'un de ces composants fût l'amour. « Garce », me dit-il sans me regarder; je crus que c'était parce que je m'étais exposée au froid; ce n'était pas cela. Il posa sa tête sur mes genoux. « Garce. Pourquoi tu me fais ça ? » gémit-il, puis aussitôt inspiré par sa position passa à un autre exercice, écarta ma jupe et ce qui le gênait. Nous étions très à l'étroit mais peu importe; je songeai que j'achèterais une autre voiture, plus large, je n'avais pas pensé à tout. Il pleuvait maintenant d'abondance, les rares automobilistes qui croisaient ne pouvaient certainement pas voir chez le voisin, la pluie faisait sur le toit un bruit terrible, et Renaud m'aimait.

« Roule, me dit-il comme je le prenais en pitié, c'est tout le temps comme ça, j'y suis fait. Sortons de cette pisse d'âne. Pas la peine de remettre ta culotte, tu peux conduire sans, non ? Garce ! pourquoi est-ce que je deviens amoureux de toi ! Merde, merde, merde ! saloperie de merde. Je suis un con. »

Sur l'autre versant, il n'avait pas plu. La grande forêt des mélèzes s'étendait de chaque côté de la route, transpercée de soleil. « Viens, dit Renaud, et mettons des cales sous les roues, parce que ça peut durer. Ah ! si je pouvais m'en coller une indigestion ! »

J'aimais l'Italie ? Je n'aimais pas l'Italie ?

En passant la frontière je fus saisie d'angoisse. C'est idiot, me dis-je, d'être sentimentale à ce point-là, de faire des transferts superstitieux et, sous prétexte que je suis amoureuse de l'Italie, d'avoir peur de la France. Cette impression funeste venait peut-être de ce que nous étions passés du versant est, exposé au soleil, au versant ouest, plus sombre ; il est vrai que le versant est était dans les nuages. Bref, je me comportais comme le chef de train qui, entendant le signal d'alarme, pense : qu'est-ce que c'est encore que ce mauvais plaisant ?

III

J'AVAIS retenu à la Colombe à Saint-Paul, dont ils parlaient tous. Pourquoi pas ? Il fallait être heureux et, née avec le goût des choses stables et prévues, j'avais attrapé le sentiment du provisoire. Je savais maintenant que lorsqu'on meurt on ne regrette aucune des bonnes choses coûteuses dont on a joui, et le diable emporte le reste du capital.

Les Royer étaient à Gassin, d'autres à Biot, à Tourette et ailleurs. La Côte était peuplée d'amis, et d'amis d'amis, nous ne risquions pas la solitude et n'avions qu'à sillonner les routes pour nous croire à Paris. Alex, lui, était à Antibes, d'où il montait « pour m'éviter la peine de descendre »; il n'aimait pas me savoir près de la mer, vers laquelle je n'avais que trop envie de courir. J'eus droit, pour la bienvenue, et parce que je me portais particulièrement bien, à un bain à la Garoupe, après lequel Renaud m'enroula dans un peignoir et me traîna sous les arbres.

« Il te soigne, ton monstre ! me dit Alex entre deux portes, à l'hôtel, où il était venu dîner.

— Il est devenu merveilleux. C'était imprévisible mais c'est comme ça.

— Il t'aime peut-être après tout. »

Je baissai la tête ; j'avais horriblement rougi.

« A le voir, on le dirait, dit Alex. Ce genre
de type, lorsque l'amour les touche, c'est souvent les plus atteints. Ça le sauvera peut-être. »

Nous rejoignîmes Renaud sur la terrasse. Il
était attablé, ou plutôt étalé, devant un pastis.
Il avait passé du Valpolicella-et-grappa au rosé-
et-pastis : pour les alcools, il avait une capacité
d'adaptation infinie. S'il l'avait appliquée à la
vie il fût devenu millionnaire en six mois. J'ad-
mirai une fois de plus l'étonnante disposition
de ses membres, son art spontané des attitudes,
cette manière d'être à la fois parfaitement à
l'aise — dans un monde où il l'était si peu —
et encombré de soi-même. Je n'avais jamais ob-
servé cette combinaison chez personne.

Et voilà qu'à l'instant que je songeais à
l'unicité de Renaud j'observai, chez une fille assise à deux tables de distance, derrière son dos,
des façons similaires. Bien calée dans son fauteuil, elle laissait pendre les bras de chaque
côté ; les jambes, serrées dans un pantalon de
coutil gris, reposaient, allongées, sous la table.
Leur pose était exactement la même sans qu'ils
aient pu se voir. La fille n'était pas une éblouis-
sante pin up, mais curieuse de tête : des che-

veux châtains très courts, sauf une frange ou
plutôt une touffe devant, qui lui tombait quasiment sur le nez, qu'elle avait assez long. La tête
un peu baissée, elle regardait le monde avec
une indifférence attentive et le même air ca-
prin que Renaud. Des seins petits pointaient
sous une chemise d'homme, si ouverte qu'on
voyait qu'elle ne portait pas de soutien-gorge.
Elle éleva avec nonchalance sa cigarette jusqu'à
ses lèvres.

On voit beaucoup de filles désinvoltes sur la
Côte; ou qui en jouent le rôle. Mais celle-ci
était sans artifice; ce qui donne le genre, non
ce qui le prend : un prototype. Elle ramena ses
jambes, les posa l'une sur l'autre, à la façon dégagée d'un garçon, la cheville sur la cuisse, et
dans ce mouvement je notai la grâce mobile de
ses hanches.

La nuit tombait. J'avais l'estomac serré,
comme lorsqu'il va arriver quelque chose.

« Qu'est-ce que tu bois, poussin ?
— Un pastis.
— Encore ? Tu en as pris un en bas.
— Je veux un pastis.
— Ecoute... »
Alex se mit à rire.

« Oui, je sais, dit Renaud, ça me va bien.
Mais elle, c'est pas moi, et personne n'est personne. Renée, trois autres dont un faible.

— Je te trouve les yeux bien brillants, me
dit Alex. Ce bain a dû te donner la fièvre.

— Elle est belle ce soir, dit Renaud. D'ailleurs elle est belle toujours, dit-il avec tristesse. C'est un piège. Un jour, je finirai par te l'épouser, ta fille, oui, je tomberai jusque-là. Peut-être dans vingt ans. Ou peut-être jamais. Au fond je retire ce que j'ai dit, c'était une parole en l'air. Ce pays me rend sentimental mais c'est en surface, ça passera comme c'est venu. Il fait si beau — hein, poussin ? hein, qu'il fait beau ? »

Défends-toi, mon chéri ; recule à présent. Oui, ça t'a échappé, une phrase étourdie. Je sirote mon pastis, m'efforçant à l'indifférence. Ce n'est pas le moment de lui dédier un regard noyé.

« Oui, il fait beau », dis-je, apparemment intéressée par les voisins. Le compagnon de la fille, une sorte de géant, se penchait vers elle et lui glissait vraisemblablement un mot concernant son décolleté, car elle baissa les yeux dessus. Elle eut un geste vague. L'homme, en entendant des voix masculines derrière lui, s'agita. Il devait être jaloux.

« On la casse cette graine ? dit Alex.

— On va dîner ici, dis-je.

— Pas question, dit Alex. Dedans.

— Alors, je veux rester encore un peu. Je suis bien.

— Elle en veut des choses ce soir », dit Renaud.

Alex, qui avait commencé de se lever, allait se rasseoir quand l'homme, décidément alerté,

se retourna. « Katov ! » et Alex s'avança la
main tendue. Ils se congratulèrent d'être là.
Dans ce pays, tout le monde se connaît. Alex
amenait à notre table l'espèce de petit garçon
et son géant. Se voyant parmi des mâles,
celui-ci jeta un regard désespéré sur la chemise
de son amie; il n'y avait rien à faire, le bouton
en question manquait. Rafaele reprit à côté de
Renaud la pose qu'elle avait ailleurs, la même
que lui. Pareille de loin à un adolescent, elle
portait de près vingt-six, vingt-sept ans, mais
gardait un air enfantin. Je me sentais plus
adulte qu'elle. Ses cheveux ne couvraient même
pas ses oreilles, et elle secouait de temps en
temps la mèche faussement rebelle. Même pour
la mode, c'était une drôle de coiffure, et une
drôle de fille. Elle prit une cigarette dans sa poche; Renaud lui donna du feu, les mains en
coupe; ils reprirent leur pose, détendus, étalés;
Rafaele ferma un instant les yeux. Chacun de
ses gestes me paraissait contenir un sens, je ne
sais pourquoi et, de nouveau, j'eus l'estomac
serré, je sentis un peu de sueur sur les lèvres.

« Il commence à faire frais, dit Alex. Rentrons. Tu as frissonné, toi. Restez donc dîner
avec nous si vous n'avez rien d'autre à faire. A
Paris, on n'a jamais le temps de se voir. »

Ils habitaient Saint-Paul même. Katov, pein-
tre abstrait avec cote, y avait une maison du
type ruine restaurée. Très jolie, il nous montre-
rait.

Renaud, demeuré silencieux un temps inha-
bituel, se réveilla au rosé et démarra en flèche
sur la peinture, et combien les peintres avaient
de la chance, particulièrement les abstraits, de
ne pas savoir ce qu'ils faisaient.

« Nous autres, qui avons affaire avec l'écriture... »

Alex et moi ouvrîmes de grands yeux : Renaud, l'écriture ? Que lui prenait-il soudain ?

« ... il nous faut, hélas ! savoir où nous allons.

— Et l'automatisme ? dit Katov. C'est l'abstrait dans l'écriture.

— L'automatisme en soi, c'est de la blague.
C'est le contenu qui a fait le surréalisme.
Voyez : maintenant qu'il n'y a plus de position
politique officielle parmi les artistes, autrement
dit qu'ils sont tous officieusement des bourgeois, l'automatisme, c'est du vent. La vertu,
c'était la révolte. Et maintenant, la révolte est
sans espoir.

— L'espoir ou pas l'espoir, dit Rafaele, dont
on entendait la voix pour la première fois,
qu'est-ce que ça change à ce qu'on a à faire ? »

Renaud la regarda, ouvrit la bouche, se tut.
Il y eut un silence. D'ailleurs, on apportait les
loups. Nous nous mîmes au travail.

« Vous êtes communiste ? » reprit Katov.

Renaud communiste, drôle de question.
Comme Renaud pédéraste.

« Oui, dit Renaud. Comme on peut être
communiste actuellement. Comme on peut être

quoi que ce soit actuellement, à part bourgeois et fasciste comme tout le monde et con comme tout le monde. C'est-à-dire comme un mort.

— Je vais me laver les mains », coupa Rafaele, qui venait de ronger avec les doigts l'arête de son loup et ne paraissait pas intéressée par autre chose.

Renaud ne poursuivit pas. Katov reconnut qu'en effet c'était bien plus agréable, dans une époque comme celle-ci, d'être un artisan aveugle qui ne sait pas ce qu'il fait.

« Relativement, je suis un homme heureux », dit-il, attrapant au passage et serrant contre lui Rafaele revenue.

Nous fûmes invités à prendre le café chez lui. La maison, étroite, avait sur la ruelle une façade presque sans fenêtre et, derrière un grand mur, un jardin donnant sur la vallée. Point de voisins. Des orangers sur la pente. Des lucioles volaient. La paix était profonde.

« Oh ! dit Renaud extasié, un cloître est l'époux qu'il me faut. »

Je résolus aussitôt d'acheter cette sorte de maison, avec murs épais et silence, quelque part par ici. Il y serait heureux.

« Tu connais le test du jardin, toi qui es psychiatre ? dit Renaud à Alex, qui n'était pas psychiatre. Voilà mon jardin.

— Faute de grives... persifla Rafaele.

— Mais où sont-elles les grives d'antan ? dit Renaud.

— Y en a jamais eu, dit-elle, il a toujours fallu les faire, ce n'est pas nouveau.

— Quel test ? dit Katov. J'adore les tests.

— Si vous aviez une clef, dis-je, car je voulais tout de même faire entendre ma voix aussi, pour une fois que je savais quelque chose, et la psychologie c'était en somme ma spécialité — si vous aviez une coupe, si...

— Pas une coupe, dit Renaud, doctoral, un coffre.

— C'est pareil, nous, on nous a donné une coupe.

— Moi, dit Renaud, on m'a donné un coffre. Et même plusieurs. Une salle entière pleine de coffres, pas la place de poser un pied. »

Cette vache. Je remarquai une sourde hostilité dans sa voix. Il était contre moi depuis un moment. Je découvris enfin que c'était le choc en retour de sa demande en mariage; c'était venu tout de même, en dépit de ma bonne conduite au feu. Il ne pouvait s'avancer d'un pas en amour sans reculer de deux, et faire une grâce sans en demander le prix. Il fallait me faire une raison : j'allais être maltraitée pendant une période de durée imprécise, jusqu'à ce qu'il digère ses bontés. Je m'y préparai avec courage. Quoi qu'il fît, il n'effacerait pas ce qui était dit.

« Oh ! je veux comprendre, dit Katov, vous parlez tous par énigmes. On va le faire. Entrons, vous avez assez vu mon jardin, je veux

voir les vôtres. Rafi, fais-nous un bon café, tu
veux ? »

Il prit la nuque fragile dans sa grosse patte et
poussa son amie devant lui. Elle avait l'air d'un
chevreau bousculé par un ours.

Le chevreau disparut dans un quadrilatère
qui s'inscrivait dans une grande pièce carrée, la
divisant en deux ailes. On avait dû ajouter
après coup cuisine et bloc-eau. L'aile où nous
étions était une sorte de salle commune, avec
une énorme cheminée et deux divans. Un filet
séparait de l'autre partie où l'on apercevait le
chevalet entouré du désordre corrélatif, et un
grand piano. Un escalier apparent devait conduire à une ou deux chambres. C'était l'idéal.
Si seulement je pouvais en trouver une aussi
bien, même non aménagée... C'est toujours le
genre de réflexions qui vous traverse quand on
entre dans une nouvelle maison. J'adore les
maisons, en définitive. Je raffole des maisons.
Et puis ce serait si bien pour Renaud; il paraissait s'y plaire.

Katov nous fit asseoir et nous passa des verres
de whisky. « Tu apporteras la glace, petit, en
même temps. » Il eut en direction du quadrilatère, où l'on entendait des bruits de tasses
et d'eau, un de ces regards involontaires
qui témoignent d'un vif sentiment de possession.

« Vous voulez que je vous aide ? m'écriai-je,
me souvenant subitement qu'il était de tradi-

tion d'aller à la cuisine collaborer avec la maîtresse de maison, ou du moins d'en montrer le
vouloir.

— Non, non, dit-elle, ça va. »

J'y allai néanmoins. Elle m'attirait.

« Faites pas attention, c'est le bordel.

— Je ne regarde pas, et puis ça m'est égal, et
puis, si vous voyiez chez moi... »

C'était faux. Je mentais pour lui faire plaisir.

« Faut-il moudre ?

— J'achète du moulu.

— C'est moins bon.

— J'ai la flemme. »

Cette conversation n'était rien moins qu'intellectuelle; était-ce là la fille, tout à l'heure si
pertinente, qui était parvenue à clore le bec à
Renaud ? Elle sortait les cubes. Les tasses
étaient sur un plateau. Le café passait dans une
napolitaine. Rafaele ne s'occupait pas de moi
et, apparemment, n'avait rien à me dire. On
voyait vraiment ses seins. Katov avait raison, et
je me demandai si mon attirance n'était pas
tout simplement du désir. Pour une fille, c'était
trouvé. Il est vrai que Mina. Mais Mina, c'était
différent, c'était un divertissement. Si je me
mettais à aimer les femmes, où allions-nous !

« Vous habitez Paris d'ordinaire ? »

Je meublais.

« Ça dépend, je me partage.

— Qu'est-ce que vous préférez ? »

Ton papa ou ta maman, j'aime mieux le lard; elle devait me prendre pour une imbécile.

« Je ne sais pas, c'est selon. La terre est ronde. Tenez, puisque vous voulez être utile, prenez donc le seau à glace, il n'y a pas la place sur le plateau. »

Je pris docilement et fis la distribution. Quand Katov vit Rafaele se pencher pour donner les tasses il eut un sursaut; il l'attrapa par une aile et lui dit trois mots à l'oreille. Elle grimpa l'escalier et redescendit avec une vaste marinière de coton bleu passé, dont le col roulé élargi lui donnait l'allure d'un tout jeune chevalier qui n'a pas encore mis son heaume. Katov la considérait avec la satisfaction du propriétaire rassuré. L'aimait-elle ? Cette créature avait l'air plutôt fabriquée pour se laisser aimer. Encore, pas par qui voulait; faite pour se laisser aimer mais à sa convenance. Un peu sans cœur peut-être ?... Ces traits m'étaient familiers... Mais oui, Renaud, bien sûr ! Voilà donc pourquoi cette fille m'intéressait : elle lui ressemblait comme une sœur. Mon cœur, moi qui en ai, se serra un peu. Quelle liberté cela donne le manque de cœur ! Quelle peine avait celui de Renaud à s'éveiller, et comme il le faisait payer cher si d'aventure il en concédait une parcelle ! Bon, je paierais. J'étais forte, aussi, parce que moi, à l'inverse, j'avais tout misé.

« Une clef de cave ! » déclara innocemment Katov. Ils avaient commencé le test pendant que je rêvais. « Ou peut-être une clef de prison pendue à la ceinture. Grande. »

Court regard sur Rafaele, assise à côté de lui sur un des divans. Moi, j'étais sur l'autre, en face, entre Renaud, évidemment à demi allongé, et Alex adossé au mur. Alex réfléchit profondément et dit : « J'en veux une jolie, fine et ouvragée, genre Tolède; ouvrant sur un boudoir ou sur un secrétaire de femme avec des lettres.

— Toi, tu lis Laclos, dit Renaud, et Sade, et Restif, et tout.

— Bon, ce n'est pas un crime. Fais donc voir la tienne !

— Oh ! dit Renaud choqué.

— Je voulais dire, décris-la.

— J'en ai plusieurs, dit Renaud.

— Triché, dit Rafaele, même Dieu n'en a qu'une.

— Alors ce sera un passe.

— Un rossignol ? persifla-t-elle. Et faute de grives. »

Il la regarda, ne trouva rien, et se tourna vers moi, avec fureur. « Alors et toi ?

— Je connais l'interprétation, alors je suis gênée...

— Et en quoi ça t'empêche d'avoir ta clef ? Je suis bien tranquille que tu en as une », dit-il avec une agressivité qui me rappela le temps

où il voulait montrer mes seins à tout le
monde. Je fis un effort.

« Si j'en ai une en tout cas elle n'ouvre
qu'une porte. Mais elle est en or !

— J'en étais sûr, dit-il sarcastique.

— Moi, en fer, dit Rafaele. Vieille et rouil-
lée. Beaucoup servi, et longtemps sans servir.
C'est pour un jardin. Une clef pour sortir, pas
pour entrer. »

C'était la première fois que j'entendais une
réponse de ce genre. Désir d'évasion ? Mais on
était aux coffres, Katov était lancé dans le sien,
de pirate, débordant de riches étoffes; Alex
proposa du santal et des perles; c'était banal et
logique; moi aussi, du reste : du velours rouge,
dans lequel je ne trouvai, l'ayant ouvert, qu'un
anneau plat, évidemment en or; je me gardai
de le confesser et prétendis avoir de vieilles lettres : un anneau, il eût fait beau voir, avec l'ac-
tuelle humeur de Renaud ! Lui, nous promenait maintenant dans sa salle remplie de
coffres.

« ... Il y en a des moches, poussiéreux, pleins
de loques bouffées aux mites, ou de bijoux de
fête foraine, ou de vieilles cartes postales por-
nos. Une belle pagaille. Certains sont complètement vides, malgré leurs doubles fonds. J'en
vois un avec des os : quelqu'un avait été caché
là, on l'y a oublié. Celui en velours — ah ! me
voici — « en velours noir, dont la serrure ne
s'ouvre que si on la force, contient, sur un capi-

tonnage de soie blanche, une fiole d'un vert
sombre remplie, voyons, voyons cela, est-ce un
philtre, est-ce un poison... » Il soupira comme
après un numéro de voyance. « Je ne sais pas
encore, l'avenir le dira. Et voici là une boîte en
bois sans apparence, qui s'ouvre sur un mot, il
faut savoir lequel, et au fond il n'y a qu'un caillou gris, qui pourrait bien n'être rien de moins
que la pierre philosophale, qui confère la vie
immortelle...

— Eh bien, Rafi ? dit Katov après le silence
respectueux qui suivait habituellement les tira-
des de Renaud. Tu n'as rien dit. Je veux voir
ton coffre.

— Je n'en ai pas, dit-elle.

— Triché, dit Renaud. Même Dieu en a un.

— Oh ! mais sans limites, alors ce n'est pas
un coffre. En fait, je crois que je l'ai perdu. Il
nage sur un bateau que j'ai manqué. Il ne
ferme pas, mais qui songe à l'ouvrir ? D'ailleurs
le capitaine est assis dessus, et écrit le journal
du bord : c'est bien plus important. Qui oserait
dire au capitaine : ôte tes fesses qu'on regarde
dans le coffre ? Et puis pour ce qu'il y a dedans : à peu près rien. Un livre qui n'est pas
encore écrit...

— Est-ce que vous avez de la musique ? dit
Renaud. Il y a si longtemps que je n'en ai pas
entendu. »

Quoi ? Première nouvelle. Ne pouvait-il le
dire à Paris ? J'aurais couru lui en acheter des

montagnes. Pouvais-je deviner qu'il aimait la musique ? J'en achèterai en rentrant sans perdre une minute.

Etalée sur le ventre, Rafaele plongeait dans un petit meuble au pied du divan, tandis que Katov lui caressait le dos sous sa marinière. Qu'allait choisir la fille sans coffre et dont la clef ouvrait dehors ? Du jazz ? Elle se retourna. Dans la pièce mal éclairée s'éleva la mélodie la plus triste du monde, d'abord unique, puis mêlée, entremêlée d'autres.

« Oh ! gémit Alex en laissant aller sa tête contre le mur, on ne pourra pas continuer avec ça !

— Au contraire, dit Renaud. Mon jardin est justement de ce côté. Il y a si longtemps que j'ai oublié.

— Plein de sources, dit Rafaele. Des fontaines.

— Oui, de l'eau, surtout de l'eau, dit Renaud. Pour la soif.

— Avec de hauts murs, intervint Alex.

— Mais non, corrigea Rafaele. Pas de murs.

— Mais un gardien avec des ordres, dit Renaud, pour empêcher d'entrer. Car enfin, il faut le dire, on est dehors, pas dedans.

— On peut le berner, dit Rafaele. D'un côté, il est bête.

— Pas sûr, dit Renaud, d'un autre, il est diaboliquement rusé et plein de trucs : l'un est de nous persuader que ça n'existe pas.

— Je me demande comment vous pouvez parler et écouter ! bougonna Katov. Taisez-vous donc un peu, les mômes ! »

« Les mômes » se turent. Katov avait sa patte sur Rafaele, dont la tête reposait sur son vaste buste. Renaud fumait, les yeux perdus dans le mur. Rafaele changea le disque et cela devint encore plus triste. Je me sentais exclue de tous ces gens qui semblaient retrouver un pays commun et familier; je regrettai une fois de plus mon inculture en fait d'art. Je ne parvenais même pas à identifier le morceau; il était très long. Je m'évadais tout le temps, mes oreilles étaient de vraies passoires. Les autres fumaient en silence, parfaitement attentifs; chez eux.

L'orgue, succédant soudain à l'orchestre, me tira d'un début de sommeil. Quelle honte ! pourvu qu'ils ne se soient aperçus de rien ! Je me souvins, mince consolation, que Renaud avait dormi à la Neuvième; mais lui n'avait pas eu honte; il avait trouvé cela naturel : pourquoi, lui, avait-il le droit de dormir, et devais-je, moi, avoir honte ? Le sommeil me guettait, s'abattait sur moi à la moindre inattention, j'étais affreusement misérable, je menais contre mes paupières un tel combat que je n'entendais plus la musique; elle s'acheva bizarrement, en queue de poisson, sans que je m'en fusse aperçue. Ils restèrent accablés un long moment.

« Quelle affaire ! dit enfin Alex en s'ébrouant. Je l'ai chez moi et je ne l'écoute jamais; j'ai bien trop peur.

— Encore un artisan aveugle, dit Katov. Il ne savait pas ce qu'il faisait.

— Je te parie que si, dit Rafaele.

— Pas facile à vérifier.

— Bach est mort, dit Renaud, lugubre, comme s'il venait de périr à l'instant.

— Est-ce que vous seriez sourd ? » dit Rafaele.

Il eut un regard d'enfant malheureux.

« Il est tard », dit Alex.

Il se leva. Cette musique paraissait bien avoir achevé la soirée, rien ne voulait lui succéder.

« Oh ! dit Katov, on a oublié les jardins ! Il faudra les faire.

— On n'a même pas regardé vos œuvres, dit Renaud. Ce doit être très grossier.

— J'aime mieux vous les montrer au jour. Venez demain; venez quand vous voudrez; vous êtes chez vous. »

Il tenait Rafaele aux épaules, comme l'ours le chevreau. Je les imaginais, couchés ensemble, dès notre départ. Il se hâterait — lui, heureux; elle, je ne savais pas.

En me levant je remarquai que Renaud avait laissé la moitié du whisky dans son verre. Il oublia de le finir.

« Comment ça se fait que tu n'aies pas été amoureux de Geneviève ? dit brusquement Renaud comme Alex, devant l'hôtel, avait la main sur la poignée de sa portière. C'est une femme pour toi, avec tes clefs de Tolède et ses coffres en velours.

— Euh, bredouilla Alex, gêné, tu sais, je l'ai connue toute petite... je n'ai pas dû y penser. Et puis, elle n'était pas la même, avant...

— Bon, bon, dit Renaud, consolant, en lui tapotant l'épaule. Ne t'excuse pas. » Il eut un rire mauvais. « De toute façon, c'est trop tard, j'en ai peur. »

Qu'avait-il encore ?

Assis sur le bord du lit, il me fixait, tandis que je me déshabillais. Ses yeux étaient froids. On eût dit qu'il me jaugeait. Je n'avais pas lieu de craindre un tel examen. Pourtant, je me sentis laide soudain. Je me réfugiai dans la salle de bain, épouvantée. Parfois, avec Renaud, ainsi les choses se vident d'un seul coup de tout leur sens. C'est l'aura.

Je l'entendis déboucher la bouteille qui, constamment renouvelée, résidait sur la table de chevet. Le liquide coula dans le verre ; et une seconde fois ; et une troisième.

« Qu'est-ce que tu fous ? cria-t-il.

— Rien, je viens... »

Ma voix sonnait évidemment faux. Oh ! quand ce démon passe !

Il me fit une grande crise durant la moitié de la nuit. Comme souvent dans ces moments-là, il se mit à me haïr; je crus qu'il m'arracherait tous les cheveux, je faillis m'enfuir. Il me rappela en hurlant, et ce fut pour me faire mal encore et m'imposer les caresses les plus humiliantes de son répertoire. Quelle limite cherchait-il cette fois ? Je n'en pouvais plus, je le détestais. Mais je lisais dans l'excès même de sa cruauté qu'il se battait contre son propre cœur. Etaient-ce les derniers sursauts ? Cette espérance me rendit la force de le supporter : non, même au finish tu ne m'auras pas. Mon amour est plus fort que toi, Renaud. Le but se rapproche, se rapproche, et c'est pourquoi tu t'affoles, tu rues des quatre fers. Fais ce que tu veux, tu ne lasseras pas ma patience, et tu consentiras enfin au bonheur, bientôt toi et moi nous trouverons la paix, nous nous reposerons. Nous nous reposerons.

IV

ETAIT-CE vraiment le dernier sursaut? Etions-nous en vue du port? Il me sembla émerger à l'air libre après une marche dans les égouts; on respirait. Je ne sentais plus le poids de Renaud sur mes épaules; il me précédait. Je ne le reconnaissais plus dans cet être léger, sifflotant, qui shootait les cailloux.

« Les mômes », disait Katov, comme s'il eût été un vieux — il avait trente-quatre ans.

« Allez vous promener, les mômes, laissez travailler l'ours. »

Il préparait son exposition d'hiver, un puzzle gigantesque de toiles somptueuses, dont les formes m'échappaient mais dont les couleurs ravissaient mes yeux. Je prenais goût à l'abstrait : en somme, il suffit d'un peu de bonne volonté et d'habitude.

Il nous laissait Rafaele, qui autrement eût été confinée au jardin et aux chemins d'alentour. Elle ne gênait pas; c'était un petit chat, à l'aise partout, dégagée, mignonne, un peu asexuée dans ses pantalons étroits et ses corsages toujours échancrés, auxquels je prêtais, je crois, plus d'attention que Renaud : il ne la voyait pas comme une femme; c'était un copain, une jeune sœur. Ils s'amusaient; ils débordaient d'idées, nous prospections tout le pays, et voilà que Renaud aimait la nature : il y découvrait comme une nouveauté des arbres, des vallées, des montagnes. Il fallut escalader le Baou; je ne les suivis pas jusqu'au bout, mais ils me rapportèrent pour preuve un caillou « garanti du sommet », et une soif intense que Renaud apaisa au citron pressé. Dans le pays sauvage où nous nous enfonçâmes quelque autre jour, nous nous mîmes en quête, à pied, des loups dont ils le prétendaient encore hanté, et nous dûmes, pour les attirer, contrefaire la plainte des agneaux. Dieu merci, les loups ne vinrent pas, mais on s'amusait paraît-il. Moi, pas tellement; ces jeux étaient par trop enfantins, et je n'éprouvais pas un désir aussi intense qu'eux de revenir aux vertes années; romantisme un rien forcé; je me sentais plus adulte, bien que leur cadette à tous deux. Je donnais les conseils de prudence parfois bien nécessaires tant ils faisaient les fous. Ma santé m'obligeait d'ailleurs à certains ménagements. Néanmoins, j'allais parfois à la mer; je ne voulais pas en priver toujours Renaud, qui l'aimait et semblait revivre à ses bords; c'était le seul plaisir sain que je lui connusse. Après un bain très court, je restais

sous les arbres, tandis qu'ils batifolaient avec
les lunettes dans les creux, sans chasser, de quoi
ils avaient horreur. Rafaele jouait au poisson et
affectionnait de se laisser couler et rouler par la
mer comme une noyée; je le pris d'abord au
sérieux. Renaud ne fit qu'en rire : elle ne susci-
tait en lui aucun sentiment protecteur; il ne la
considérait pas comme une femme et semblait
aveugle aux attributs que pourtant elle possé-
dait.

« Ophélie ! cria-t-il, les mains en cornet.
Ophélie !

— Que veut mon cher Prince ? répondit-elle
de la crique, comme si de toute éternité ce
nom eût été sien.

— Sortez, ce n'est pas encore l'acte V, nous
n'avons pas reçu les nénuphars. Et vous inquié-
tez la Reine. »

Et voilà. Un jeu de plus. Ma prudence m'y
valait le rôle de mère noble. De ces fantaisies il
naissait sans arrêt, leur cervelle était une nature tropicale. Sur l'écume des mots ils bâtis-
saient des empires de nuages dans lesquels in-
continent il se fallait mettre à vivre. Un corps
flottait, voilà Ophélie, et derrière, toute la famille; on tirait, il en venait toujours, on changeait de peau sans arrêt, on sautait en marche
dans tout nouveau train, il le fallait sinon on
resterait sur le quai tandis qu'ils fileraient vers
des pays étrangers dont on ne comprendrait
plus la langue. Ils avaient des codes, des indica-

tifs en perpétuelles mutations. Ils étaient fati-
gants comme des enfants. Je les accompagnais
de mon mieux dans leurs labyrinthes, par politesse, et dans la crainte de me trouver un beau
matin distancée, exclue. Etrangère.

Tout s'éclaira quand nous découvrîmes qu'ils
étaient nés le même jour de l'année, un vingt
et un juillet; il paraît que c'était à cheval sur le
lion et le cancer, animaux peu compatibles;
Renaud, sur l'heure, dessina — quoi ! il savait
dessiner ? — les portraits : un lion à tête
d'écrevisse pour Rafaele, née le matin, et l'inverse pour lui, né le soir. Jusque-là l'astrologie
m'avait fait sourire; elle me navra. Pour moi,
j'étais bélier, me fut-il révélé. Renaud soupira,
sibyllin : « Evidemment.

— Pourquoi évidemment ?

— Tu sais bien; quand un bélier s'attaque à
une porte, il ne s'arrête que lorsque la porte est
enfoncée.

— Il n'a pas raison ?

— Le bélier a toujours raison, dit Renaud,
doctoral. En plus, c'est l'animal du sacrifice : il
se sacrifie pour sauver les hommes. »

C'était là le genre d'allusion dont j'étais couramment   gratifiée   depuis   la   déclaration
d'amour de Lucca et la demande en mariage
du premier soir. J'avais pour règle de ne pas
les entendre.

« Vous ne croyez pas sérieusement à ces
trucs-là, dis-je.

— Bien sûr que si, dit Rafaele. C'est très pratique.

— Ça balise, dit Renaud.

— Le ciel, dit Rafaele.

— Qui en a besoin, dit Renaud, sinon il est vide.

— On s'y perdrait, dit Rafaele.

— Tandis que comme ça on se sent chez soi », dit Renaud.

Je pensai que nous sommes premièrement sur la terre, et qu'il ferait mieux de baliser de ce côté-là d'abord, de quoi il ne se souciait par contre pas assez.

Quoi qu'il en soit, les voilà jumeaux; et de se constituer sur l'heure une famille, et une naissance mythique : Rafaele sort d'abord, et, Renaud ne voulant rien savoir, elle retourne le chercher, s'efforce de le convaincre que la vie est belle, vaut la peine d'être vécue et lui en décrit les merveilles, à sa façon; la pauvre mère, de ces allers et retours, trépasse, les laissant à un père duc derrière lequel se profile une ascendance visigothe qui produit au passage un oncle Childenbroc, lequel, encore à l'état sauvage, poursuit Rafaele-enfant dans les couloirs du château, pourquoi pas un château, où il la viole quotidiennement. Pubère et excédé, Renaud à la fin le tue; pour ses funérailles on fait une chanson, paroles et musique, que Rafaele chante le soir, accompagnée au piano par Renaud — quoi, il joue du piano ?

il compose ? Je ne connaissais pas cet homme.

Il n'y a pas de piano chez moi. Qu'à cela ne tienne, j'en aurai; j'entrepris la liste des achats indispensables à faire en rentrant, piano, tourne-disques, voiture large, maison...

Rafaele faisait, dans la cheminée, griller des rougets au fenouil; Renaud piaffait autour; il se révélait gourmand; c'était l'effet de la campagne et du mouvement; l'air d'ici décidément lui allait à la santé; ne plus boire aussi lui rendait l'appétit; et puis enfin, je devais l'avouer, Rafaele faisait bien la cuisine; je n'avais jamais été très forte là-dessus; je m'y mettrais; j'ajoutai à ma liste un livre de recettes; sans doute faudrait-il y mettre aussi une cheminée médiévale. En somme, il fallait à Renaud des mises en scène; là-dessus, Rafaele était maîtresse. Et si le présent ne suffisait pas, elle en appelait au passé : depuis le jumelage, les souvenirs d'enfance communs proliféraient avec bonheur : le premier suicide de Renaud, à sept ans : « Dès que j'atteignis l'âge de raison, je compris qu'il valait mieux ne pas être... » Il avait bu l'eau du bassin des Tuileries dans le seau à sable. Sa sœur avait placé quatre bougies autour de son lit, et la famille était désespérée de voir s'éteindre l'héritier du titre, car on n'en pouvait faire d'autre, le duc, au cours d'un adultère compliqué, se l'étant prise dans une porte où il l'avait laissée pour sauver l'honneur de la dame. Au deuxième suicide, le premier n'ayant rien

donné — l'eau du bassin était trop propre — il
mangea, dans de la confiture de roses, les ro-
gnures d'ongles d'un mois que sa sœur avait
pieusement conservées pour cet usage. Car évidemment, s'il avait décidé de mourir, en tant
que sœur elle se devait de l'y aider et non
point le contraire... Ce dernier trait m'était
d'évidence destiné. Renaud eut neuf suicides,
dont fut faite une chanson sur l'air de *Malbo-*
rough, à couplets; j'apparus au dixième avec
une clef, d'or, bien sûr, qui ouvrait ma propre
porte et celle du Royaume des Morts. Du coup
devenant Eurydice, dans un renversement
hardi de la légende je me mis en quête d'Orphée dépecé par les Erinnyes, « en punition
d'avoir, dit Renaud, préféré l'amour humain à
l'amour divin ». Pour lyre, j'avais mon propre
cœur, que je tenais à la main, devant moi, et
dont je tirais des accords à fendre celui des démons qui détenaient les morceaux d'Orphée.
J'avais, dit Renaud-Orphée, déjà mis la main
sur plusieurs morceaux, dont un fort important,
sur la nature duquel il m'ôta toute espèce de
doute en m'obligeant à constater sa vivante présence, sorte d'audaces pour lesquelles il ne se
gênait pas de la présence de Rafaele.

Eurydice, tenant en laisse un chien policier
qui avait flairé la tunique d'Orphée, avançait
au milieu des pires difficultés dont n'était pas
la moindre une réincarnation de Puck qui cha-
pardait les morceaux à mesure. Eurydice loua

un coffre à la banque. Puck organisa un
hold-up, il y eut une bataille avec la police, au
cours de laquelle les morceaux eux-mêmes furent dépecés. La tête de Puck fut mise à prix.
Cela devenait un opéra à grand spectacle. Un
oratorio, dit Rafaele, qui voulait qu'on ouvrît
sur les dernières mesures de l'*Orfeo* de Monteverdi; je connaissais celui de Gluck, mais non
celui-là, pour lequel ils marquaient une prédilection commune, évidemment. Eurydice était
maintenant accompagnée, en plus de son chien,
du détective Lami-Cochon et d'un chirurgien
en blanc, avec une aiguille et du fil pour recou-
dre les morceaux dès que retrouvés. Orphée,
incomplet, gémissait sur sa civière.

Eurydice emploierait tous les moyens. Elle es-
saierait de séduire Puck : scène charmante, car
Puck, est-ce que c'était un garçon ou une fille ?
Eurydice était maintenant accompagnée d'un
prêtre exorciseur, on prendrait un danseur
pour ce rôle, comme des danseuses pour les
Erinnyes : les exorcismes seraient réglés par un
maître balinais, avec orchestre aussi du lieu.
Peu à peu complété, et émoustillé par ces sons
magiques, voilà qu'Orphée essayait de chanter
les vieux airs d'autrefois; mais c'était hideuse-
ment faux, hélas ! il ne savait plus. La voix
d'Orphée serait déformée au magnétophone, in-
versée, dépouillée des harmoniques, blanchie
« comme celle d'un mort » à partir de la propre version de Monteverdi. Sacrilège ! On hur-

lerait, on casserait les fauteuils. Tant mieux. En
tout cas, le Maître n'avait pas, comme tant
d'autres, d'héritiers respectueux « donc abu-
sifs ». D'ailleurs, « marrant comme il était —
ils en parlaient comme s'ils l'avaient connu à
l'école — Monteverdi, de nos jours, considérant
le bordel ambiant, serait le premier à tripa-
touiller son ouvrage. Les créateurs se respectent
toujours moins que leurs héritiers ». Bref, Orphée chanterait du Monteverdi dé-tonalisé ul-
tra, qui vaudrait bien du Messiaen — leur
science musicale m'effarait — et Eurydice
qu'est-ce qu'elle chanterait ? Elle ne chantait
pas, c'est son cœur qui chantait — Renaud exi-
geait un vrai cœur, mettons un cœur de veau
— il concédait que ce ne fût pas un cœur humain — de veau, qu'on changerait tous les
soirs. Elle aurait les mains pleines de sang, ce
serait dégoûtant ! Tant mieux, proclamait Renaud, c'est ce qu'il fallait — il était lancé, il
délirait somptueusement, saisi par une muse vo-
race qui ne lui laissait même pas le temps de
finir ses verres, il oubliait ma présence et que
j'avais un cœur humain, non renouvelable chaque soir, qu'il piétinait joyeusement au nom de
la poésie. Bref, mon cœur produisait de la musique concrète, paraît-il ; je n'étais pas en mesure d'en juger, mais ça ne devait pas être très
harmonieux, quelque chose comme un bruit de
casseroles... ils feraient ça au studio, Rafaele y
connaissait des gens. Ce serait formidable.

Voilà, c'était une œuvre qui naissait, une réalisation concrète; on notait les idées, on organisait; le jardin dans les nuages finissait par s'implanter sur la terre. Déjà il était matérialisé sous la forme d'un tas de papiers, illisibles pour tout autre que Renaud, mais néanmoins tangibles. Renaud écrivait; il n'avait plus de rhumatisme dans le bras droit ni dans l'autre. « Ce » Renaud écrivait. Etait gai. Le matin, point de « Merde ». Il chantait dans la salle de bain. Ce Renaud aimait la musique, et jusqu'au chant des rossignols, qui ne provoquait plus ses sarcasmes (« c'est les alouettes »); il aimait la nature, grimpait dans les arbres, sautait des haies, maraudait les vergers avec l'elfe, tandis que, brûlante de honte, moins à cause du vol que parce que ce n'était plus de nos âges, je faisais le guet sur le chemin. « Ce » Renaud, en pleine santé physique sinon mentale, dévorait, laissait du whisky dans ses verres, ou bien même oubliait d'en mettre. Oubliait d'avoir mal. Il vivait. « Renaud, Renaud, qu'est-ce qui pourrait t'arrêter ? — vivre peut-être, qui sait ? Mais comment vivre, c'est la question. » Voilà, il vivait. Jusque-là je n'avais vu que la parodie, obtenue à force d'ivresse. Il n'était pas ivre, et il vivait.

Et ce Renaud soudain révélé ce n'était pas le mien, c'était celui de Rafaele. D'un coup de baguette elle l'avait fait surgir de lui-même, carrosse d'une citrouille — soyons gentils, surgeon d'un arbre mort. Elle avait fait ce que l'amour n'avait su, rien dans les mains, rien dans les poches. En somme, elle était fée. Ou, plutôt, sorcière.

En fait, c'était bien le genre de personne qu'on eût grillée jadis. Son allure entre fille et garçon, ou plutôt les deux ensemble, son détachement, son œil clair, l'iris changeant, pailleté, cerclé d'ombre — trait typique — tout l'eût fait, en ces temps crédules, repérer. Voilà ce que je me disais dans mon égarement, car j'étais moi-même sous le charme, bien qu'à un autre niveau; à l'encontre de la normale, elle opérait sur le mâle par l'esprit et, sur la femelle, par les sens. Je détestais son pouvoir fait de rien, d'impondérable — et contre cela quelle parade ? elle ne prenait rien de ce que j'avais; simplement elle le faisait paraître dérisoire et transportait ailleurs l'important : dans les nuages. Et lorsque Renaud, sans gêne, avait pour moi des gestes familiers, l'intimité n'était pas entre nous, mais entre eux. Avec elle tout s'inversait et, par-dessus le marché, c'était elle qui faisait figure d'ange : Renaud la voyait ainsi.

Dieu merci, tout le monde n'en était pas là, sinon j'aurais pu me soupçonner de partialité : Katov la traitait comme un bébé; Alex la tenait pour un bas-bleu et Simone de Royer, pour une demi-folle.

« Et elle est à peine fabriquée comme une fille. A part les seins, et encore. »

Je n'osais les défendre.

« C'est probablement dans la crainte des confusions qu'elle les montre autant, poursuivait ma rivale, dans un rapprochement subit. Elle doit être bourrée de complexes, comme toutes ces sacrées intellectuelles. Une bonne psychanalyse là-dessus et il ne resterait qu'un pauvre chat mouillé. Mais, en attendant, ce genre de filles, c'est un danger public; leur truc, c'est de faire croire aux hommes qu'ils sont des génies. »

Je ris : elle avait la dent dure, cette femme de trente-six ans, que la jalousie aiguillonnait.

« Je suis tentée parfois de la tenir pour sorcière. »

Sitôt dit, je me sentis idiote.

« Vous êtes folle, mon petit, ce n'est pas possible, jeta Simone de Royer du haut de son expérience. C'est très beau d'être libérale, mais tout de même il y a des limites. Moi aussi je passe sur beaucoup de choses : celles qui ne risquent rien. Mais il en est que j'arrête, et sec. »

Elle se tourna vers moi, vit mon visage figé.

« Voyons, dit-elle, vous ne vous êtes pas par hasard laissé entraîner dans leurs salades ? Ne me dites pas que vous ne voyez rien ?

— Mais, Simone, vous pensez que...

— On n'est pas si naïf : il est fou d'elle, voyons ! Cela crève les yeux... »

Je me retrouvai dans le bar, à demi étendue sur la banquette. Simone me passait de l'eau glacée sur le visage et Renaud me tapotait les mains.

« Qu'est-ce que tu as eu ? Qu'est-ce qu'elle a eu, Simone ?

— Je ne sais pas, dit Simone. Tout d'un coup, une faiblesse.

— Elle était au soleil, dit-il, c'est sûr.

— C'est ça, un coup de soleil.

— Alors, je ne peux pas te lâcher une minute ?

— Probablement pas, dit Simone. Et puis ce climat, de toute façon, ne lui vaut rien. Mon frère me l'a dit, elle devrait s'en aller en montagne.

— Bien, pour commencer tu vas aller te coucher, et j'appelle Alex.

— Oh ! non, je veux rester. Donne-moi un pastis, ça me remettra. D'ailleurs, Alex vient cet après-midi. »

Ce n'était pas le moment de jouer les absents. Je rassemblai mon courage, j'avalai le pastis, respirai un bon coup et souris.

« Tu vois, c'est passé. »

Je descendis dans l'arène. L'Ennemie, brillante d'innocence, revenait de la pétanque; elle avait gagné sur les hommes.

« Ne sors pas, m'ordonna Renaud en la rejoignant.

— Je m'excuse, me dit Simone, de ma brutalité. Je vous croyais au fait, ce n'était pas possible de n'avoir rien remarqué.

— Ils ne couchent pas ensemble, avançai-je.

— L'occasion leur a manqué. D'ailleurs, coucher ce n'est pas le pire, dit-elle, plaidant au passage son cas. Le pire, c'est ça », dit-elle en les montrant.

Ils étaient assis sur le petit mur, balançant leurs jambes. Ils ne se regardaient pas. Rafaele avait une rose à la bouche, que j'avais vue l'instant d'avant entre les doigts de Renaud. Ils se ressemblaient terriblement, et souriaient.

« Comment faire ? dis-je. Il ne se passe rien.

— Empêcher qu'il se passe, et fuir au plus vite. »

Dans le portail, près d'André, Katov, lui aussi, les regardait. Nos yeux se croisèrent, et il vint près de moi. Simone entraîna son mari : « Ils n'ont pas besoin de savoir comment nous assurons leur protection, murmura-t-elle.

— Je crois que je vais partir, tu sais, Kat, dis-je. Le climat ne me vaut rien finalement.

— Quand ça ?

— Le plus tôt sera le mieux.

— En effet, dit-il sans les quitter des yeux. Ce sera plus sain pour tout le monde. »

Eux, là-bas, ne se doutaient de rien. Couché sur la murette, Renaud pour les Royer mimait une scène de la commune Eurydice : grattant une lyre imaginaire, il poussait des râles affreux. Rafaele escalada le mur et entreprit de danser sur l'arête.

« Rafi ! cria Katov. Descends de là ! »

Elle lui fit un pied de nez.

« Caliban, Caliban !

— Tu vas avoir mon pied au cul, oui.

— « Je me ferai oiseau vola-a-ge, et dans le « ciel m'envo-o-lerai », chanta-t-elle.

— « O Magali, si tu te fais oiseau-au vola- « age, Moi... »

Renaud enchaînait, et les voilà en plein duo. Tout leur est bon.

« Il faut que je sois son père en même temps, dit Katov.

— Renaud, je l'ai connu en train d'avaler du gardénal. »

Nous ne nous en étions jamais dit aussi long. Mais apparemment nos esprits aujourd'hui s'étaient éveillés en même temps au danger.

« Allons-y », dit Katov.

Au passage il happa Rafaele de son mur, la mit sous son bras et l'emporta dans la salle à manger, où nous devions tous déjeuner. Elle se mit aussitôt à bêler comme un agneau emporté par un loup. Renaud répondit dans la même langue.

« Bêêê, et qui va me prendre, moi, brebis égarée !

— Bouc égaré, oui. Moi, je vais te prendre.

— Oh ! dit-il, belle clef, bien que non pré-vue au judo. Continue, je te suis au bout du monde. »

Imprudente parole. J'en ferai mon profit. C'est justement où je veux te mener.

Simone s'était arrangée pour que Renaud fût placé entre nous; m'offrant son aide, elle comptait sur ma complicité; il fallait que le danger fût grave pour une telle alliance; il était bien vrai pourtant que d'elle aujourd'hui je ne craignais plus guère; ses amusements ne me dérobaient que des parcelles, et s'oubliaient; sur l'autre flanc, c'est tout entière que j'étais menacée.

Elle remplissait le verre de Renaud; superbe, il masquait nos jeux cachés en piétinant Heidegger. Je buvais sec moi aussi, et le climat s'échauffait entre les Royer et nous; André se prenait à espérer, je n'étais pas décourageante, Renaud n'y voyait point de mal, moi non plus, enfin, je n'y voyais, je ne voyais dans tout qu'un moindre mal. Katov, se sentant de trop, entraîna Rafaele, et personne ne les retint. Nous retrouvions l'ancienne planète, et les temps héroïques; de nouveau, j'entrais dans la bataille, prête à miser ce qu'on voudrait. Et en somme cette fugue-là, vers « l'ange », n'était qu'une variante des autres, un gouffre comme elles, bien que tourné dans l'autre sens. Un gouffre vers le haut.

« Comme je ferais bien la sieste ! murmura Simone, le regard filtrant en direction de Renaud.

— Moi aussi », dis-je.

Et tant pis.

« Bonne idée, dit Renaud, pour un dimanche. Mais emportons la bouteille. »

C'était une drôle de journée. Un dimanche de septembre, plein de vapeurs chaudes et lour-

des. De la fenêtre là-haut, je contemplais la vallée; j'allais bientôt la quitter; le plus vite possible. Sous les oliviers, tout en bas, je vis une
mince forme noire. « Elle » avait échappé à
Katov, elle cherchait, elle tournait dans sa solitude, loin du double; ange à pull-over et à cheveux courts. Derrière moi dans la chambre, Renaud m'appela; lui, il était hors jeu. Pour la
première fois je maniais le cauchemar à ma
guise. André me tendit un verre de vodka, que
j'avalai d'un trait. Il faut payer cher pour faire
dévier le destin. L'image de Rafaele sous les
oliviers ne me quitta pas une minute. Je
m'abreuvais à des sources troublées.

Quand nous redescendîmes, tard, l'air avait
perdu l'insolite pesanteur de tantôt; le soleil
baissait; le démon était passé; il faisait presque
frais; je remontai chercher un châle.

Au bar, Renaud avait déjà enchaîné sur le
pastis. Tassé dans son coin, sombre, il atteignait
son plafond, ou son plancher.

« Je m'ennuie ! hurla-t-il à ma vue. Pourquoi
fous-tu tout le temps le camp ? — je m'étais absentée à peine trois minutes, mais pour lui
c'était peut-être une ère géologique, sait-on ? —
Il me manque quelque chose ! Il me faut quelqu'un là, toujours, en permanence, plein de
monde, sinon je fuis de partout. Il faut colma-
ter toutes mes brèches. Je ne supporte pas la
solitude. Je vois des chauves-souris.

— Ce n'est pas vrai, dit Simone, il ne voit

pas de chauves-souris, c'est du chantage. Il a sa crise.

— Ma crise permanente, confirma-t-il. Oui. C'est la joie qui est une crise. Une crise rare dans la merde crise permanente de con. Renée, un pastis, non, deux, ça vous évitera de vous déranger deux fois, écoutez, apportez-en un toutes les cinq minutes, comme ça je ne vous embêterai pas. Assieds-toi, trésor. Mais non, ne te lève pas, trésor, dit-il à Simone qui amorçait une restitution de ma place légitime, on se serrera, j'aurai plus chaud, deux trésors ce n'est pas trop quand manque la grâce... Où est la grâce ? Renée, une grâce ! et reprenez vos cent écus. J'ai trouvé mon Eurydice, rien n'éga-ale ma douleu-eur ! Où vas-tu encore, trésor temporel ? »

Je courais aux lavabos. J'avais tout de même excédé mes forces, j'étais dégoûtée jusqu'à l'âme.

« Tu es malade ? dit l'adroite Simone à mon retour.

— Un peu.

— Elle est toujours malade quand il faut, dit Renaud. Geneviève est parfaite. Pas une erreur.

— Pourquoi quand il faut ? dit André, pas dans la course, et il grimaça du coup de pied au tibia de sa femme.

— La grâce, dit sombrement Renaud. La grâce, elle, fait des erreurs. Elle est sans dé-

fense. Elle croit. Elle est sûre que ça suffit : eh
bien, non. Pas ici. Elle tend l'autre joue : quoi,
vous n'en avez pas une troisième ? J'entends
hurler des loups maintenant, mes amis, protégez-moi... La grâce se promène sous les oliviers, et les loups sont après elle. Et moi je
reste là ? Je suis une loque. Non, il ne sera pas
dit que Don Quichotte de Mañara n'aura pas
essayé de sauver son âme, au moins une fois. »

Il se leva en repoussant la table.

« Renaud !

— Reste tranquille, me dit Simone, il n'ira
pas loin. Il est mûr. A la tienne ! » dit-elle en
levant son verre.

Il le lui fit sauter des mains. « Empoison-
neuse ! » cria-t-il, et se dirigea vers la porte,
droit comme cierge.

« Maintenant on ne pourra plus m'empêcher », dit-il, et il s'écroula sur le dallage.

Je fus prise d'un rire nerveux.

« Ce n'est rien, disait Renaud, par André relevé, et s'époussetant, un accident, mon pied a
fourché. C'est de famille. Eh bien, c'est manqué
pour cette fois. Je m'y suis juste pris un peu
trop tard. Geneviève, tu peux encore ramasser
les morceaux.

— Geneviève ne peut rien ramasser du tout,
dit Simone. C'est plutôt elle qui en aurait besoin.

— Qui ramassera qui ? dit Renaud. On ne
sait plus.

— André, téléphone à Alex qu'il se dépêche,
je crois que Gigi est très mal. Je la monte. »

J'avais 39°8. Alex donna l'ordre de partir
pour Walberg dès le lendemain matin; Simone
avait vraisemblablement parlé; Simone encore
conduirait, et redescendrait dans la voiture de
son frère. Mais non, cela ne la dérangeait nullement, la promenade était belle, et puis les circonstances l'exigeaient. Simone était précieuse.
On fut querir et informer Renaud qui, à la pétanque, fin soûl, visait les colombes, et on me
l'expédia.

Il était soudain accablé. Ma maladie, pour
lui aussi, c'était une rechute. Il était ramené à
terre. Il ne toucha presque pas au dîner qu'il
avait fait monter dans la chambre.

« Je suis fatigué, dit-il en repoussant sa
crème. Fatigué épuisé crevé vidé. Las. Tu sais,
j'ai dû vivre plus vite que tout le monde. Ce
soir, j'ai quatre-vingts ans. Il faut fêter ça, en-
chaîna-t-il, repris dans l'engrenage des mots. Il
faut que tu me souhaites mon anniversaire. »

Il sonna et demanda du champagne.

« Tu peux boire du champagne ? Tu en
prendras une gorgée. Le champagne n'est jamais défendu. Allez, bois à mes quatre-vingts
ans. Mais si, pas d'histoires. Souhaite. Bons
quatre-vingts ans, Renaud. Allez, courage. Je
conviens qu'il en faut.

— Bons quatre-vingts ans, Renaud, mur-
murai-je faiblement.

— Voilà. Tu vois que tu peux quand tu
veux. Il faut se consoler tous les deux, on a des
raisons d'être tristes. Pas les mêmes. Mais ça
n'empêche. Je m'y suis pris trop tard. Je suis
trop vieux. Depuis longtemps du reste. Depuis
le début. Il est temps que je t'avoue la vérité;
j'aurais dû te prévenir : ce n'est pas vingt-huit
ans que j'avais quand je t'ai connue, ce qui ferait maintenant vingt-neuf — ah, où sont-ils
mes vingt-neuf ans ! les ai-je jamais eus ! — ce
n'est ni vingt-huit ni vingt-neuf, ni quatre-
vingts, non, la vérité c'est que je suis vieux
comme le monde, à un jour près, et aussi
fatigué, tout s'explique. Chacun de ses jours,
pauvre monde, je les ai vécus, qui plus est je
m'en souviens et ce n'est pas drôle. Ah ! neiges
d'antan qui jamais ne fûtes et jamais ne serez !
la neige était chaude dans ce temps-là, j'y étais.
Mais ce temps ne fut jamais, et nous ne remon-
terons pas à la source parce qu'il n'y eut pas de
source, les fleuves viennent de la mer et Bach
est mort. Je ne lui survivrai pas. J'ai trop aimé
le monde et je meurs avec lui, ô essences, ô
clarté ! ô salades ! cette fois je suis vraiment
soûl, c'est bien la première fois. Tu ne sais pas
ce qui grouille au fond de cette mer, poussin,
et ce qu'il faut remuer de mots pour être sourd.
Toute la conscience du monde y est rassemblée,
qui n'est qu'amour inutile sans objet, amour
désespéré, goutte d'eau dans le désert, je suis
une goutte d'eau dans le désert, comprends-tu

enfin que je puisse avoir soif ? Non, l'amour toi tu ne sais pas ce que c'est; je sais de quoi je parle, tu ne sais pas ce que c'est. C'est l'impossible. Je suis très fatigué. Repose-toi. Toi tu es le repos du guerrier, du guerrier lâche, de l'embusqué; Notre-Dame des Déserteurs, aie pitié de moi. Je veux dormir-mourir, et pour ça une femme c'est le meilleur système. L'amour c'est une euthanasie. Berce-moi, rentre-moi dans le sein de ma mère, autrement dit aime-moi. Tant pis. »

« Tu nous excuseras auprès des Katov en redescendant, il est trop tôt pour leur dire au revoir. C'est un peu grossier de s'en aller comme ça... »

C'est moi qui disais cela, non Renaud. Renaud ne disait rien.

« Ne t'inquiète pas de ces détails, disait Simone, c'est un cas de force majeure. Alex est formel. Je m'en occuperai. »

C'est une matinée radieuse. Le chant des colombes nous accompagne jusqu'au départ. Simone au volant, nous prenons le grand virage en épingle à cheveux. Un court instant, Renaud lève la tête vers l'éperon de Saint-Paul.

Ma température tomba en trois jours. « C'est peut-être une fausse alerte, avait dit Alex, avec toi est-ce qu'on sait ? Mais profitons-en tout de même, l'occasion est trop bonne. Tu seras mieux partout ailleurs qu'ici. »

Fausse alerte. Ou réflexe de défense admirablement conditionné. Mon cerveau avait peut-être formé un nouveau centre vital. Le centre de l'amour. Je pourrais choisir le phénomène comme sujet de thèse; entre les mystiques à stigmates et les chiens de Pavlov; en tout cas, bien pratique.

Il ne me resta qu'à prendre des forces en prévision de l'hiver, qui s'annonçait rude.

Renaud ne supportait pas la montagne; il y mourait de peur; les montagnes l'accablaient comme s'il les eût sur le dos, même la nuit il sentait leur poids. Il voulait fuir, et fuir vers la mer, comme un crabe emporté en ville : s'il s'échappe du panier, on sait bien qu'il courra aussitôt dans la direction vitale; nul doute que, si je me fusse évanouie en fumée, Renaud eût filé d'instinct par là. Je le sentais tirer; il était en état de nostalgie aiguë. Voilà que pour une fois la terre n'était pas si ronde, il y avait un sens privilégié, qu'on appelait, pour le moment, la Mer. D'une chair coupée la cicatrice fermait mal, il avait une plaie au côté comme frais opéré un frère siamois. C'est au flanc qu'il souffrait. Il avait pris un tic : il regardait à côté de lui comme s'attendant à trouver quelqu'un; mais non, personne, c'était vide; il oubliait dans une quelconque occupation; puis regardait de nouveau. Je me souvenais de certaines attitudes de Coco dans les moments de privation : il mettait constamment la main à sa poche droite, où était la seringue; la retirait; quelques secondes après elle y était de nouveau; le fumeur ainsi tend la main vers le cendrier — mais se souvient qu'il n'a plus de cigarettes; alors il tend la main vers le cendrier; ah ! c'est vrai, il n'y en a plus; alors il tend la main; à l'infini; il ne sera jamais convaincu. Renaud transférait constamment sur ce qu'il avait à portée : olives, cacahuètes, chips, ou bien moi; le plus souvent, un verre. Il fallait s'occuper les mains, ou les dents, ou Dieu sait quoi; remplir un trou quelque part, qui n'avait pas de nom. Je le savais, ce nom, moi — et j'eusse donné ma tête à couper qu'il ne s'agissait pas de l'amour, comme le croyait Simone, mais de quelque chose de beaucoup plus trouble et indéfinissable, d'une échappatoire, toujours la même, ce désir de tourner le dos à la réalité, de se perdre, de se détruire, et qui était peut-être, tout au fond, l'attrait de la mort.

Ah ! mais je le tirerais de l'autre côté, malgré ses résistances subtiles et complexes, auxquelles il appliquait toute son intelligence au lieu de l'employer à vivre et à être heureux — énergie énorme jetée dans un gouffre noir, en pure perte, quand, bien usée, elle eût fait de lui un vainqueur, et de sa vie une réussite.

Je le tirai sans mot dire vers le nord dès que je fus remise, en moins de deux semaines.

Il était lourd à traîner, et s'imbibait comme une éponge aux fins de se propulser — la bou-

teille noire à sa main dans la voiture, il buvait
au goulot, insolent et provocateur, bien que
muet, attendant un reproche indéfiniment
différé, attente à laquelle je répondais en pous-
sant, imperturbable et muette aussi, mon pied
sur l'accélérateur, sécrétant des kilomètres avec
une détermination inaltérable, même par un
tonneau de whisky réprobateur. Chaque kilomètre mis dans ma poche, versé à mon crédit, à
mon arsenal, accroissant la distance salvatrice
entre lui et sa mort, chaque kilomètre le ratta-
chant à la possibilité de vivre, malgré lui, le
liant, je tirais sur la route, comme sur une
corde, le filin qui ramène le naufragé se rac-
courcissait, je gagnais, je gagnais, l'espace travaille pour moi. Lui, son âme en arrière,
comme la femme de Loth, changé près de moi
en statue de sel, figé dans une ivresse nécessaire
pour faire face, mais qui le paralyse en même
temps. Cette fois, je l'avais rattrapé de justesse.

Nous toucherons bientôt Paris : vieux cadre,
habitudes, réalité où l'insérer solidement, le remettre sur ses pieds, qu'il apprenne à s'y tenir
— et, s'il est Dieu possible, qu'il concède enfin
qu'on y est mieux que sur la tête.

V

J'ACHETAI d'abord le tourne-disques. Il fallait combler rapidement les besoins de son âme. De la musique avant toute chose. Renaud, pressenti, dit qu'il n'y connaissait rien; je pris ce qu'il y avait de mieux. Je le munis du catalogue, afin qu'il fît son choix. Cette lecture l'emmerda.

« Prends ce que tu veux, mon chéri, dit-il, débonnaire.

— Je n'y connais rien.

— Moi non plus.

— Renaud, ce n'est pas vrai !

— Prends ce que tu veux, c'est toi qui veux des disques. »

J'étais scandalisée et me sentais comme une idiote dans la boutique, traînant derrière moi ce poids mort mais néanmoins critique; mon peu de culture musicale se brouilla. Il ne me resta plus en tête que les symphonies de Beethoven, mais le cas qu'en avait faît Renaud m'invitait à renoncer à cet auteur. Je bredouillai le nom de Mozart.

« Tu aimes Mozart, Renaud ?

— C'est pas mal. »

Le vendeur me prit en pitié; il me nantit de tous les prix du disque et de quelques œuvres de poids, Messies, Requiems, Créations, Passions.

« *La Jeune Fille et la Mort* », proposa enfin Renaud.

Je laissai un chèque de deux cent mille francs. On nota mon numéro de téléphone, on m'accompagna à la porte, on plaça tout dans la voiture, dont on referma la portière avec les marques de la plus vive considération. A la maison, je m'empressai de tout déballer.

« Qu'est-ce que tu veux que je mette ? »

Renaud avait acheté des romans policiers. Il était dans un, vautré sur le lit, la bouteille à portée.

« Mets quelque chose qui ne soit pas gênant pour lire. »

L'affaire du piano commença dans le même style.

« Pour quoi faire ? dit-il. C'est une dépense énorme. »

Les bras m'en tombèrent. Cet argument dans sa bouche ! Confondant. J'insistai. J'insistai ! on croit rêver.

« Enfin, si tu tiens à avoir un piano, je ne vais pas t'en empêcher. »

Bon, en effet, j'aurais toujours un piano. Cela

fait bien dans une maison. C'est décoratif.
Merde.

« Prends celui que tu veux, mon chéri »,
dit-il sur le terrain.

Le piano que je voulais ! Il risquait que je
ramène une épinette. Il vit mon désarroi,
consentit, oui, consentit à enfoncer quelques tou-
ches par-ci, par-là, et dit : « Celui-ci. » C'était
pour en finir. Il s'embêtait dans « la salle des
pianos perdus ».

L'instrument à grand peine casé, il n'y toucha plus. Deux cent cinquante mille, c'était
cher pour un décor. J'y posai des fleurs, pour
amortir.

Parfois, pour ma culture personnelle, je mettais un disque; pas trop fort, pour ne pas gêner
Renaud. Mais je me perdais dans les œuvres
monumentales que j'avais sottement achetées.
Je ne parvenais pas à aimer la musique. Les
conditions n'étaient pas favorables à une initia-
tion. En vérité j'écoutais à travers « eux », avec
un abominable sentiment d'exclusion. Finalement je ne supportai que le Schubert; le seul
que Renaud eût choisi; son ironie avait encore
trouvé le moyen de viser juste.

Il n'était pas très rentable de faire des frais
pour Renaud Sarti. Nous roulions dans la D.S.
depuis une semaine quand il s'en avisa. De tout
ainsi. Je pouvais toujours faire griller mes rougets, on n'en avait rien de plus qu'avec des ha-
rengs. « Pourquoi toute cette peine ? » disait le

candide quand, trop dépitée, je lui faisais remarquer quelque chose; et me laissait, ridicule,
mes dons sur les bras, mes dépenses dispropor-
tionnées de parvenue qui veut faire chic. Tous
mes efforts étaient des fours. Les fusées qui faisaient merveille à Saint-Paul me claquaient
dans les mains. J'étais un cap Canaveral.
« Mais, voyons, c'était inutile, je n'en avais pas
besoin... Pourquoi, pour qui tout cela ? Moi ?
Qui moi ? Jamais existé. » Et de se replonger
dans son policier. « Tu rêves, mon chou. » J'arrivais à le croire. Où était passé ce Renaud
merveilleux, cet homme débordant comme un
barrage crevé ? Le film passait à l'envers, l'eau
rentrant dans la source, la balle dans le fusil, le
bourgeon dans le bois. Jamais cette branche
morte n'avait reverdi. Jamais il n'y avait eu autre chose que le Renaud des murs, des verres et
des lits.

En ces domaines auxquels décidément je
semblais vouée, « ma peine » payait. Je ne la
ménageai point. On ne fait pas d'omelette sans
casser d'œufs : ce fut un beau saccage. J'étais
exemplaire. J'avais une fois pour toutes résolu
la question par l'obédience totale et la discipline absolue. Ne rien refuser, c'était mon ascé-
tisme, et s'il m'arrivait d'en jouir, c'était en
prime, tandis que rêvait au fond de mon cerveau un avenir paisible : un jour tout serait
fini, ou parce que je serais morte ou parce que
j'aurais gagné; j'aurais la paix, celle du tom-

beau ou celle du triomphe. Mais Renaud ne voyait pas le fond de mon cerveau ou n'en tenait pas compte : dans un brouillard lumineux — où cependant dansaient parfois, avouait-il, des paillettes noires plus lumineuses encore quant à l'avenir qu'elles promettaient — et « le tintamarre de mille fleuves dans les oreilles » — il déversait en désordre le trop-plein de vie, avec le concours de ma passivité, dont il me félicitait. Cher naïf : ton Eurydice, mon ami, ne chante pas seulement avec son cœur, cela tu as oublié de le prévoir dans ton opéra, ce serait pourtant d'un bel effet scénique, elle chante une musique plus concrète encore que tu ne l'as rêvé : il faut ce qu'il faut, à la guerre comme à la guerre, qui veut la fin veut les moyens, et par-dessus le cadavre ! C'est dans cet esprit que l'aventure Royer, commencée à Saint-Paul, se poursuivait en des nuits romaines où ne manquaient que les petits enfants sous les tables, des nuits qui se prolongeaient jusqu'à la semaine suivante, à Paris ou à Médan, avec ou sans invités annexes. Dans cette vie Renaud pouvait s'immerger entièrement durant des jours, probablement sans plus savoir où il se trouvait englouti, l'important étant d'être englouti « dans le ventre de la baleine, disait-il; d'où Jonas, sachant ce qui l'attend dehors et combien inutiles les prophéties de destruction de Ninive, et le manque de courage de Dieu, et que Ninive jamais ne sera détruite — d'où

Jonas préfère ne jamais sortir ». Son éloquence ne l'abandonnait que lorsque l'ivresse lui ôtait la parole. « Pourquoi n'écrit-il pas tout ça ! » soupirait, professionnel, André. « Et pour qui ? disait Renaud. Ninive est toujours debout. Je ne crois pas à l'efficacité de l'imprimé dans le monde post-1945. Simple fait physique : ce siècle a été définitivement ébloui et assourdi. »

« Tu penses toujours au siècle, dit André, pourquoi chercher si loin ? Pense donc un peu à toi. Crois-tu que je suis éditeur pour assurer la Diffusion Universelle des Messages ? Je n'y crois pas plus que toi, je transforme en plaisirs l'argent que je gagne.

— L'hédonisme est la plus immonde des doctrines, je crache sur toi.

— Regarde ta poutre avant d'ôter ma paille, regarde où tu as la main, pharisien, tandis que tu pérores.

— Je sais où j'ai la main, dit Renaud. C'est subsidiaire. »

C'était sur moi. C'est toujours agréable.

« Quand je dis l'argent que je gagne, reprit André, je m'avance. Ma haute littérature ne ramassera rien aux prix cette année, je suis distancé, et ma collection de policiers high level qui devait renflouer part mal : que des nanars. D'ailleurs, si tu avais besoin de cinq cent mille francs, si tu voulais prouver que tu peux faire ce que tu veux autant que tu le crois, et étant entendu qu'une parodie n'a jamais déshonoré un génie, et surtout si tu étais un ami, tu me torcherais en te jouant 180 pages. Mais naturellement tu vas cracher. Oublie ça, et à tout à l'heure. »

Nous avions une première, un souper, et probablement un après-souper et une nuit. Nous devions rentrer nous habiller en conséquence. Dans la voiture je ne parlais pas. Cinq cent mille. Je venais de mettre en vente mes immeubles; mon capital liquide, au lieu d'être placé, était dévoré; il ne me restait autant dire que les titres. Incapable de travailler, que ferais-je dans quelque temps ? et que ferait Renaud ? Sans lui, j'aurais été tranquille pour la vie, et au large. Mais pas sur ce pied de millionnaire ! Je vivais comme une folle depuis un an, selon le principe que je pouvais mourir d'un instant à l'autre. Seulement je ne mourais pas, je me portais même comme un chêne, et j'étais tout bonnement en train de claquer mon héritage en débauches à la façon d'un héritier romantique du XIXe siècle, personnage aux antipodes de ma nature. Pour tout couronner, Simone, amie précieuse, pleine de sens pratique, m'avait trouvé une veuve d'académicien, cardiaque et désirant troquer son quatrième trois pièces-living-atelier avec balcon-terrasse sur jardins mitoyens, un vrai rêve, et presque une nécessité car je ne pouvais pas recevoir honorablement les relations que nous avions maintenant dans mon misérable deux-pièces — troquer son

quatrième contre un rez-de-chaussée plus une
compensation, compensation qu'avec mon ac-
tuelle légèreté j'avais promise, et je ne savais
comment je m'en tirerais... La voiture, le piano,
la discothèque, l'appartement, les petits frais
quotidiens en boîtes et dîners — dix mille... —
le whisky mensuel, et il avait augmenté, Virgi-
nie, et cætera — bref, j'étais un peu coincée, et
cinq cent mille... Renaud, évidemment, n'y
voyait que du feu : une fois pour toutes j'étais
la corne d'abondance; je ne l'avais jamais surpris le nez sur une note d'hôtel, une facture, ou
autre objet sordide; cela ne le regardait pas; il
montrait là-dessus une discrétion de gentil-
homme et j'avais lieu de craindre que le gentil-
homme, lecteur par surcroît de *Don Quichotte,*
aille cracher sur cinq cent mille. Depuis un an
pourtant l'idée pourrait bien lui venir de, à son
tour, faire un petit effort « en se jouant », avec
sa facilité soi-disant... Je n'avais ouvert la bouche de tout le trajet.

« T'as des soucis, poussin ?
— Euh... »
Tiens, il s'en occupait ? Nouveau.
« Des soucis d'argent ?
— Euh... »
Autant être imprécise. Pas de zèle, nous mar-
chons sur des œufs.
« T'as tout claqué ?
— Tout, non. Pas encore.
— Ça vient ?

— Euh...

— Ah ! »

Pas mal. Ni se plaindre, ni l'inquiéter, ni le rassurer. De la discrétion. Rester entre les deux. Quel que soit le motif qui l'inciterait à travailler, après tout, béni soit-il. Rien ne pouvait lui faire autant de bien que le travail. Personne n'échappait à ses effets salvateurs, pourquoi lui plus que les autres ? L'oisiveté, au fond, c'était son malheur. Mon moyen n'était peut-être pas très relevé, mais ma fin l'était.

« Bah ! ça ne fait rien. Je changerai de standing. »

J'avais revêtu deux jupons raides et un soutien-gorge en chantilly blanc.

« Tu as un très joli standing, dit Renaud, et ça serait dommage que tu en changes. Ne mets pas encore ta robe j'ai à te causer. Un homme civilisé en fait devrait avoir envie de te payer des jupons. Serais-je une brute ? Viens que je voie si ça vaut la peine.

« Ça vaut la peine, dit-il. Je ne suis pas une brute. Tu veux que je te fasse un petit policier pour te payer des jupons ? C'est si drôle de ma part ! une fantaisie comme ça en passant. Renaud miché, ça ferait bien dans ma vie.

— Mon chéri, je ne veux pas que tu te compromettes. »

Pas trop d'enthousiasme. Et avoir l'air honnête.

« C'est bien toi, ça, dit-il. Compromettre

quoi ? Qui ? Moi ? Ouh. Moi qui ? Moi rien. Y a rien à compromettre. On est compromis dès l'instant qu'on est vivant dans ce fumier et qu'on consent à y rester. Un peu plus un peu moins compromis...

— Tout de même, un policier, toi !... »

Ce soir j'étais la rouée et lui le naïf. J'étais fière de moi.

« Tu n'y es pas, minet, dit-il, candide : un policier c'est moins compromettant que la littérature. Ce qu'on appelle comme ça. C'est la différence exacte entre faire le tapin rue Blondel et chercher l'Agha dans les salons. La rue Blondel, c'est plus honnête, je me sentirais relativement propre dans un policier. Un beau petit policier tout rond avec beaucoup de fesses, pour toi mon amour, de lourdes chaînes pour moi ton amour, je m'égare, des chaînes légères, des chaînettes. Connerie pour connerie, autant celle qui porte son nom en face. J'ai vu tout ce qui se fait sous les cieux, et voici, tout est connerie, connerie des conneries, tout est connerie. Alors pourquoi pas un policier ? Un policier pour les jupons d'une femme ? Viens là. »

J'approchai. Il me saisit par les cheveux brusquement.

« Punaise ! » dit-il.

Il me lâcha si fort que je tombai. Il se jeta à mon secours, me rattrapa, m'étendit sur le lit, me couvrit le visage de baisers. « Tu n'as pas mal ? Je ne t'ai pas fait mal ? » Je ne savais pas.

Je n'avais pas fini de m'habituer à ses volte-face.

« C'est ta faute, dit-il. A tant que d'être hypocrite il faut l'être mieux, la prochaine fois soigne tes mines jusque dans le détail : tu crois que je ne t'ai pas vue jubiler ? Jubiler. Petite salope, va. » Il avala au goulot la fin de la bouteille, me prit comme une brute et déchira le jupon de chantilly.

« Voilà, dit-il. Maintenant il faudra bien que je le remplace, c'est mon devoir; c'est là où je voulais en venir.

— Non ! criai-je, non, j'aime mieux aller à poil !

— Penses-tu, dit-il. C'est pas vrai. Tu aimes mieux que je fasse un policier, et je le ferai. »

Renaud ne pouvait supporter ses propres bontés, ne savait donner du gâteau que trempé dans le vinaigre.

« Il y a un Renaud qui t'aime, dit-il, et un qui te déteste. La vérité est que je déteste celui qui t'aime. »

Il but encore avant de sortir; puis il but dehors. Il était parti dans une des grandes crises aiguës qui jalonnaient sa crise chronique et contre lesquelles il n'y avait rien à faire, car, là, il voulait boire, il l'avait décidé, librement croyait-il, bien que ce ne fût qu'une liberté relative dans une absence totale de liberté, et liberté dans le sens des chaînes, et qu'il eût été certainement incapable de prendre la même liberté dans l'autre sens. Mais comme il se croyait libre il admettait moins que jamais les résistances, que d'ailleurs il n'admettait jamais. Bref, toujours le même joli cercle.

Il était si soûl qu'il siffla la pièce — elle était mauvaise, c'est vrai, mais enfin une première, et nous soupions avec l'auteur — que tous les autres avaient applaudi. Point lâche, la lâcheté n'était pas dans son caractère, il se foutait bien trop de tout pour avoir peur de rien, Renaud disséqua le pauvre ouvrage à table au point que l'auteur se fâcha et qu'ils manquèrent se battre. On représenta en aparté au dramaturge qu'il avait affaire à un alcoolique notoire, il ne fallait pas faire attention. J'avais un peu honte. Pas Renaud. Il s'amusait. Il promit à S. de lui donner son *Eurydice* à siffler, en revanche; tiens, il y pensait encore. L'affaire se calma, mais au dessert Renaud entonna l'*Internationale*. Nous étions au Tokay; la boîte était pleine de Hongrois émigrés, qui pâlirent. Ça devenait mauvais. Et puis, « c'est nous les forçats de la faim » après cette goinfrerie, c'était ignoble; d'ailleurs c'est ce qui plaisait à Renaud. Alex m'aida à le sortir, à le fourrer dans la voiture et à le ramener. Il était si malade qu'Alex dut lui faire une piqûre, et encore, par surprise. Il nous haïssait.

« Ça s'accélère, me dit Alex dès qu'il fut enfin endormi. Tu t'en rends compte, naturellement.

— Eh oui, dis-je.

— Et qu'est-ce que tu fais pour l'empêcher ?

— Que veux-tu que je fasse ? dis-je, un peu énervée, car il avait l'air de me le reprocher. J'essaie tout. Tu crois qu'il se laisse mener ? Quand il veut, il veut !

— Ça, quand il veut je sais qu'il n'y a rien à faire. Mais tu n'as rien trouvé pour l'empêcher de vouloir ?

— Non ! je n'ai rien trouvé !

— Pauvre type ! dit Alex. Si seulement il pouvait faire quelque chose qui lui donne de vraies satisfactions, qui l'occupe pour de bon... Essaie de le faire vraiment travailler, sinon il va y passer...

— C'est ce que j'essaie en ce moment même ! Et ce que tu vois là, c'est le résultat ! »

Renaud s'éveilla sans mémoire de son scandale de la veille; avec un rhumatisme aigu dans le bras droit. Je ne pouvais évidemment pas être assez cruelle pour parler d'écrire à un homme dont le bras droit était quasiment paralysé. Au reste, Renaud n'avait rien en horreur comme de s'entendre rappeler ses promesses. Je lui donnai du salicylate, mais son estomac ne le supportait pas; nous restâmes entre le rhumatisme et l'ulcère durant un bon moment, au bout duquel j'eus l'idée de génie d'un magnétophone. « Quel drôle de caprice ! » dit Renaud, et s'informa du prix. Cent vingt. Je n'osai insister plus lourdement. J'espérais que son intelligence ferait le reste; en général il saisissait parfaitement les symboles. Il s'amusa plusieurs heures, imita des chefs d'Etat et des animaux, je me dis qu'un train électrique aurait été moins onéreux. Mais le lendemain je manquai mourir de honte : il avait branché le micro, la nuit, près du lit. Cet excellent appareil pouvait rendre fou par son exactitude. Une idée de génie en vérité; voilà donc l'usage qu'il en avait trouvé ! Il se constitua en quelques jours une phonothèque spéciale, dont il ne me restait plus qu'à espérer qu'il ne donnerait pas d'auditions publiques. Quant à graver le roman policier, l'idée ne lui vint pas. Pourtant, il y pensait : « Chose promise, chose due », proféra-t-il, et par mon air stupéfait se jugeant insulté entreprit, pour preuve, de me raconter l'histoire : voilà, l'héroïne s'appelle Claude Amieux — tu saisis l'allusion ? — par la fenêtre d'une voiture consulaire où elle roulait avec son fiancé, elle a laissé envoler son journal intime, rédigé par mégarde au dos de secrets nationaux appartenant à son père, colonel atomiste. Elle se lance à sa recherche. Partie vierge, la pauvre Claude se fait violer, dès qu'elle pousse une porte, soit par un espion qui a lu le recto, soit par un satyre qui a lu le verso, ou vice versa, et le fiancé, attaché d'ambassade et impuissant, arrive chaque fois après consommation. Le journal intime, dont on citerait les fragments, tronqués — d'où des enchaînés curieux — à mesure de

la récupération, c'est-à-dire des viols — tu me
suis ? »

Je suivais; j'avais fait partir le magnétophone.

« ... le journal intime serait une abomina-
tion amalgamée de modèles de tricots, d'envo-
lées mystiques, de rêveries obscènes, de réfor-
mes humanitaires et de recettes de cuisine;
truffé d'horribles détails sur comment déboucher un lavabo, comment parler aux pauvres,
comment se débarrasser de la mauvaise haleine,
vidanger les radiateurs, percer un mal blanc, et
des hypothèses botaniques sur comment nais-
sent les enfants, une description du ciel saint-
sulpicienne à la manière de Dante, en vers
faux, une exégèse théologique sur la question
du Vase Sacré, et cætera. Ce serait la partie
proprement littéraire. A la fin, poursuivait-il,
lancé en pleine improvisation, les satyres
étaient arrêtés comme espions — les espions
couraient encore — et interrogés : là, dialogue
salé en plein malentendu, on pourrait même en
faire par la suite une pièce de théâtre, tant
qu'on y était. Bref, les pauvres satyres seraient
fusillés durant la messe de mariage entre l'ex-
vierge, enceinte, et l'attaché toujours impuissant. Le titre serait : *La Vierge effeuillée*. »

André, à qui je transmis ces informations op-
timistes, se montra satisfait. Renaud déclara
qu'il signerait de son nom. « Inutile de compromettre ton nom, dit l'éditeur, de toute façon

il est inconnu hors de mes salons. » « Signer
n'était pas se compromettre, dit Renaud, au
contraire : la merde il fallait la signer, si l'on
avait de l'honneur. » Renaud parlant de l'honneur ! enfin, de quoi ne parlait-il pas. Maintenant il parlait de vraies œuvres, qu'il ne ferait
d'ailleurs jamais, mais si cela arrivait, suppo-
sons, alors c'est là qu'il ne signerait pas du tout.
Anonyme, voilà ce que doit être une œuvre, et
non attachée à une misérable personne limitée.
Voyez la Bible, le Livre des Morts...

Mais nous n'étions pas à la Bible ni aux Morts,
mais au policier signé Jean-Renaud Sarti qu'il ne
restait plus qu'à faire et il y pensait sérieusement,
du reste il avait même déjà une autre idée derrière. Je rebranchai l'appareil. Cela se passait
dans une usine atomique, où, des bizarreries ayant
été notées, et des bizarreries dans une usine atomique c'est très dangereux, on avait conclu
qu'un des savants était en train de devenir fou.
Lequel ? On les passait tous aux tests, ce qui
donnait des résultats contrariants sur leur niveau
intellectuel; puis à une Machine-à-lire-au-fond-
des-cœurs, que Renaud avait inventée, et grâce à
laquelle on allait enfin voir ce qu'il y a au fond
du cœur des grands esprits, disait Renaud, qui
disait, qui disait, mais ne faisait toujours rien,
que dire, jusqu'au moment où il fut frappé d'une
extinction de voix à peu près totale. Comme par
contre on ne parlait plus du rhumatisme, j'eus
une autre idée de génie, ou plutôt je m'avisai

d'une lacune de mon appartement, s'il devait devenir l'habitat d'un écrivain : l'écrivain n'avait pas de table. Il y avait bien un vaste bureau dans l'autre pièce, mais jamais l'impulsion de Renaud ne serait assez puissante pour le projeter si loin du lit. Il fallait une table près du lit, un coin à lui, que, toujours mon fameux manque d'initiative, je n'avais jamais songé à lui constituer. J'étais au-dessous de tout. Mais j'allais réparer. Je le traînai aux Puces, et attendis une réaction du type « disques ». Il fut pris d'un accès maniaque; une table, il en voulait bien; mais il fallait une certaine qualité de bois, un certain poli du plateau, une hauteur suffisante pour caser ses énormes jambes, la largeur pour étaler ses interminables bras. Après tout un samedi et la moitié d'un dimanche, un rustique chêne à plateau d'une pièce, sans l'inadmissible fente au milieu, fut détecté, répondant à toutes les conditions. Nous l'acquîmes pour un prix démesuré que je jugeai indigne de marchander. Il paraît qu'elle était Louis XIII. Elle ne l'était pas. Mais elle plaisait à Renaud, c'était un style encore meilleur. Commença alors le Roman de la Chaise. Il la fallait premièrement solide, deuxièmement douce, car Renaud avait la fesse osseuse et répugnait à l'artifice des coussins. Enfin ses dimensions devaient être accordées à la table, aux jambes, à l'appui des coudes. Ces exigences contraignaient au transport de la table dans chaque échoppe où une chaise était envisagée. Nous passions pour

des fous. Quand le dénominateur commun de
tant de facteurs fut, dans l'après-midi du lundi,
découvert, le marchand était alerté par les collè-
gues, au sujet de deux maniaques. Se voyant
l'élu, il exigea 18 000 francs pour un siège vétuste
qui avait fait les beaux jours d'une cuisine de
ferme et dont l'artisan campagnard avait dû, vers
1880, demander huit sous. La table avait coûté
32 000. Le total était rond, et ce n'était pas trop
pour l'espérance qu'il renfermait. D'ailleurs
nous avions passé trois jours charmants, cassant
la croûte aux francfort-frites, véritable partie
de campagne. Je ramenai de mon côté un jupon garanti d'ancêtre, et, bien que je n'eusse
pas de cheminée, une paire d'admirables che-
nets : je pensais déjà à l'appartement de la
veuve.

A la livraison la table se révéla trop grande,
à moins de déplacer le lit et de bousculer toute
l'ordonnance de la pièce. Nous bousculâmes. La
joie de Renaud me faisait Hercule, et ingrate
pour mon passé : j'avais fait plus ou moins
vœux de laisser les meubles tels que mon Père
les avait mis. Mais bah ! la vie est la vie, il faut
la respecter aussi, mes morts enterraient mes
morts. La table fut enfin placée de telle façon
que Renaud pût passer d'elle au lit sans rupture, condition *sine qua non* de son utilisation.
Sitôt fait il m'y culbuta, « pour le baptême ».
Nous essaierons la chaise, dit-il, demain, elle le
mérite, elle a coûté assez cher.

Tout ayant été « essayé » avec succès, Renaud s'assit et passa le restant du jour à éprouver l'ensemble. Vers le soir, il posa même la bouteille sur la table, ce qui sanctionnait sa promotion. Le lendemain il y mit des feuilles blanches et des stylos-bille de diverses couleurs. Il était de plus en plus écrivain. Malheureusement quand tout fut au point son rhumatisme fit une nouvelle et violente offensive. Muet, paralytique, c'était trop, il se laissa traîner chez Alex malgré sa répugnance à l'examen; mais il avait peur d'avoir un cancer, celui des fumeurs : il était à trois paquets. Alex le passa complètement au crible.

Il ne croyait pas que ce fût le cancer, dit-il prudemment, du moins pas encore. Par contre on allait vers le rétrécissement mitral, le souffle ne fatiguait-il pas ? si, bien sûr; quant aux rhumatismes, que le questionnaire révéla baladeurs, ils étaient en réalité de bonnes névrites, forcément, et Renaud le savait mieux que personne; en fait l'organisme était complètement délabré et prêt à tomber en ruine. Mais naturellement Renaud ne l'ignorait pas. Sil y avait une chance, Alex donnerait le conseil de fumer moins, ou même pas du tout, et cætera. Mais, dit-il en laissant retomber les bras, Renaud Sarti était majeur et savait ce qu'il faisait.

« M'en fous, dit Renaud avec courage, d'un ton un peu forcé.

— Moi aussi, dit Alex.

— Alors je n'ai rien à avaler ? »

Alex haussa les épaules en désespéré.

« Si ça peut te faire plaisir je peux te donner des vitamines. Tiens, dit-il en lui collant un échantillon de B, ça ne te fera toujours pas de mal. »

On se tue, ou on vit. Les hommes qui se moquent de mourir ont autant que les autres horreur d'être malades. « Et, disait Alex, rien de douillet comme un philosophe; s'il faut en plus supporter une écorchure, alors non ! »

« Il faut qu'il se décide, tu sais, petit : au point où tu l'as laissé aller, il n'y a plus d'autre solution. Si tu pouvais l'épouser ! Il en a parlé une fois; ce serait le moyen de l'obliger à se soigner. Je te donnerais un coup de main, ça devient vital. »

Epouser Renaud ! comme c'était commode. Ce n'était pas à lui qu'on pouvait faire le coup classique par exemple : à dix jours de retard je n'avais même rien osé lui dire. A Alex non plus d'ailleurs. Alex serait furieux, je l'entendais d'ici : entre une tuberculeuse et un alcoolique, il sera joli ton môme ! Quant à Renaud, il fuirait comme une fusée. Et pourtant...

Et pourtant j'avais tout fait pour en arriver où j'en étais, poussée par un assemblage de sentiments disparates, au premier rang desquels une envie biologique finalement incoercible, qui me faisait après l'amour désirer sa conséquence naturelle; alors je traînais sous divers prétextes, et les précautions me dégoûtaient, et cætera. Cet instinct m'aveuglait au bon moment sur les divers inconvénients. Un de ces prétextes était que même un type comme Renaud ne pouvait pas échapper aussi totalement qu'il le voulait à l'attraction terrestre, à une impulsion aussi essentielle; on ne se libère jamais totalement de la nature. On a beau maudire le jour qui vous a conçu, personne n'a le courage de maudire cent pour cent l'avenir. Bref, je m'étais débrouillée pour être enceinte, je l'étais, et quoi qu'il en advienne je voulais un fils de Renaud. Peut-être un secret désir de recommencer un Renaud à zéro, et, en somme, d'opérer son rachat par une autre voie si j'échouais à celle-ci; un petit Renaud tout neuf, qui n'aurait jamais bu une goutte d'alcool, qui n'aurait jamais désespéré, et Dieu sait si je ferais tout pour qu'il ne désespère jamais. Après tout Renaud n'avait pas eu de mère, tout le mal venait peut-être de là. Un petit Renaud tout neuf — quel rêve ! Je le cajolais d'avance en esprit. Et même si Renaud un jour me quittait, il ne me quitterait pas complètement.

Rien dont le déroulement soit plus fatal que la grossesse; rien qui rende aussi fataliste, et de quelque façon invulnérable, et monstrueusement égoïste au nom du contraire même de l'égoïsme : la chose primordiale était ma préservation, ma préservation en tant que réceptacle d'une autre vie que la mienne — et quelle

vie ! le fils de Renaud Sarti lui-même ! Je me
sentais ni plus ni moins qu'un tabernacle, un
temple, et même mes gestes n'étaient plus mes
gestes mais ceux d'un humble porteur; tout ce
que je craignais était un accident du porteur;
je le reposais le plus possible, je le nourrissais
soigneusement, je l'entretenais comme le jardin
du roi; je songeais — instinct de nidation — à
hâter le déménagement; j'attendais; je n'étais
qu'une longue attente immobile — immobile
au milieu des avatars d'une existence qui ne
m'appartenait plus. Soulagement profond,
quelle paix ! Autrefois je me sentais toujours
un peu coupable lorsque je me préoccupais de
ma petite santé; maintenant ma santé était un
impérieux devoir, c'était celle du petit Renaud. Et d'ailleurs je ne m'étais jamais mieux
portée : mon corps, décidément, était doué de
conscience ! Sans être détachée, j'étais un peu à
distance : alentour, advienne que pourra; à la
limite, tout peut crouler, je demeure. Tout,
d'ailleurs, croulait. Ce n'est pas que cela me fît
plaisir. Mais je n'étais pas en condition d'agir
sur les événements, ce n'était pas le moment,
on verrait après.

Renaud s'en allait par pièces, par lambeaux,
faisait eau de toutes parts, souffrait de maux
baladeurs par tout le corps et d'hallucinations
visuelles et auditives, et aussi mentales, par
exemple il s'imaginait avoir fait ceci ou cela,
écrit un policier entre autres et vivait une vie

supplémentaire — pas si supplémentaire que cela puisqu'il ne vivait à peu près pas la vraie, non supplémentaire mais supposée, si bien qu'en fait il n'en avait aucune. En d'autres temps comme m'auraient rendue malade ces journées qui commençaient par le « merde » fameux, plaie ouverte en même temps que les paupières, et dont le seul baume était la première gorgée de liquide; au-dessus des jours roulait ensuite un ciel noir, bas, étouffant. « Je suis seul, je suis seul, je suis seul... », mais si j'amorçais un départ : « Ne me quitte pas ! » contradiction sans cesse reposée. De longues heures de complet abrutissement, et les « Je vais faire cela » qui n'était jamais fait, les illusions enfantines : je finis cette bouteille-ci et puis je m'arrête; mais tu comprends, où puiser l'énergie de m'arrêter sinon en avalant quelques petits derniers verres ? Et les « mieux » dérisoires et le constant mélange du vrai et du faux. Les trouées d'euphorie et les chutes brutales, et le goût subit de tout ravager.

Au-dessus de ce flot vertigineux et incompréhensible, qui m'eût jadis entraînée et brisée, me soutenait pourtant la plus faible chose du monde, celle qui ne vivait pas encore, une minuscule espérance : le petit Renaud me portait.

VI

Ils rentrèrent à Paris finalement. « Elle » appela sans perdre un jour. C'était moi qui décrochais le téléphone. Je les invitai immédiatement à dîner. N'étions-nous pas de bons amis, tous les quatre ? Point d'état d'alerte apparent : ma méfiance eût éveillé leur cœur et troublé l'innocence. Je préparai un souper froid, avec des coquillages, du foie gras, des ananas, des tas de gâteaux, de la vodka et du champagne. Intime et délicat. Je remarquai après coup que rien de tout cela n'était fait de ma main. Le cœur se trahit dans les détails.

Renaud ne trahit pas le sien, s'il en avait. Du moins pas clairement. Il avait déjà bu une demi-bouteille quand ils sonnèrent.

« Tu viens bien tard », lui dit-il, morne.

Elle avait encore son hâle qui, à cette saison, surprenait. Elle était en robe, moins flattée qu'en pantalon. Je jugeai que la ville ne lui allait pas. J'avais annoncé l'acquisition du pick-up : elle apportait un disque. Pas un oratorio

monumental de ma façon, un simple 78 tours,
qu'aussitôt Renaud fit tourner.

« Le Roi Renaud de guerre vint — tenant
ses tripes dans sa main... »

Déjà Renaud souriait. Plus de masque bougon, d'œil mauvais. Bon sang, Rafaele ne l'avait
tout de même pas inventée cette chanson : elle
avait des siècles ! Les ressources du monde
étaient donc à son service ?

« Ni de la femme ni du fils
je ne saurais me réjouir... »

Non seulement elle avait des idées, mais encore le don de double vue. Un hasard évidemment. Mais le hasard est partial; il a ses favoris.

« Et quand on fut à la mi-nuit
le Roi Renaud rendit l'esprit... »

« Quelle heure est-il ? dit Renaud.
— Pas même neuf heures ! »

Et ils rient. Le lien est renoué, d'un coup.

« Il est bien minuit quelque part, dit-il.
— Il est minuit où on veut. »

L'épouse du roi maintenant demandait
« pourquoi la terre est refroidie ». Eh bien elle
eût été moins froide si seulement Renaud fût
mort ! « Renaud, Renaud mon doux signor, te
voici donc au rang des morts... » Rafaele souriait. Elle se prenait, ma parole, pour l'Ange de

la Résurrection. C'était bien cela : dès qu'elle apparaissait, tout se mettait la tête en bas. Voilà le don. Vie, mort; raison, folie. Et cætera. Un instant je songeai à la tuer, tout bonnement.

« J'ai faim, dit Katov. C'est très joli, le folklore, mais les huîtres aussi. »

Allons, il était plus malin que moi. Je lui dédiai un regard reconnaissant, envoyai Renaud chercher le vin au frais, installai mon monde, demandai quel temps il faisait là-bas, et comment se présentait l'exposition. Les choses normales, quoi. Katov me soutenait vaillamment, enchaîna sur nos propres nouvelles, et j'annonçai triomphalement que Renaud faisait un livre.

« Non ? dit Rafaele, joyeuse.

— Non, dit Renaud, lugubre.

— Ah ! bon. » Et elle se replongea dans son oursin.

« Quel livre ? dit Katov, qui n'allait pas lâcher le fil. Que peut écrire un homme qui a de si beaux problèmes ?

— Un policier, pour cinq cent mille francs ! grinça Renaud.

— Bah ! il faut bien vivre, dit Katov débonnaire. Il y a un temps j'ai fait le Sacré-Cœur sur cartes postales.

— Ce n'est pas vraiment un policier, dis-je, c'est une parodie. Il l'improvise au magnétophone.

— Te fatigue pas, poussin, dit Renaud.

— Tu as un magnétophone ? » s'exclama Rafaele.

Renaud grogna.

« As-tu fait des essais pour *Eurydice* ?

— Non.

— As-tu l'*Orfeo* ?

— Non.

— Ah ! »

Elle cassa entre ses dents la pince de son homard. Il avala d'un trait son plein verre de vodka.

« D'ailleurs, dit-elle après ingestion du contenu de la pince, on ne peut pas faire grand-chose avec un seul magnétophone; juste s'amuser en famille. Ou des policiers. Pour faire quelque chose il en faut deux. »

Elle attaqua l'autre pince, la plus grosse, qu'elle avait gardée pour la fin. Elle avait la religion de la « dernière bouchée ».

« Trois, rectifia-t-elle. Deux ça ne sert à peu près à rien.

— Ça coûte une fortune, dit Katov.

— En fait il faut un studio complet, conclut Rafaele. Si j'avais un studio je soulèverais le monde. Enfin, un bout. Ou tout au moins je pourrais l'espérer, ça me suffirait.

— Elle va peut-être entrer au Club d'Essai, dit Katov.

— Oh ! mais c'est très bien ! m'écriai-je.

— Je peux me laver les mains ?

— La figure aussi, dit Katov. Prends donc un bain. »

Elle avait du homard jusqu'aux oreilles. Je l'emmenai.

« Menteuse ! Tu m'as dit que c'était un bordel chez toi !

— Ça arrive quelquefois.

— Quand le roi boit ! dit-elle joyeusement. Pauvre chatte, ajouta-t-elle. Tu n'as pas la bonne place. »

De la compassion ! Cela manquait. Mais en vérité elle avait l'air sincère. Je la suspectai tout à coup d'innocence totale.

« J'en ai encore ?

— Bien sûr tu en as encore. Attends. »

J'attrapai un gant et je la débarbouillai de fond en comble, bien plus que nécessaire, je ne sais ce que j'avais. Décrocher le masque, s'il y en avait un ? Elle croyait à un jeu; elle riait; j'étais au bord des larmes, et je frottais d'autant plus fort pour me dominer.

« Je vais être comme le homard.

— Non, tu es trop bronzée pour ça. »

Elle m'attendrissait. Cela n'avait pas le sens commun. Je l'essuyai doucement. Je l'aurais embrassée. Etait-ce donc à moi d'avoir pitié d'elle ? Innocente ? Elle n'en serait que mieux brûlée, un moment ou l'autre. Curieuse idée.

« Qu'est-ce que tu as ? Une vision ? »

J'étais là, la serviette en l'air, hébétée. Je ris.

« Oui.

— Quelle ? »

Je haussai les épaules.

« Allons, dit-elle, parle ! C'est important les visions. Je n'en ai jamais eu.

— Eh bien, on te brûlait. A vrai dire, ajoutai-je avec prudence, c'était au Moyen Age.

— Bien sûr. Maintenant on ne brûle plus. On tiédit. Il paraît que ça suffit. Les démons sont faiblards.

— Les tiens aussi ?

— Je ne sais pas, murmura-t-elle. Peut-être qu'ils sont comme des roseaux. Tu sais, je plie et ne romps pas... Attends, je t'aide à porter, donne. Oh ! des choux à la crème ! C'est toi qui les as faits ?

— Euh... non... »

Elle avait attendu jusqu'au dessert pour marquer le coup. Bien sûr elle avait noté que je m'étais dispensée de mettre la main à la pâte pour la recevoir. Je lui avais fait peu d'honneur en cela, et aussi en imaginant qu'elle n'allait pas s'en aviser. « C'est toi qui les as faits ? » Notation par la bande : c'était dans sa manière; la même que Renaud. Pas si innocente finalement.

« Tiens, tu as un piano. Il est bon ?

— Je ne sais pas — pas encore... Il est tout neuf.

— Joue, Renaud. »

Il se leva docilement. J'allais donc pouvoir apprécier ce bel instrument. En somme il suffi-

sait d'attendre que Rafaele en exprimât le désir.

« Tu devrais bien travailler un peu, dit-elle.
Tu accroches. Tu jouais mieux à Saint-Paul,
c'était pourtant un clou. C'est idiot de ne pas
t'entretenir.

— C'est pas ça : j'ai des névrites.

— Où les as-tu attrapées ?

— Là, dit-il, désignant du menton la bouteille de vodka.

— Tu as fait vite, dit-elle.

— J'avais très soif. »

Il enchaîna sur *Que ma joie demeure*. Je
trouvais qu'il ne jouait pas si mal. Je m'en fusse
contentée, si seulement il y eût consenti pour
moi.

« C'est réversible ?

— Pas après minuit-», dit-il.

Il plaqua les dernières notes de la chanson
du Roi Renaud, et rabattit d'un coup sec le
couvercle du piano.

« Ta montre doit avancer », dit Rafaele,
d'une voix rauque, agressive, le feu aux joues
soudain.

En somme la question était : quelle heure
est-il ? Seulement l'aiguille de cette pendule,
plutôt semblable à une boussole, oscillait constamment autour de ce drôle de minuit, et le
jardin de nuages se balançait en équilibre, ins-
table comme la démarche de Renaud, et selon

les alternances de son humeur et les, presque insurmontables pour lui, difficultés de la vie urbaine.

Ah ! on n'était plus à Saint-Paul-de-Vence, on ne se trouvait pas, comme on coule de source, chaque jour sur la terrasse de la Colombe; les lucioles ne volaient pas à Franklin-Roosevelt; les rossignols ne chantaient pas à Richelieu-Drouot. Le parcours avenue de Saxe-rue Vercingétorix était semé d'embûches dont la moindre, surtout si un bistrot était en vue, et à Paris toujours un bistrot est en vue, dont la moindre vous faisait oublier si on allait ou si on revenait, et où présentement on se trouvait; comment diriger ses pas si l'on ne sait d'où pour où ? Ne parlons pas du « quand ». Rafaele voulait amener Renaud au studio pour étudier la possibilité de réaliser *Eurydice :* de quels accidents ce projet ne fut-il pas frappé ! L'un attendait au Flore un jeudi à quatre heures, l'autre, qui accumulait les soucoupes au Dôme un vendredi à six. Dôme, Flore, c'est tellement pareil. Rafaele n'était pas très ponctuelle, c'est vrai — mais Renaud, c'était la notion des jours qui lui manquait : comment savoir qu'on est jeudi ? A quoi cela se voit-il ? Il ne connaissait pas la méthode. Il disait facilement : « Eh bien, jeudi quatre heures », mais ne savait pas reconnaître ce moment privilégié au milieu de l'homogénéité du déroulement temporel, aucun signal ne se déclenche pour vous aviser des « maintenant ». Et si à toutes ces questions sans réponse, perdu dans la ville, dans cette vacuité de l'esprit, se lève en plus le « pourquoi ? », alors il n'y a plus qu'à se ruer sur le premier comptoir, ce qui, du moins, est simple, si encore rien n'en sépare — car l'air même pouvait s'ériger devant Renaud comme une colonne de fonte transparente, et lui, s'y cogner à s'y faire mal, sauf à la contourner à temps : j'avais constaté le phénomène en marchant à côté de lui; il déambulait dans un labyrinthe de verre, s'y perdait, ne trouvait plus la sortie; sa démarche était une dérivation d'un point oublié à un point oublié, une courbe qui perdait son but et ne retrouvait pas son départ. Je connaissais la question : Renaud n'aboutissait où il voulait aller que si je l'y transportais.

Et puis, par-dessus tout, voulait-il y aller ? Un obstacle plus énorme que la ville entière se dressait entre lui et Rafaele — entre lui et lui — et c'était lui-même. Obstacle de nature mystérieuse autant que ceux imaginaires qui, sur un trottoir lisse, le faisaient buter et tomber, cheval qui bronche sur la nuit, cheval fou de terreurs sans causes, cheval fou, que ses propres pas épouvantent. Un enfer paraît-il existait à côté de moi, Renaud y habitait. Et rien au monde, rien, Seigneur protégez-moi, ne lui faisait plus peur que Rafaele !

Ainsi mon meilleur allié contre Rafaele était Renaud Sarti. Et celui qui venait en second était Rafaele. Ils étaient leurs pires ennemis. Je n'avais en somme rien à faire. Les choses s'arrangent toujours plus ou moins d'elles-mêmes, il suffit de laisser aller le monde où il veut.

Elle disait : « On ne peut pas forcer à boire un cheval qui n'a pas soif. » Noble devise mais d'efficacité peu prodigue. Elle téléphonait. Renaud, jamais. Renaud ne savait pas téléphoner, du reste; le téléphone lui faisait peur. C'était moi qui prenais les communications, et, invariablement, ma voix que Rafaele entendait, quand elle espérait l'autre. J'en étais gênée; j'étais gentille : mon amitié croissait en raison inverse de son pouvoir, et, vaincue, je l'aimais. Or Renaud, à la moindre manifestation de l'Ange, était traqué, et se raidissait dans son terrier, hérissé de refus. Epouvanté. J'insistais pour qu'il vînt à l'appareil, qu'elle n'eût pas fait en vain cet effort qui de plus en plus lui coûtait; j'étais d'autant plus généreuse que c'était inutile : il se levait comme on fuit, marchant de biais, en crabe; s'engageait une conversation du style Alors ça va et toi, qui tombait en quenouille, au mieux sur un rendez-vous qui ne serait pas honoré. Rafaele faiblissait. A chaque rencontre — les réunions à quatre réussissaient, puisque je m'en mêlais — je la trouvais un peu plus défaite. L'hiver, aussi. Elle perdait son hâle — la glorieuse empreinte solaire, l'aisance solaire, la liberté solaire — et le froid la tuait à peu près. Recroquevillée dans son duffle-coat, pâlie, chiffonnée, elle était le petit chat

mouillé pressenti par la jalousie de Simone, et je
me souvenais de l'avoir prévue dès la première
minute vulnérable. Sorcière, non, décidément;
ou seulement au soleil, en vacances. Sorcière,
non : naïve, c'est tout. Savait-elle seulement
qu'elle aimait Renaud ? Et puis, au diable, elle
ne l'aimait peut-être pas ! Ou de bonne foi,
comme une sœur ! Cet amour bizarre en tout cas
n'enviait pas le mien : « Ma pauvre, tu n'as pas la
bonne place. » Elle était à cent lieues du sacrifice. Pas faite pour acquitter le prix fort pour un
homme. Pas femelle. Auprès d'elle, malgré ma
caisse fragile, j'étais Hercule. Pourtant cet amour
faible, cet amour bizarre, lui faisait mal. J'avais
pitié. Mais tout de même, je n'allais pas lui livrer
Renaud de force ! Il était beaucoup mieux à sa
place avec moi. Qu'aurait-elle fait de lui, grands
dieux ! J'en frémissais. Il était au lit à présent,
atteint d'une sorte d'appendicite nerveuse, à
moins que ce ne fût une néphrite, ou des coliba-
cilles, ou Dieu sait quelle espèce d'animal descendu de ses cellules nerveuses frémissantes jusqu'à ses viscères délabrés. La cuvette à la main,
non, je n'avais pas « la bonne place », et Rafaele
ne me l'eût certes pas disputée. Elle me la laissait, tristement peut-être, mais sans lutte. Elle
avait horreur des malades, ils l'ennuyaient, elle
ne venait même pas le voir, et puis elle travaillait, elle avait sa vie après tout. Et le jardin de
nuages s'effritait, par pure veulerie, se décompo-
sait, et Renaud en éprouvait une satisfaction

mauvaise, enfant qui a réussi à démolir le jouet qu'il chérissait, et maintenant il n'y a plus rien à faire, on est tranquille avec lui.

Remis sur pied — si l'on pouvait dire à son propos — il gardait du plomb dans l'aile. Il répugnait à sortir seul : il savait qu'il s'arrêterait au premier bistrot rien que pour se donner le courage de continuer, et là il se demanderait au nom de quoi continuer, puis où il était, et donc comment revenir. Restant là au milieu d'un temps immobile sans début ni fin, débitant ou croyant débiter des phrases qu'il croyait géniales pour un interlocuteur de hasard, parti d'ailleurs depuis longtemps et remplacé par un autre parti aussi, tandis que le travaillait la crainte latente d'être complètement perdu, et plus jamais retrouvé : il aurait fallu lui mettre au cou comme aux enfants réfugiés une plaque avec son nom, ou même pas son nom, qu'importait son nom, mais seulement : « Ramenez-moi 44, avenue de Saxe. Récompense. »

Mais je le suivais à la piste. Je ne risquais pas de le perdre autant qu'il le craignait, car ses périples étaient plus limités et routiniers qu'ils n'apparaissaient dans son esprit, que tout distendait. Il se pensait aux Batignolles ou dans les Indes et n'était jamais qu'au tabac du coin. Il n'essayait même plus de crâner : le ressort, pourtant solide, qui n'aurait même pas dû le tenir si longtemps, avait claqué, il vivait dans la peur et laissait voir sa faiblesse essentielle à

travers les lambeaux d'une âme déchirée.
« Moi mon âme est mortelle et l'agonie est
commencée — que dis-je, elle n'a jamais cessé,
je suis agonisant de naissance. Ce sera pénible à
voir, poussin, je ne sais pas si tu auras le courage de regarder jusqu'au bout. » Il me suivait
comme un chien, en frissonnant. « Toi je te retrouve toujours. Toi au moins je te retrouve
toujours... » disait-il, furieux, à l'adresse de
« ce » qu'on ne retrouvait pas : qu'il fuyait
comme la peste noire, mais qu'il enrageait de
ne pas néanmoins retrouver malgré lui.

Je le suppliais d'arrêter, d'arrêter : il ne se
rebellait plus avec hauteur, il convenait au contraire humblement que j'avais raison, et que si
seulement il pouvait, il obéirait... il allait essayer; et pour célébrer la bonne résolution s'en-
voyait le coup de l'étrier : il ne buvait plus, en
somme, que des derniers, juste avant la fin fi-
nale définitive, car tout de même ce serait un
grand jour celui où il s'arrêterait, comme ça,
tout d'un coup, une fois pour toutes — de quoi
il ne cessait de se croire libre de décider — et
penser à tout ce futur sans whisky était trop ac-
cablant, il fallait s'en consoler d'avance. Et puis
comment écrirait-il s'il ne buvait plus ? Car il
ne pouvait écrire qu'ayant bu, il l'avait constaté. Il allait se lancer, et ensuite ça roulerait
tout seul.

Il s'arrimait à sa table avec détermination. Il
aimait sa table : s'y accrochait comme à un ra-

deau, vestige de l'homme d'action qu'il était
tout près de devenir. Il empoignait à deux
mains le beau plateau ciré. Il restait assis dans
sa fureur. Il grattait des feuilles : je les retrouvais, froissées, dans la corbeille, couvertes de si-
nuosités incohérentes; sa main raidie ne pouvait former les lettres.

La bonne éducation m'empêcha longtemps
d'ouvrir le tiroir où il enfermait les produc-
tions jugées dignes d'échapper à la destruction.
Un jour pourtant, durant une de ses fausses fu-
gues qui ne le menaient plus très loin, j'ouvris,
tenaillée moins par la curiosité que par le bien
que je lui voulais.

Je trouvai un feuillet unique et très lisible,
pour la rédaction duquel il s'était d'évidence
appliqué. Je lus : « La marquise sortit à cinq
heures. La marquise sortit à cinq heures, la
marquise sortit à cinq heures, la marquise sortit à cinq heures, la marquise sortit à cinq heures, la marquise sortit, la marquise sortit, sortit,
la marquise, à cinq heures. »

*

Quand il « écrivait », je faisais comme s'il
écrivait. Pas la plus petite question, du genre :
Qu'est-ce que tu fais ? Où en es-tu ? As-tu travaillé aujourd'hui ? J'évitais même le vague
Comment ça va ? Pas de nouvelles, bonnes nou-

velles, n'est-ce pas. Je n'avais jamais failli à
cette discipline de conserver à notre vie l'apparence de la normale. Tout se passait comme s'il
était un écrivain occupé à l'élaboration de son
œuvre, un peu lente l'élaboration, un peu difficile, mais néanmoins réelle; tandis que, de mon
côté, je me préparais à gagner le pain du ménage; cela, par contre, était vrai. Je vendais petit à petit mes biens; il ne resterait bientôt plus
que la maison, à laquelle je tenais, et je devrais
travailler pour deux — pour trois ! Comment
m'en sortirais-je, encore, avec l'enfant, si j'avais
cet enfant, que Dieu le bénisse ! L'avenir était
sombre, et de cela pas plus que du reste je ne
parlais à Renaud, qui paraissait l'avoir complètement oublié. J'avais repris mes inscriptions
en Droit, coupant au plus rapide et abandon-
nant mes beaux projets d'autrefois; d'ailleurs ils
m'étaient devenus indifférents. J'entrerais
peut-être dans l'Administration, c'était le plus
sûr; je bûchais, en vue de concours; je potassais
mes cours à la maison, où apparemment régnait
une ambiance saine et laborieuse, l'un assis à sa
table, l'autre sur le lit, tous deux entourés de
papiers, en plein travail.

Renaud posa son stylo et leva la tête.

« Tu n'en as pas encore assez ? dit-il.

— Assez de quoi ?

— De tout ça.

— Tout ça quoi ?

— Oh ! c'est marre avec l'innocence. Range

les masques. Tu ferais aussi bien de foutre cette
table au feu. Et moi avec, ajouta-t-il.

— Mais, Renaud... Qu'est-ce qui te prend
tout d'un coup ?

— « Mais Renaud ! Nianianian ! » singea-
t-il. Nitouche ! ça va durer combien cette comédie ? Tu n'as peut-être pas lu mes œuvres com-
plètes, non ? J'y ai trouvé une larme dessus,
toute fraîche, l'encre en avait bavé, quel dommage; je ne sais pas si je pourrai retrouver mon
idée ! »

Ce n'était bien sûr pas vrai, je ne m'étais pas
amusée à pleurer sur sa marquise, encore qu'il
y eût de quoi; cette marquise était donc un
piège, disposé là à dessein pour que je m'y
prenne; de la provocation, bien dans sa manière, l'occasion d'un drame. Ne pouvait-il nous
laisser continuer, presque paisiblement en
somme ? Puisque je l'acceptais sans illusions, ne
pouvait-il accepter que je l'accepte ? C'était peu
demander pourtant.

« Alors, c'est pas vrai ? »

Inutile de nier, il tenait sa tragédie, il la mè-
nerait jusqu'au bout. Je baisse la tête. « Bon. ».

« Bon. Alors je répète ma question : Tu n'en
as pas encore assez ?

— Je n'en aurai jamais assez, Renaud, tu le
sais bien.

— Hélas ! dit-il.

— Mais, Renaud, je ne me plains pas... Je
n'en demande pas plus.

— Eh bien tu n'es pas difficile, ma cocotte !
ni pour les autres ni pour toi. « N'en demande
pas plus »... ! Ça s'appelle vivre. Félicitations.
Alors si je mets longtemps à crever tu vas
passer tes belles années à jouer à Tout va très
bien Madame la Marquise ? dans la merde
jusqu'au menton et surtout ne faites pas de
vagues ? Parce que l'important, n'est-ce pas,
c'est de ne pas sentir ! de ne pas savoir ! Hypocrite. »

Il baissa la voix.

« Vois-tu, tu es dégueulasse. Ton amour. Ta
charité. Je l'ai vu. Jusqu'au bout maintenant.
Merde. Ta charité, tu peux te la foutre au cul.
Non, tu serais encore fichue d'en jouir. Ta pitié, tu peux la bouffer en salade, je crache dessus. »

Il cracha par terre : jamais un mot gratuit,
Renaud, et à moi la serpillière.

« J'en ai marre, dit-il avec calme, de cette
bonne atmosphère bourgeoise. Fais-moi le plaisir de dire la vérité, savoir : Renaud, tu es
foutu. Afin que, si rien n'en est changé, du
moins on sache où on est exactement. Allez, autruche, sors du sable bourgeois, viens là et regarde-moi dans les yeux. Bon : ils sont frais, tes
yeux, tu vois, ça ne marche pas si bien que ça.
Alors accorde tes violons, les yeux et la bouche,
et dis la vérité.

— Non ! s'il te plaît !

— Il me plaît la vérité : Renaud, tu es

foutu. Je veux l'entendre physiquement, tu ne
comprends pas cette légitime exigence ?

— Mais ce n'est pas vrai !

— C'est vrai.

— Je ne veux pas ! Je ne veux pas que ce
soit !

— Schizophrénie ! Bourgeoisie, voilà le nom
de ton mal. Le réel, connais pas : m'arrange
pas, connais pas. Veux pas le savoir. Et que la
fête continue. Ah ! je suis fatigué, dit-il, et sa
voix se cassa. C'est long, c'est long, ça dure, ça
n'en finit pas. Je crève d'ennui, mais ça ne va
pas vite. Alors, s'il te plaît, fais-moi une grâce :
qu'au moins durant, on respire un air pur ! s'il
faut encore que ça pue c'est trop dur ! Allez,
dis-moi la vérité. »

Je me taisais. Je ne pouvais, physiquement,
sortir une phrase pareille. Il m'empoigna par
les cheveux — « dis-le » — et me jeta sur la
table, courbée en arrière. Je sentis une toute
petite douleur au ventre, comme une aiguille.
Je me mis à hurler.

« Ne me touche pas ! Laisse-moi ! Sois foutu
puisque tu y tiens tellement, mais tu ne me
toucheras pas. Va-t'en ! Va-t'en plutôt, tant
pis. »

Quelque chose soudain était plus précieux
que Renaud. Il le sentit, et, surpris par ce mystère, me lâcha. Redressée, je fis front : il ne
m'approcherait pas. Qu'il s'en aille.

Je tremblais de peur — mais pas peur de

Renaud, et il le voyait bien. J'allai m'étendre, indifférente à ce que déciderait Monsieur Sarti. Il fallait me mettre entre les mains d'Alex : presque quatre mois. Et mon carnet de grossesse qui n'était pas fait et je n'étais pas en règle avec la Sécurité Sociale. Il était grand temps que je m'occupe des choses sérieuses. Si seulement cette brute imbécile voulait bien ne pas me mettre en danger avec ses conneries d'intellectuel naufragé; qu'il aille au diable.

Mais Monsieur Sarti n'allait pas au diable; il tournait sans savoir que faire de lui-même, complètement refroidi de ce que je ne m'occupasse point de sa personne. Monsieur Sarti avait ses habitudes. Eh bien il lui faudrait les changer ou se barrer. Il était misérable, j'avais un peu pitié de lui.

« Tu veux que je m'en aille ? »

Je le regardai fermement.

« Je ne veux pas de ces comédies de con. »

Il dansait d'un pied sur l'autre. Soudain s'abattit contre le lit avec d'énormes sanglots. Il pleura et pleura je ne sais combien de temps, des heures. Je l'avais pris contre moi et le berçais. J'avais deux gosses. Il n'en pouvait plus. Il liquidait trente années.

Je continuais à avoir de petites douleurs qui me donnaient plus d'inquiétude que de mal. J'appelai Alex, ou plutôt je le fis appeler par Renaud, car je ne voulais pas bouger. Renaud

était enfin calmé, mais il n'en restait qu'une
loque; à peine pouvait-il parler.

« Tu l'as assassinée ? » lui demanda Alex à
la vue de sa figure ravagée. Il bredouilla misé-
rablement. Je l'envoyai à côté : il plissa le
front; on ne l'écartait jamais pour les examens,
généralement pulmonaires, dont j'étais l'objet;
il ne comprenait pas ce qui se passait aujourd'hui.

« Ah ! bon, dit Alex en m'examinant. Je
pensais bien que tu nous ferais le coup un jour
ou l'autre. C'est donc pour ça qu'il fait cette
gueule ?

— Non, il n'en sait rien. C'est autre chose :
il en a marre, il ne tient plus; il s'est effondré
tout à l'heure.

— Pauvre gars; alors c'est la fin. Eh bien tu
vas pouvoir lui mettre le licol.

— Je ne l'ai pas fait pour ça ! me récriai-je.

— Bien sûr.

— Et d'ailleurs ç'aurait été un bien mauvais
calcul, car ça risque plutôt de le faire fuir !

— Bien sûr, dit Alex. Rhabille-toi. Mais dis-
moi, ce n'est pas d'hier ?

— Novembre.

— Et pourquoi n'ai-je pas été avisé ?

— J'avais peur que tu ne m'empêches.

— Et tu ne voulais pas que je t'empêche ?

— Non.

— Tu sais, la médecine n'est pas encore au-
torisée à interrompre de force les grossesses,

dit-il sèchement, et tu n'entres même pas dans le cadre officiel des lois d'exception. On est encore libre de procréer des idiots.

— Oh ! Alex ! »

Je savais bien qu'il serait furieux.

« Evidemment, ce n'est pas fatal. Ça peut aussi très bien se passer.

— Que veux-tu, il faut parfois prendre des risques.

— Oui, même pour les autres...

— Tu es trop pessimiste. S'il fallait exiger toujours des conditions parfaites on ne ferait jamais rien. C'est la vie. Ce peut être aussi un génie.

— Tu veux dire : un Renaud ? J'admire ton courage, et souhaite qu'il trouve sa récompense. L'important c'est que tu sois contente. D'ailleurs tu te portes bien. C'est peut-être ça qu'il te fallait pour en finir avec toutes tes hystéries.

— Mais les douleurs ?

— Reste étendue; mais je pense que ça vient de ce que tu te promènes sans ceinture comme une idiote.

— Je n'oserai jamais me montrer dans ce truc !

— Il faut ce qu'il faut, ma chère.

— A moins qu'il ne prenne la fuite, ce qui réglerait en même temps le problème d'esthétique.

— Combien de temps as-tu l'intention de lui

cacher ? Tu veux lui faire la surprise pour son anniversaire ?

— Maintenant ça m'est égal. Dis-lui donc en sortant. »

Et qu'il fasse ce qu'il veut. A part les coups de pied dans le ventre.

Renaud vint s'asseoir sur le bord du lit, tout calme.

« Je vais me marier avec toi, dit-il.

— Non ! criai-je. Pas maintenant. Pas pour un motif pareil.

— Tu ne comprends pas : ce n'est pas un motif, c'est un prétexte. Je prends le premier qui se présente, parce que j'en ai marre.

— Je ne veux pas avoir l'air de t'épingler.

— Fais le sacrifice des apparences pour une fois. Epingle-moi. Je t'en prie. J'en ai assez. Je cale. Je cède. J'en ai marre. J'abjure. J'abjure mon néant. Prends-moi comme ça. Ramasse-moi, je suis par terre. Sauf si tu ne me trouves pas assez bon, là je n'insisterai pas.

— Tu seras toujours assez bon pour moi, Renaud. Même sur une civière avec un bras en moins.

— Oui, je sais. »

Il eut un rire triste : je venais malencontreusement de donner une réplique d'*Eurydice*.

« L'amour vainqueur. Eh bien oui, dit-il. Il l'est.

— Je ne veux pas profiter d'un moment de

faiblesse pour t'enchaîner. On verra ça quand tu te seras repris.

— Je ne veux pas me reprendre, comme tu dis, je veux me lâcher. Ce n'est pas un moment de faiblesse, c'est ma faiblesse essentielle qui enfin s'avoue : profites-en, tu sais que j'ai parfois dans des moments d'euphorie fallacieuse des sursauts d'orgueil idiots. Enchaîne-moi. Je veux des chaînes, le plus de chaînes possible, et lourdes, que je ne puisse plus bouger. Je suis tombé. Je n'ai pas le droit de l'oublier. Toute l'affaire est que je me suis cru un dieu, que je bois pour essayer d'y croire, mais c'est pas vrai, finissons-en avec ces fantaisies icariennes à la con. Je veux rester là. Ici. Je te demande de me tenir là. Tiens-moi. Ferme. Ne me laisse plus grimper, ou m'imaginer que je grimpe, tiens-moi bon que j'en aie fini une bonne fois avec tout ça. Je ne peux plus, tu comprends ? rester assis entre deux chaises, dont l'une est le Siège Périlleux, tu sais, où on ne peut s'asseoir que si on est pur et je ne le suis pas et en plus ce n'est qu'une saloperie de légende, et l'autre, l'autre, tu sais, la vie simple et tranquille à laquelle j'aspire.

— Tu aspires ?

— J'aspire. A laquelle j'aspire. En ce moment je ne suis pas soûl, j'ai toute ma tête, crois-moi, j'aspire. Je rends mon tablier d'idéaliste à vide. On ne peut pas garder la Grâce sans la foi, mon amour, c'était une illusion, il ne pousse rien sur la lune, l'espérance ne s'invente pas. Il est plus de minuit, trop tard pour l'Age d'Or. Adieu, je n'ai pas le courage, moi, de mourir de fatigue, de mourir de logique, je suis fatigué de jouer les fugitifs qui n'ont de place nulle part, je veux me reposer dans la paix des prisons, je me constitue prisonnier. »

Il me tendit ses deux poings fermés. Je les pris contre mon visage.

« Non. Tu fais ce que tu veux, tu feras toujours ce que tu veux.

— Je ne veux pas faire ce que je veux, passe-moi les menottes, je t'en prie. Je ne veux pas de la liberté, de la liberté de rien. Il n'y a rien à être libre. Il faut qu'à la fin je le sache. Passe-moi les menottes, je t'en prie, vite, je pourrais encore me débattre, Dieu sait, dépêche-toi. Force-moi. Je m'en remets à toi. Tu entends ! Je veux appartenir à l'espèce humaine enfin, à cette saloperie d'espèce humaine pas finie. Je me croyais d'une autre; fou. Oui, peut-être. Oui. Admettons. Mais c'était une espèce pas réussie, voilà tout; on avait oublié de lui prévoir une armure, ça ne pouvait pas marcher. Je suis un avortement de la nature. L'homme est une fausse couche de singe, je suis une fausse couche d'homme. Mais j'en ai marre de la vie de fausse couche, je veux être rien qu'un homme, je veux dire Bonjour Comment allez-vous Très bien merci et vous, je veux aller moi aussi dans la grande Machine à Laver, aide-moi, toi qui sais cela. Aide-moi à vivre. Force-moi à vivre, je te jure que je ne désire plus rien d'autre. Tu ne m'as jamais lâché : ce n'est pas le moment; ne me lâche pas maintenant, ne me lâche plus jamais, jusqu'au bout. J'ai parlé sérieusement. Epouse-moi. S'il te plaît. »

Il ne voulut pas que j'entre avec lui dans la clinique. « Ce n'est pas ton affaire », dit-il. Il avait une petite valise, et déjà un air différent. Nu, dépouillé. Il partait, plus qu'un voyageur, un voyageur ne part jamais, il partait extrêmement loin, sur toute la terre il n'y a pas d'endroit aussi loin que l'intérieur de cette clinique; même sur une autre planète il n'y a pas. Il changeait de monde. De peau. D'âme. Il partait de lui, il se quittait.

Il me fit signe de la main et passa la grille. Il était pâle. Il savait qu'il ne reviendrait pas.

Alex ressortit. Le prêtre exorciseur d'*Eurydice* c'était lui, je le reconnaissais. Lui seul maintenant aurait accès auprès du possédé duquel on allait extraire le démon, aux fins de le rendre à l'univers humain. A l'espèce humaine, Bonjour comment allez-vous Merci très bien.

Il ne s'est même pas débattu. Nous nous sommes mariés très vite, dans l'intimité, Alex était mon témoin, André le sien. Simple formalité. Formalité par laquelle il me conférait le droit de le forcer à vivre, par les moyens de mon choix. Confiance aveugle. Aveugle, « c'est me crever les yeux qu'il faudrait, je te donne le truc ».

S'il m'eût seulement dit, devant la grille : Eh bien tout compte fait non. J'ai changé d'avis. C'était pour rire — je l'aurais immédiatement ramené à la maison. Immédiatement. Très vite. A cent à l'heure dans les rues, à cent à l'heure... Mais il voulait, c'est lui qui voulait. La puissance légale dont il m'a munie, c'est lui seul qui en use, comme d'une béquille pour s'aider à aller où il veut aller, comme d'un gendarme pour se faire peur; il s'est nommé un gendarme, lui a donné des ordres, et maintenant il se fait peur avec son gendarme et lui obéit. Il a besoin de cette machinerie, je ne suis qu'un instrument, je joue le rôle qu'il m'a donné. C'est lui qui fait tout, pas moi. Moi je ne fais rien, je n'ai rien fait, ce n'est pas moi, ce n'est pas moi, je le jure.

« Allez viens, dit Alex. Ce n'est tout de même pas la chaise électrique. »

ŒUVRES DE CHRISTIANE ROCHEFORT

Aux Éditions Bernard Grasset :

LE REPOS DU GUERRIER.
LES STANCES À SOPHIE.
LES PETITS ENFANTS DU SIÈCLE.
PRINTEMPS AU PARKING.
UNE ROSE POUR MORRISON.
C'EST BIZARRE L'ÉCRITURE.
ARCHAOS OU LE JARDIN ÉTINCELANT.
ENCORE HEUREUX QU'ON VA VERS L'ÉTÉ.
QUAND TU VAS CHEZ LES FEMMES.

« Composition réalisée en ordinateur par INFORMATYPE SERVICE »

IMPRIMÉ EN FRANCE PAR BRODARD ET TAUPIN
7, bd Romain-Rolland - Montrouge - Usine de La Flèche.
LIBRAIRIE GÉNÉRALE FRANÇAISE - 14, rue de l'Ancienne-Comédie - Paris.

ISBN : 2 - 253 - 01026 - X   ✛ 30/0559/2